그 시절 우리는 바보였습니다

그 시절 우리는 바보였습니다

초판 1쇄 펴낸 날 2020년 7월 20일
지은이 히가시노 게이고 **옮긴이** 이혁재 **펴낸이** 박설림 **펴낸곳** 도서출판 재인 **디자인** 오필민디자인
등록 2003. 7. 2. 제300-2003-119 **주소** 서울시 강남구 언주로 30길 13 대림아크로텔 1812호
전화 02-571-6858 **팩스** 02-571-6857

ISBN 978-89-90982-92-6 03830

책값은 뒤표지에 표시되어 있습니다. 잘못된 책은 바꿔 드립니다.

그 시절 우리는 바보였습니다

히가시노 게이고 에세이

이혁재 옮김

재인

차례

목숨을 건 구기 대회

⁂

내게는 누나가 둘 있다. 큰누나가 초등학교를 졸업하기 직전, 엄마는 몇 사람에게 똑같은 질문을 받았다.

"댁의 따님은 어느 중학교에 가죠?"

그럴 때마다 엄마는 대답했다.

"그야 H중이죠."

H중은 우리 고장에 있는 시립 중학교다. 그곳에 딸을 보내는 것을 엄마는 당연하게 생각했다.

그런데 엄마의 대답을 들은 사람들이 한결같은 반응을 보이는 것이었다. 우선 놀랍다는 표정을 잠깐 지은 다음, 그 말이 사실인지 의심스럽다는 눈초리로 이렇게 물었다.

"그 댁에서는 사립 중학교에 보낼 줄 알았는데요."

"사립 중학교에요? 아니에요."

그러면 상대방은 엄마 얼굴을 멀뚱멀뚱 바라보다가 "아이고, 저런. H중학교에 보낸단 말이죠. 세상에나. 그럼 앞으로 신경 좀 쓰이시겠네요."라고 의미를 알 수 없는 말을 하며 동정 어린 표정을 지어 보이고는 사라졌다.

하나같이 비슷한 반응을 보이자 엄마는 큰누나에게 네 친구들은 어느 중학교를 가느냐고 물었다.

"모르겠어."

누나의 대답은 그랬다. 그 무렵 누나는 가수 후나키 가즈오의 브로마이드를 모으는 일 외에는 어디에도 관심이 없었다.

엄마는 부랴부랴 주위에서 정보를 수집했다. 예상외로 사립 중학교에 진학하는 경우가 많았다. 자녀 교육이라고는 "그렇게 놀지만 말고 공부 좀 해!"라고 꾸짖을 줄만 알았던 엄마에게 그건 문화 충격이었다.

"공립은 수준이 너무 낮은가……. 마유미도 사립 중학교에 보내야 할까요?"

불안해진 엄마가 아버지에게 의견을 구했다.

시계 수리가 생업이던 아버지는 등을 구부정하게 굽히고 작업대를 향한 채 엄마의 얘기를 듣다가 자못 심각하게 팔짱을 끼며 흠, 하고 잠시 뜸을 들인 뒤 대답했다.

"별 차이 없을 거야, 공립이나 사립이나."

"그럴까요……."

"그럼. 중학교가 다 거기서 거기지. 본인이 노력하기에 달렸어."

본인이 노력하기에 달렸다는 말은 자녀 교육에 투자할 여유가 없는 부모들이 쓰기에 참으로 편리한 말이다. 사립 중학교에 보내자면 돈이 많이 들 텐데, 하며 심란해하던 엄마도 아버지의 이 한마디에 걱정이 모두 사라진 듯했다.

"그렇겠죠? 본인 하기에 달렸겠죠? 마유미한테는 H중학교에 가서 공부나 열심히 하라고 해야겠네."

"그래, 그렇게 해."

그렇게 해서 엄마와 아버지는 의견 일치를 봤고, 큰누나는 H중학교에 가는 것으로 결정되었다.

그러나 엄마도 아버지도 그때는 몰랐다. 사람들이 그런 말을 한 이유가 단지 H중의 학습 수준이 낮아서만은 아니라는 사실을. 거기에는 좀 더 중요한 이유가 있었다.

그 무렵 H중학교는 우는 아이도 뚝 그치게 만들 정도의 무법천지로 변해 있었다.

큰누나의 증언에 따르면, 그 학교가 그렇게 되는 데는 누나보다 두 학년 위 선배들의 역할이 컸다고 한다. 나중에 '공포의 17기'로 불리게 되는 이 선배들의 난폭함은 살벌하기 이를 데 없었다. 번화가에서 지도를 받는 정도는 애교에 속하고 난투극이 일상다반사였으며, 도둑질이나 공갈 등으로 체포된 학생을 교사나 부모가 인계하러 가는 일이 허다했다. 화장실에서는 늘 담배 냄새가 났고, 복도는 도박장이나 진배없었으며, 체육관 뒤편에서는 폭행이 난무하고, 교사가 얻어맞는 일도 끊이지 않았다.

상황이 그랬으므로 17기가 졸업하게 되었을 때는 교사를 비롯한 학교 관계자들이 가슴을 쓸어내렸다. 물론 졸업식이라고 얌전히 지나가지 않았다. 졸업식 도중 일제히 자리에서 일어난 학생들은 교사들의 제지를 뿌리치고 옥상으로 올라가 학교에 갖은 욕설을 퍼붓더니 끝내는 게양되어 있던 교기를 끌어 내려 북북 찢어 버렸다.

무엇이 그들을 그토록 난폭하게 만들었는지는 잘 모르겠지만 어쨌든 '공포의 17기' 덕분에 H중학교는 학생들의 질이 나쁘기로 유명해졌다. 자초지종을 알고 나서야 부모님도 "이럴 줄 알았으면 마유미를 사립 중학교에 보내는 건데."라며 한숨을 푹푹 내쉬었다.

그런데 한낱 말에 불과할 뿐 부모님은 결국 작은누나도 나도 H중학교에 들여보내고 만다. 대체 무슨 생각이었을까. 화장실 갈 적 마음 다르고 올 적 마음 다르다는 식으로, 어쨌거나 큰누나가 불량해지지 않고 그럭저럭 중학생활을 마치자 그 학교도 괜찮지 않겠냐는 생각이 들었던 것 같다.

부모님이 마음을 놓은 또 하나의 이유는 H중학교의 평판이 조금씩 회복되어 갔기 때문이다. 저 유명한 17기 이후 그들만큼 악명 높은 학년은 등장하지 않았다. 실제로 내가 H중학교에 입학했을 때는 학교에서 폭력의 기미가 느껴지거나 하지는 않았다. 때마침 만국 박람회가 열린 해여서 사회 분위기의 영향으로 학교도 밝아졌는지 모른다.

다만 17기가 할퀴고 간 상처 자국은 여전히 이곳저곳에 남아 있었다. 선생님 중에 한 분이 한쪽 다리가 불편했는데, 학생들에게 폭행당한 후유증으로 그렇다는 말을 들었을 때는 등골이 오싹했다.

어쨌든 나도 H중학교에 다니게 되었다. 처음에는 별일 없었다. 학생들의 질이 좋지는 않았지만, 그런 점도 익숙해지니 지낼 만했다.

하지만 천재지변이 그렇듯이 인재도 잊힐 만하면 찾아오는 법이다. '공포의 17기'가 학교 관계자들의 기억에서 사라질 무렵, 갑자기 그 재현이라고 볼 수밖에 없는 학생들이 나타난 것이다. 그들은 '광기의 24기'로 불렸다. H중학교에 또다시 암흑시대가 찾아온 것이다.

24기는 다름 아닌 내 동급생들이다.

대개는 3학년이 되어야 발톱을 드러내는 법인데 이 친구들은 2학년 때부터 이미 불량기를 발휘하기 시작했다. 그러니 이들이 3학년이 되면 얼마나 더 난폭해질지 상상만으로도 두려웠다. 그래서 3학년에 올라가게 되었을 때 내 소망은 '예쁜 여학생이 우리 반에 많기를'도, '담임이 잔소리쟁이 할멈이나 영감쟁이가 아니기를'도 아니고, 그저 '모쪼록 평화로운 반에 들어가기를'이었다. 정말로, 영혼을 끌어모아 그렇게 빌었다.

마침내 나는 여덟 반 중에서 8반으로 정해졌다. 과연 어떤 반일까. 두근거리며 교실로 향했다.

문을 열고 들어가 보니 이미 반 학생 대부분이 와서 앉아 있었다. 재빨리 반 전체를 한 바퀴 둘러본 순간 나는 뭔가 잘못되었음을 직감했다.

교실에는 자타 공인 불량 학생이란 불량 학생은 모두 모여 있었다. 마치 2학년 각 반에서 문제아만 일부러 골라온 듯한 형국이었다. 불량 학생들은 그런 상황이 매우 흡족한 듯, 교실 뒤쪽에 진을 치고 앉아 와글와글 떠들어 대고 있었다.

벌써 화투를 치는 녀석들도 있었다. 평범한 다른 학생

들은 앞쪽 자리에 앉아 심각한 얼굴로 팔짱을 끼고 있거나 허공을 바라보았다. 앞으로 1년을 이 반에서 지내야 한다고 생각하면 우울해지는 것도 당연했다.

너무나도 비극적인 상황에 이게 혹시 학교 측의 음모는 아닐까 싶은 생각마저 들었다. 사과 여덟 상자에 썩은 사과를 하나씩 넣으면 나중에는 여덟 상자의 사과가 모두 썩지만, 썩은 사과를 한 상자에 몰아넣으면 일곱 상자는 건질 수 있는 것과 같은 이치다. 만일 그게 사실이라면 학교 측은 나를 '썩어도 상관없는 사과'로 판단했다는 얘기다. 설마 싶기는 했지만 평소 내가 선생에게 대들었던 일을 떠올리자 그런 생각을 쉽사리 털어 낼 수 없었다.

어쨌든 나의 중학 생활 마지막 1년은 그렇게 시작되었다. 그런 반에서 수업이 순조롭게 이루어질 리 없다고 생각했고 슬픈 예감은 빗나가지 않았다.

먼저 1학기 초부터 교실이 깔끔하게 둘로 나뉘었다. 교탁과 가까운 앞쪽 절반은 어떻게든 수업을 받으려고 노력하는 집단, 뒤쪽 절반은 그럴 마음이 전혀 없는 불량 집단이었다. 뒤쪽 집단은 수업 중이건 아니건 가리지 않고 카드놀이를 하거나 에로 잡지를 보거나 놀러 갈 계획을 짰다.

일주일이 지나자 교실 뒤쪽은 완전히 할렘으로 변했다. 나는 교실 중간쯤에 앉아 있었는데 한번은 꺅, 하는 여학생의 비명이 들려 뒤돌아보니 남학생 둘이 여학생 하나를 의자에 밀어붙이며 몸을 더듬고 있었다. 물론 그녀도 착실한 학생은 아니어서 빨갛게 물들인 파마머리에 입술에는 립스틱을 새빨갛게 바르고 화장품 냄새를 풀풀 풍기는 품이 영락없이 물장사하는 사람이었다. 그런 그녀의 발목까지 오는 치맛자락을 들치던 남학생이 나를 보더니 "너도 한번 만져 봐."라며 히죽 웃었다. 물론 나는 거절했지만 그들이 '불륜녀 놀이' 또는 '시라카와 가즈코(일본의 유명한 포르노 배우－옮긴이) 놀이'라고 부르는 행위는 그 후에도 심심치 않게 목격되었다. 당시는 저예산 에로 영화의 전성기였다.

이런 상황을 선생들이 묵과할 리 없었다. 처음에는 너나 할 것 없이 노발대발하며 학생들을 꾸짖었다. 그러나 2, 3주가 지나자 선생 대부분이 체념하는 지경에 이르러 교실 뒤편으로는 아예 눈길조차 주지 않게 되었다. 개중에는 "제발 부탁이니 내 목소리가 들릴 정도로만 떠들어 다오."라고 애원하는 선생도 있었다.

수학을 담당했던 젊은 여교사는 한동안 참을성 있게 주

의를 줬지만, "시끄러워, 다들 조용히 해!"라고 소리쳤다가 몇 초 후 교실 뒤쪽에서 조각칼이 날아와 교단에 꽂히는 일이 있고 나서는 입을 다물었다.

선생들이 그럴 정도니 반장에게 학급을 통제할 능력을 기대하기는 어려웠다. 애초에 반장을 정하는 일 자체가 대충 이루어졌다. 보통은 그 반에서 성적이 제일 좋거나 나름의 통솔력이 있는 학생을 뽑기 마련이지만, 이때는 불량 집단에 속하지 않는 학생 중에서 키가 제일 크다는 이유만으로 반장을 뽑았다. 그렇게 해서 뽑힌 반장이 바로 나다.

그러나 상황이 상황인 만큼 친구들이 내게 뭔가를 기대하지도 않았고 나 또한 반장이라는 직책이 별로 부담스럽지 않았다. 수업 중에는 소란을 피우던 아이들도 내가 반장으로서 앞에 나서 뭔가를 결정하거나 할 때는 비교적 온순하게 굴었다.

그렇다고 고충이 전혀 없었던 것은 아니다. 반장을 괜히 맡았다고 진심으로 후회하기도 했다. 그 대표적인 경우가 구기 대회 때 일어난 일이다.

3학년에 올라와서 한 달쯤 지났을 때였다. 반 학생 전원이 배구 시합이나 농구 시합 중 하나에 참가해야 했다.

학급 회의 시간에 선수를 정하는데 의아한 일이 벌어졌다. 보통 학생은 배구로, 불량 학생은 농구로 몰린 것이다.

왜 그랬을까. 두 경기 종목의 특징을 생각해 보니 그 이유가 명백했다. 배구는 두 팀이 네트로 나뉘어 직접 몸을 부딪칠 일이 없다. 그에 반해 농구는 상대와 부딪치지 않고서는 시합할 수 없다. 즉 보통 학생들은 시합이 난투극으로 변할 것을 우려해 농구를 피했고, 반대로 불량 학생들은 바로 그 점을 기대하고 농구를 선택한 것이다.

그런데 최종적으로 멤버를 결정할 때 문제가 생겼다. 학생들이 배구에 너무 많이 몰려 조정이 불가피했던 것이다. 보통 학생들은 선뜻 농구 쪽으로 가려 하지 않았고, 결국 반장인 내가 "나도 농구로 갈 테니까 너희들도 따라와라."라고 부탁하여 간신히 몇 명을 설득할 수 있었다.

사정이 이렇다 보니 구기 대회 당일이 되자 나는 우울하기 짝이 없었다. 게다가 첫 번째 시합의 상대가 불량기면에서 우리 8반에 버금가는 4반이었다. 애초에 시합이 무사히 끝나기를 기대하는 게 무리였다.

시합 전부터 이미 심상치 않은 기운이 감돌았다. 농구 시합에 나가기로 되어 있는 우리 반 선수들, 즉 불량 학생들이 각자가 가져온 흉기를 내보인 것이다. 드라이버나

칼을 운동복 바지 주머니에 넣어 온 녀석이 있는가 하면 손등 부분에 벨트 버클이 박힌 목장갑을 낀 놈도 있고 박치기에 대비해 머리띠 밑에 철판을 댄 놈도 있었다. 심지어 어디에 숨길 작정인지 모르지만 접이식 우산의 자루를 갖고 온 녀석까지 있었다. 그들은 자기 보호에도 빈틈이 없어서 하나같이 배 부분에 주간지나 만화 잡지를 넣어 두었다. 이를테면 다나카 마리의 누드가 실린 『헤이봄 펀치』나 『소년 선데이』 따위의 잡지였다.

"도망가자."

시합에 나가기로 되어 있던 친구가 내게 제안했다.

"이놈들이랑 같이 뛰다가는 목숨이 열 개라도 모자랄 판이야."

"그렇긴 하지만 반장인 내가 도망가면 나중에 무슨 소리들을 할지 몰라."

"그럼 넌 시합에 나가. 나는 숨을 테니까."

"야, 인마! 이왕 여기까지 왔으면 끝까지 같이해야지."

그러면서 나는 그 친구의 팔을 꽉 잡았다.

마침내 시합이 시작됐다. 불량 그룹 녀석들은 "좋아, 가자!"를 외치며 기세등등했다.

농구 시합이니 한 번에 출전할 수 있는 선수의 수가 정해져 있지만, 선수 전원이 한 번씩은 코트에 나가야 한다는 것이 이 대회의 규칙이었다. 그래서 보통 학생들은 코트에 들어가더라도 절대 공에는 가까이 가지 않기로 작전을 세웠다. 공을 들고 있으면 상대의 공격이, 그것도 반칙이 들어올 것이기 때문이었다.

하지만 막상 시합에 들어가니 마음먹은 대로 되지 않았다. 아무리 공을 피해 다닌다고 해도 우리 편이 패스하면 받지 않을 수 없었다. 그럴 때는 얼른 다른 누군가에게 다시 패스했지만, 조금이라도 머뭇거리면 상대 팀이 달려들었다. 농구대 밑에서 패스를 받아 어쩔 수 없이 슛을 해야 했을 때는 사방팔방에서 주먹과 발길질이 날아들었다. 그런데도 심판은 휘슬을 불지 않았다. 애초에 농구부원인 심판은 몸싸움이 벌어질 조짐이라도 보이면 신변에 위협을 느끼고 아예 그쪽으로 다가가지 않았다. 게다가 어쩐 일인지 그날 시합 때는 주위에 선생들의 그림자 하나 얼씬하지 않았다.

시합이 중반에 이르렀을 때, 모두가 우려했던 일이 일어났다. 부상자가 나온 것이다. 피해자는 플라스틱 해머를 휘두르던 상대 팀의 불량 학생이었다. 넘어지나 보다 고 생각하는 순간 그 학생의 흰 팬츠 엉덩이 부분이 피로

물들기 시작했다. 그 부분에 박혀 있는 물건은 틀림없이 시합 전에 본 드라이버였다.

큰 소동이 벌어졌고 그제야 어디선가 선생들이 달려왔다. 체육 선생이 드라이버를 보고는 "누구야, 누가 이런 걸 가져왔어!"라고 소리쳤지만 대답하는 학생은 물론 아무도 없었다. 계속해서 선생이 옆에 떨어져 있던 플라스틱 해머를 집어 들고 "이건 누가 가져왔어!"라고 고래고래 소리를 질렀지만 해머 주인은 고통을 참으며 입을 꾹 다물었다. 그 모습을 보며 보통 학생들은 실소를 금치 못했다.

결국 구기 대회는 그 시점에 중단되었고, 시합에 출전한 학생 전원이 그 자리에서 몸수색을 당했다. 악당 프로 레슬러나 사용할 법한 소도구가 하나둘씩 발견되었고, 그것들은 조금 전까지 시합이 벌어졌던 코트 중앙에 모였다.

"정말이지 이 녀석들……."

내 몸을 뒤지던 선생이 신음하듯이 말했다.

경찰차인지 구급차인지 모를 사이렌 소리가 다가오고 있었다. 나는 만세를 하고 선 채, 입시야 어떻게 되든지 간에 제발 신체라도 온전한 상태로 졸업했으면 좋겠다고 생각했다.

반 친구가 사라졌다

{ }

우리 H중학교 3학년 8반 교실 게시판에는 사진 한 장이 압정으로 고정되어 있다. 시업식이 끝난 뒤 찍은 학급 사진이다. 아마 담임이 붙여 놓은 듯한데, 무슨 생각으로 그랬는지 전혀 짐작할 수 없다. 만일 친목을 도모하려는 의도였다면 그 목적은 완전히 빗나갔다고 봐야 할 것이다. 우리 반이 불량 학생의 집합소라는 사실은 앞에서도 밝힌 바 있거니와, 사진에서도 놈들의 본색이 그대로 드러나 있다. 그들은 약속이라도 한 듯이 고개를 살짝 기울인 상태에서 턱을 내밀고 입을 반쯤 벌린 채 미간에 주름을 세우고 정면을 노려보고 있다. 즉, 불량 학생 특유의 표정을 짓고 있다는 얘기다. 그렇게 단체로 노려보는(우리는 그걸 '야린다'고 했다) 사진이 친목 도모에 무슨 도움이 되겠는가.

그런데도 그 사진은 우리가 졸업할 때까지 게시판에 붙어 있었다.

2학기의 어느 날, 무심코 사진을 보던 나는 이상한 점을 발견했다. 사진 속에 모르는 여학생이 있었던 것이다.

'어라, 우리 반에 이런 여학생이 있었나?'

그러면서 바라보고 있자니 언젠가 본 것 같기도 했다. 3학년에 올라온 직후에는 분명 우리 반에 있었던 것 같다. 이름도 얼핏 기억이 났다. A였을 것이다.

그 애는 어디로 갔지. 언제 사라졌을까.

나는 고개를 갸우뚱거렸다. 비교적 예쁜 편에 속하는 아이라서 더 신경이 쓰였다.

하지만 아무리 생각해 봐도 알 도리가 없어 친구들에게 물어봤다. 그런데 우리 반에 그런 여학생이 있었다는 사실조차 모르는 친구가 대부분이었다.

"아니, 그런 애가 있었어?" 하며 게시판에 붙어 있는 사진을 새삼스럽게 들여다보고서야 비로소 A의 존재를 알게 된 아이도 꽤 많았다.

또 A를 기억한다고 해도 그 수준이 나와 비슷해서 언제부터 안 보였는지 알지 못했다.

나는 남자 녀석들에게 묻기를 포기하고 이번에는 여학생들에게 물어봤다. 그런데 어처구니없게도 그들 역시 대부분 A의 존재를 까맣게 잊고 있었다. 내가 물었을 때에야 그 사실을 깨닫고 "그래, 맞아, 그 아이는 어디로 갔지? 너는 혹시 아니?"라고 되묻는 아이도 있었다.

그러다가 마침내 A에 관한 정보를 가진 여학생을 발견했다. 그 아이 말에 따르면, A는 1, 2학년 때는 옆 마을에 있는 중학교를 다녔고 3학년 때 H중학교로 전학 왔다고 한다. 그래서 A를 모르는 친구가 많았던 것이다.

"그런데 왜 지금은 안 보이지?"

"글쎄, 잘 모르겠네. 또 전학 갔나?"

그 여학생은 만화 영화 '마그마 대사'에 나오는 악당 '고어' 같은 곱슬머리를 손가락으로 돌돌 말면서 관심 없다는 듯이 말했다.

몇 명의 의견을 종합한 결과, A가 5월 중순까지는 분명히 있었는데 1학기가 끝날 때는 없어졌다는 사실을 알게 되었다. 즉 그사이에 A가 자취를 감춘 것이다.

아무리 친한 아이가 없었다고 해도 급우 한 명이 사라졌는데 어떻게 아무도 눈치채지 못했을까.

거기에 대해서는 약간의 설명이 필요하다. 그것은 이 반의 특수성과 관련이 매우 컸다. 우선 우리 반은 출석체크를 하지 않았다. 아니, 담임이 나름대로 체크했는지는 모르겠지만 "××군." "네." 하는 방식으로는 체크하지 않았다. 게다가 우리 반에서는 정해진 자리에 앉는 법이 좀처럼 없었다. 그래서 설사 빈자리가 있다 해도 누가 결석했는지 알 도리가 없었다. 그리고 무단결석하는 아이가 늘 있어서 빈자리가 몇 개 생겨도 아무도 신경 쓰지 않았다.

또 하나, 아무래도 A의 행동 자체에도 문제가 있었던 듯하다.

"좀 특이한 아이였어."

예의 곱슬머리 여학생이 한 말이다.

"쉬는 시간이나 점심시간에는 거의 교실에 없었어. 누구하고도 어울리지 않고 존재감이 전혀 없었지."

다시 말해 워낙 있는지 없는지 드러나지 않는 친구여서 아무도 그 아이가 사라진 줄을 몰랐다는 것이다.

A에 관한 기억이 없기는 나 역시 마찬가지였다. 같이 대화를 나눠 본 적도 없거니와, A가 친구들과 어울리는 장면이나 행사에 참여한 모습을 본 기억이 전혀 없었다.

다만 그 아이가 화난 표정을 지었을 때가 어슴푸레 떠올랐다. 3학년에 올라와서 얼마 지나지 않았을 때이다. 수업 중에 누군가 소리를 질러 그쪽을 돌아보니 그 아이가 인상을 찌푸린 채 뒤를 돌아보고 있었다. 그리고 그 뒷자리에서는 불량아 중에서도 우두머리 격인 남학생이 실실 웃으며 가느다란 쇠막대기를 휘젓고 있었다. 자세히 보니 그 쇠막대기는 자유자재로 늘였다 줄였다 할 수 있는 라디오 안테나였다. 그런데 그 끝부분이 물음표 모양으로 구부러져 있었다. 어렴풋한 기억 속에서도 그 안테나의 기묘한 모양만은 뇌리에 선명하게 남아 있다.

담임이 A에 관해 한 번도 언급하지 않은 것도 이상했다. 만일 병이 나서 입원했다면 우리에게 문병이라도 가보라고 했을 테고, 전학을 갔다면 작별 인사라도 시켰을 텐데 말이다.

그러나 나는 끝내 담임에게 묻지 않았다. 왠지 드러내놓고 말하기 뭣한 뭔가가 있을지 모른다는 생각이 들어서다.

결국 A는 '어느 사이엔가 사라진, 꽤 예뻤던 여자애'로 내 기억에 저장되었다. 그리고 이 일은 영원히 밝혀지지 않는 수수께끼가 될지도 모른다고 막연히 생각했다.

그런데 이 수수께끼가 어느 날 문득, 전혀 예상치 못한 방식으로 풀렸다.

내가 고등학교에 입학한 직후의 일이다.

반 친구들과 얘기를 나누던 중에 출신 중학교가 화제로 떠올랐다. 나도 정체를 밝히지 않을 수 없었다.

"뭐야? 너, H중학교 출신이야?"

그때까지 해맑게 수다를 떨던 친구들의 표정이 순식간에 어두워졌다. 그런 반응에 관해서는 이미 누나들에게 들어 알고 있었으므로 대수롭지 않게 받아들였다. 아아, 역시, 하고 생각했을 뿐이다. 누나들은 고등학교 입학식 때 처음 본 친구들에게 "너도 면도날 같은 걸 갖고 다녔니?"라는 질문을 받았다고 한다.

나도 비슷한 오해를 받았다. 남학생 하나가 조심스럽게 묻는 것이었다.

"H중학교 학생들은 누구나 머리에 칼자국이 있다던데, 정말이야?"

그러자 그 자리에 있던 아이들의 눈길이 일제히 내 이마 쪽으로 쏠렸다. 나는 한숨을 내쉬며 앞머리를 양손으로 그러모으고 이마를 드러냈다.

"그럴 리가 있냐. H중학교에도 평범한 학생이 훨씬 많아. 불량 학생은 극소수고."

다들 내 말을 듣고 안심하는 표정을 짓는데 또 다른 학생이 말했다.

"나는 F중학교 럭비부 출신인데, H중학교랑 시합한 적이 있어."

그 말에 나는 약간 불안해졌다.

H중학교는 운동부가 하나같이 막강했는데, 그중에서도 럭비부는 특출했다. 또 막강한 것 이상으로 이질적이었다. 쉽게 말해 불량 학생들의 비행을 막기 위해 존재하는 듯했다. 럭비부는 전원이 삭발하고 다닌다는 얘기도 유언비어가 아니었다. 그리고 그 럭비부를 이끄는 사람은 기인으로 통하던 T선생이었다.

"H중학교에 관한 소문을 많이 들었던 터라 우리는 두근거리는 심정으로 운동장에서 기다렸어."

F중학교 럭비부 출신이라는 친구는 그렇게 말하고 나서 입술을 핥았다.

"그래서?"

나머지 학생들이 숨을 죽였다.

"시간이 되자 녀석들이 나타났어. 그 모습을 보고 얼마나 기겁했던지."

"왜? 교복 차림이 아니었어?"

"아니, 전원 교복 차림이었어. 그런데 모양새가 진짜 이상하더라고."

"아아, 바지통이 넓다든가, 아니면 칼라가 높다든가 그랬구나?"

"아니야, 그런 식으로 고치지는 않았어. 그저 길이가 조금 긴 데다가 호크를 끝까지 채웠을 뿐이지."

"그런데 뭐가 이상해?"

"문제는 지금부터야. 일단 전원이 학생모를 눈썹이 가려질 정도로 깊이 눌러쓰고, 공붓벌레처럼 검은 뿔테 안경을 끼고 있었어. 그것만으로도 충분히 이상한데 거기에 마스크까지 쓴 거야. 게다가 비도 안 오는데 고무 장화를 신고 말이지. 이런 차림을 한 집단이 말없이 다가온다고 생각해 봐, 누구라도 식겁하지 않겠어? 가만 보니까 인솔 교사까지 구레나룻을 기르고 검은 선글라스를 끼었더라고."

헉, 하는 소리가 여기저기서 흘러나왔다.

"그래서, 시합은 어떻게 됐어?"

"초반에는 선전했지. 그런데 10분쯤 지났을 때 우리 선수가 H중학교 선수의 다리를 걸고 말았어. 죄송합니다, 라고 사과했더니 괜찮다면서 손을 흔들었어. 다리를 건 학생은 가슴을 쓸어내렸지. 그런데 그 넘어진 아이가 조그만 소리로 끝나고 보자고 그랬다는 거야.'"

"와, 소름!"

"그렇게 되니까 우리 쪽은 전의를 상실했지. 무사히 시합이 끝나기만을 빌었어. 50대 0으로 졌던가 그랬어."

"대단한 학교네."

그리고 일동은 꺼림칙한 물건이라도 보는 듯한 시선을 내게 던졌다.

"극소수만 그랬다니까. 대부분은 보통 학생이었어."

나까지 싸잡아 불량 학생으로 볼까 봐 필사적으로 주장했다.

"수업 중에는 조용했어?"

"그야 당연하지. 다들 얌전히 수업을 들었어."

흐음, 하며 모두가 반신반의하는 표정으로 고개를 끄덕이는데 어디선가 이런 말소리가 날아들었다.

"내가 들은 얘기랑은 전혀 다르네."

그렇게 말한 사람은 K라는 여학생이다. 귀엽게 생겨서 친해져 볼까 생각하던 아이였다.

"내 친구 말로는 H중학교만큼 후진 학교가 없다던데."

"친구 누구?"

"걔는 H중학교에 아주 잠깐 다녔어. 3학년 1학기만."

"뭐라고?"

나는 흠칫했다. 설마.

"그 친구, 이름이 뭐야?"

머뭇거리며 물었다.

"A짱인데, 혹시 알아?"

"아니……."

당황한 기색을 드러내지 않으려고 애쓰면서 우물우물 얼버무렸다.

K가 말을 계속했다.

"다른 반은 몰라도 그 애가 들어갔던 반은 엉망진창이었대. 수업 중에 도박을 하지 않나, 멋대로 음악실에 가서 담배를 피우고 오지 않나. 그런데도 선생님은 아예 포기했는지 수수방관하더라는 거야. 심지어 반장까지 한통속이 돼서 난장판을 피웠다니까 말 다 했지, 뭐."

와, 하며 놀라는 소리가 여기저기서 흘러나왔다. 그 반장이 바로 나야, 라고는 차마 말할 수 없어 나는 입을 다물었다.

"그게 다가 아니야. 못된 남자애들이 걸핏하면 여학생들을 집적거렸다는 거야. 내 친구도 피해를 당했다더라고. 그래서 쉬는 시간이나 점심시간에 되도록 교실에 있지 않았는데, 수업 중에도 아무렇지 않게 못된 짓을 하더래. 결국 그 친구는 1학기 후반부터 학교에 가지 않았어."

그랬구나, 하고 그제야 나는 납득했다. 그 아이는 등교를 거부했던 것이다. 그래서 도중에 사라진 것이고.

"1학기 끝나자 교육청에 가서 사정했대. 전에 다니던 중학교로 도로 보내 달라고 말이야. 교육청에서도 처음에는 원칙상 안 된다고 하다가 그 아이가 울고불고 매달리니까 '하긴 H중학교라면 무리도 아니다.'라면서 특별히 허락했대."

그러니까 예외를 죽도록 싫어하는 공무원마저 움직일 정도로 H중학교가 악명이 높았단 말인가.

얘기를 들은 반 아이들이 한층 차가운 시선으로 나를 바라봤다.

"아니, 잠깐만, 잠깐만. 그게 말이지……."

나는 양손을 필사적으로 내저었다.

"물론 후진 건 사실이지만, 교육청에 가서 울고불고한 건 오버 아니야? 기껏해야 중학생이 못된 짓을 해 봐야 얼마나 하겠어?"

내 얘기에 K가 나를 무섭게 쏘아봤다.

"무슨 소리야, 그 애가 무슨 짓을 당했는지 알아? 뒤에 앉아 있던 놈이 교복 치마를 들치고 팬티 속에 쇠막대기를 집어넣었단 말이야!"

나도 모르게 흐억, 하고 소리를 낼 뻔했다. 그때의 광경이 눈앞에 떠올랐다.

“말이 돼? 쇠막대기야. 쇠막대기를 팬티 속에 집어넣었다고. 어떻게 생각해?”

K가 친구의 원수라도 갚겠다는 듯이 나를 공격했다. 주위 녀석들은 흥미진진하게 우리를 바라보았다.

“아니, 저, 그러니까…….”

그건 쇠막대기가 아니라 끝이 구부러진 안테나였다고 바로잡아 줄 수도 없고 해서 나는 그저 우물거릴 뿐이었다.

해 본 사람 손들어!

※

중학교 3학년은 여러모로 혼돈의 시기다. 육체와 정신의 균형이 맞지 않아서 더 그렇다.

사회적으로는 어린애 취급을 하지만 육체적으로는 충분히 성숙한 부류가 적지 않다. 당연히 성욕을 처리하는 일이 문제가 된다. 당시 우리 머릿속에도 오직 그 생각뿐이었다. 수업 중에 문득 정신을 차려 보면 교과서 여백에 w x y가 쓰여 있곤 했다. 지금은 아니냐고 물으면 대답할 말이 없지만, 하여간 그때는 그랬다.

해외판 『플레이보이』를 사서는 검정 매직으로 칠해진 부분을 어떻게든 지워 보려고 애썼던 기억도 있다. 시너와 식용유를 섞은 거라든지 마가린 같은 걸로 시도해 봤지만 결국 다 실패하고 말았다. 드디어 지워졌다고 환호작약하고 나서 보면 인쇄된 부분까지 모조리 지워져서 실망했던 적도 있었다.

요즘은 아이돌 탤런트 찜 쪄 먹을 만큼 예쁜 여자들이 성인 비디오에 출연하곤 하지만, 당시의 에로 잡지 화보라는 건 아무리 봐도 마흔이 훌쩍 넘었을 듯한 아줌마가 짙은 화장에 교복을 입고 찍은 것들뿐이었다. 그런데도 우리는 그런 잡지를 놓고 쟁탈전을 벌였다.

나 같은 보통 학생도 그랬으니 거칠 것 없는 불량 학생들이 성욕을 다루는 방법은 어땠겠는가. 그들은 늘 성욕을 주체하지 못해 고통을 당하는 것처럼 보였다.

예를 들어 N이라는 남학생은 미술 시간에 거울을 보고 자화상을 그리라는 선생의 말에 바지를 내리고 열심히 자신의 성기를 그렸다. 성욕으로 인해 뇌가 기능을 잃었다고밖에 말할 수 없는 사건이었다.

또 내 옆 자리에 앉은 W가 수업 시간에 갑자기 끙끙 신음 소리를 내기에 왜 그러냐고 물었더니 책상에 몸을 힘껏 밀착시킨 채 "안 죽어."라고 대답했다.

"응? 뭐가?"

"이거 말이야."

W는 왼손으로 책상 밑을 가리켰다. 그곳을 들여다보니 열려 있는 바지 지퍼에서 물건이 튀어나와 있었다. 그것은 마치 커다란 소시지처럼 부풀어 오른 채 당장이라도 책상을 밀어 올릴 듯한 기세로 꼿꼿이 서 있었다.

"왜 수학 시간에 섰지?"

내가 묻자 W는 자기도 잘 모르겠다면서 갑자기 그렇게 됐다는 것이었다.

잠시 후 W는 앞자리에 앉은, '노는' 여학생을 조용히 불렀다.

"야, M."

M이라고 불린 여학생이 귀찮다는 얼굴로 뒤를 돌아봤다.

"내 고추 좀 주물러 줘."

난데없는 말에 잠시 침묵하던 M은 이윽고 얼굴색 하나 변하지 않고 아이섀도를 짙게 칠한 눈을 천천히 두 번 깜박거리더니 "찬물로 식히고 와."라고 나직이 말한 후 아무 일도 없었다는 듯이 다시 돌아앉았다. 이 정도 언행은 일상다반사여서 여자애들도 어지간해서는 눈 하나 깜짝하지 않았던 것이다.

아무개가 실제로 성행위를 했다더라, 하는 소문도 이따금 들려왔다. 또 터키탕에 갔던 얘기나, 술집 마담에게 동정을 바치고 가슴에 키스 마크를 받은 얘기 등도 들렸다. 하지만 아무리 생각해도 중학교에서 화제가 될 법한 얘기는 아닌 것 같았다.

어쨌든 학교에서도 뭔가 대책을 세우지 않을 수 없었

다. 그래서 보건 체육 시간에 새삼 성교육을 하게 되었다. 담당은 앞서 언급했던 럭비부를 이끄는 T선생이었다.

T선생은 H중학교에서 꽤나 특이한 존재였다. 어느 선생 할 것 없이 불량 학생들의 행패 때문에 애를 먹었지만 T선생만은 비교적 그들과 잘 지냈던 것이다. 물론 드라마 '뛰쳐나가라, 청춘이여!'의 무라노 다케노리나 '나는 남자다!'의 모리타 겐사쿠같이 세련된 선생은 아니고 오히려 불량함을 가장해 학생들에게 대응했던 것 같다. '야, 이 멍청이야, 도대체 무슨 말을 지껄이는 거야.'의 느낌이랄까.

문제의 성교육 시간. T선생은 아이가 어떻게 생기는지, 성기의 구조는 어떤지 따위의 형식적인 얘기는 한마디도 하지 않았다. 그런 얘기가 먹힐 상황이 아니라는 걸 너무나 잘 알았기 때문이다. 교실에는 우리 8반과 옆 반인 7반 남학생들만 수십 명이 앉아 있었는데, 우리를 한 번 둘러본 뒤 T선생은 이렇게 말했다.

"섹스해 본 사람, 손들어."

'뭐라는 거야?'

그 대담함에 불량한 아이들도 순간적으로 얼어붙은 듯했다.

원래 T선생은 그런 식으로 질문하는 일이 많았다. 빙빙 돌려서 묻거나 찔러 보는 방식을 싫어했다.

전에도 보건 체육 수업 때 "담배 피우는 놈은 창 쪽에 앉고, 안 피우는 놈은 복도 쪽에 앉아." 하고 지시한 적이 있었다. 물론 담배 피우는 학생들을 혼내려고 그런 것이 아니다. 흡연파와 비흡연파로 나누어 '미성년자가 담배를 피워도 괜찮은가'라는 주제로 토론을 시키는 것이 목적이었다.

하지만 이 획기적인 지도 방법도 좋은 결과를 낳지 못했다. 비흡연파 학생들이 "피우고 싶으면 피우라지. 제 몸 상하지 내 몸 상하나?" 하고 말하는 바람에 토론 자체가 성립하지 않았던 것이다.

하여간 '섹스해 본 사람, 손들어.'라는 말에는 일단 아무도 손을 들지 않았다. 물론 나처럼 손들 자격이 없는 학생이 대부분이었겠지만, 그렇다고 경험자가 단 한 사람도 없을 리는 없었다.

"이봐, 다들 좀 솔직해지시지. 아니면 그렇게 뻰대는 주제에 설마 다들 동정인가?"

T가 도발적으로 물었다. 그러자 그에게 걸려든 학생들이 하나둘 손을 들기 시작했다. 급기야 전체의 3분의 1에 가까운 학생이 손을 들었다. 하지만 그중 절반은 허세였

음이 나중에 드러났다.

"그래, 알았다."

T선생은 일단 손을 내리게 한 다음 자칭 경험자들에게 물었다.

"너희들은 왜 그렇게 섹스가 하고 싶지?"

또 그렇게 직접적으로 물었다.

그러자 경험자들은 마치 미리 짠 것처럼 입을 모아 대답했다.

"기분이 좋으니까요."

그리고 그게 어떤 쾌감을 주는지 제각각 설명했다. 우리 미경험자들은 소외감을 느끼면서 선망과 질투의 시선으로 그들을 바라보았다. 불량 학생들이 오늘따라 어른스러워 보였다.

T선생은 경험자들의 얘기를 다 들은 다음 칠판에 이렇게 썼다.

'마스터베이션.'

그리고 그 단어에 밑줄을 두 줄 그은 뒤 분필을 내려놓고 손바닥을 짝, 짝, 쳤다.

"이걸 하면 되지 않아? 쾌감도 별 차이가 없을 텐데."

그러자 "에이." 하고 불량 학생들 사이에서 불만 섞인 소리가 흘러나왔다.

"전혀 다른데."

"하늘과 땅 차이지."

"저 나이에 한 번도 못 해 본 거 아냐?"

그들이 그토록 침을 튀겨 가며 지껄이사 비경험자들은 부러움이 한층 커졌다.

"섹스 같은 건 앞으로 얼마든지 할 수 있으니까 조금만 참지 그래?"

T선생이 경험자들 쪽을 향해 말했다. 그러나 경험자들은 그렇게 좋은 걸 어떻게 참겠냐는 얼굴이었다.

뭐든지 단도직입적으로 말해야 직성이 풀리는 T선생은 마침내 이렇게 말했다.

"말이 나왔으니 말인데, 볼일 다 봤다고 빠이빠이하는 건 남자로서 무책임하다고 생각하지 않나? 아이라도 생기면 어쩌려고 그래? K군과 Y양 사건만 해도 그래. 상처받는 사람은 늘 여자 쪽인데, 주의했어야 하는 거 아니야? Y가 불쌍하잖아. 안 그래?"

이 대목에서 보통 학생들은 일제히 웅성거리기 시작했다. K군과 Y양 사건이 뭐지? Y가 왜 불쌍하다는 거야? 그러고 보니 K가 말없이 고개를 수그리고 있었다. 주위에 앉은 불량 학생들은 뭔가 아는 눈치였다.

T선생은 학생의 비밀을 폭로해 버렸다는 자각이 없는 듯 "어찌 됐건 남자는 책임을 져야 하는 거야. 그걸 염두에 두고 행동하도록."이라고 말하고 가슴을 활짝 폈다.

K군과 Y양 사건이 무엇인지는 끝내 알지 못했다. 물론 대강 짐작은 간다. 들은 바에 따르면 불량 학생들을 담당했던 교사들 사이에서는 그 사건이 공공연한 비밀이었다고 한다. 그래서 T선생도 그 일을 발설한 듯하다. 게다가 그런 종류의 문제를 일으킨 학생이 K와 Y뿐만이 아니라는 소문도 있었다.

"C랑 D도 그렇고 그렇대. H랑 I도 뭔 일이 있었다지, 아마. 임신까지 갔는지 어쨌는지는 모르겠지만 말이야."

친구가 은밀히 가르쳐 줬지만 내게는 먼 세상의 일처럼 들렸다. 나 자신이 몹시 뒤떨어진 사람처럼 느껴졌다.

하지만 곰곰이 생각해 보면 그렇게 초조해할 필요가 없는 일이다. 이제 겨우 중3 아닌가. T선생 말처럼 기회는 앞으로 얼마든지 있을 것이다. 그런데도 좀처럼 그런 여유를 갖지 못하는 것이 이 나이 때다. 보통 학생들 역시 하루라도 빨리 그런 경험을 하고 싶은 마음이었다.

집 근처 신사에서 여름 축제가 열렸을 때 E라는 친구가 찾아왔다. 그 친구와는 에로 잡지를 함께 사러 가기도 하는 사이다. 그런 E가 한껏 멋을 부리고 왔기에 웬일이냐고 물었더니 "다른 학교 여자애들이랑 엮어 보려고 그래. 잘하면 한 번 할 수 있을지도 몰라."

그 말의 진위가 의심스러웠지만 나는 그런대로 옷을 차려입고 집을 나섰다.

신사에 가 보니 눈에 익은 얼굴이 한둘이 아니었다. 물론 하나같이 남자였다. 다들 같은 목적인 듯, 뭔가를 찾는 듯한 표정으로 돌아다녔다. 길이 좁아서 똑같은 얼굴과 여러 번 마주쳤다.

그러던 와중에 우리는 여자애 한 명에게 눈독을 들이게 되었다. 머리가 길다는 점 외에는 이렇다 할 특징이 없는 아이였지만 혼자서 흔들흔들 걷고 있어서 말을 붙이기 쉬울 것 같았다.

우리는 그녀를 따라갔다. 하지만 좀처럼 말을 붙이지 못했다. 타이밍을 노리고 있었다고 그럴싸하게 말했으면 좋겠지만 실은 "네가 말을 걸어 봐." "아니, 됐어. 오늘은 너한테 양보할게." 그렇게 서로 미루느라 바빴다. 요컨대 둘 다 그럴 만한 배짱이 없었던 것이다.

그러는 동안 여학생은 신사에서 멀어져 갔다. 아무래도

집에 돌아가려는 듯했다. 그렇다면 말을 걸어 봐야 소용 없을 거라며 우리는 고개를 끄덕였다.

"아깝네. 좀 더 일찍 말을 붙일걸."

E의 말투에서 어쩐지 안도감이 묻어났다.

그런데 조금 있다가 그 아이가 다시 나타났다. 집에 돌아가지 않았던 것이다. 우리는 다시 그 아이를 뒤쫓았다.

"말을 걸어 봐!"

"아니, 잠깐만. 기회를 엿보는 중이야."

우물쭈물하는 사이에 여자애는 다시 야시장이 들어선 통행로에서 사라져 버렸다.

"또 없어졌네."

"그러게. 어쩌면 우리를 의식했을지도 몰라."

포기하고 어슬렁거리는데 어떻게 된 일인지 그 여자애가 어디선가 또 나타났다. 이상하네, 하면서 그 아이에게 다가갔다. 그러자 그 아이는 또 종종걸음으로 달아났다.

"야, 혹시 재, 우리가 말을 붙이기를 기다리는 거 아닐까?"

E의 말에 나는 고개를 끄덕였다. 그러고 보니 아까부터 그 애가 자꾸 우리 쪽을 힐끔힐끔 돌아본 것 같았다. 어쩌면 그 아이는 우리에게서 도망간 것이 아니라 인기척이 없

는 어두운 곳으로 우리를 유혹하려던 것인지도 몰랐다.

상황이 이렇게 되자 우리는 갑자기 물러서고 싶어졌다. 저쪽에서 우리를 유혹하리라고는 상상도 하지 못했기 때문에 어떻게 대처하면 좋을지 막막했던 것이다.

나와 E는 누가 먼저랄 것도 없이 걸음을 멈추고 "오늘은 이쯤 하자."라고 의견 일치를 봤다.

"그래, 오늘은 그만하자."

다음 날 학교에 가니 E가 반 아이들 앞에서 신나게 떠들고 있었다.

"탤런트 이가라시 준이랑 똑 닮은 여자가 말이지, 우리를 어두운 곳으로 유인하는 거야. 그래서 따라갔더니 한 번 하는 데 5,000엔씩 내라는 거야. 3,000엔에 하자고 했지만 안 된다고 하더라. 돈이 모자라서 포기하고 돌아왔는데, 정말 아까웠어."

와, 하며 다들 감탄스러운 표정을 지었다. E는 내가 보고 있는 것을 눈치채고 입 다물라는 듯이 눈짓을 했다.

우리는 기껏해야 허풍이나 떨어야 하나 싶어 나는 가만히 한숨을 내쉬었다.

빡빡 깎고 예스터데이

!!

중3 때 우리 반은 불량 학생들을 한데 모아 놓은 구제 불능 학급이었지만, 신기하게도 보통 학생들과 아무런 문제 없이 지냈다. 물론 폭력 사건은 일상다반사였지만 그런 일은 불량 학생들 사이에서만 벌어졌고, 거기에 엮이지만 않으면 우리 보통 학생들은 제법 평화로운 학교 생활이 가능했다. 굳이 피해를 꼽자면 불량 학생들이 소란스럽게 구는 바람에 차분하게 수업을 받기 어려웠다는 것 정도랄까. 하지만 일반 학생들도 그 정도는 피해라고 여기지 않았다. 애초에 수업에 별 흥미가 없는 학생이 대부분이었기 때문이다.

남의 도시락을 훔쳐 먹는 일도 몇 번인가 있었다. 점심 시간이 되어, 오늘은 반찬이 뭘까 기대에 차서 도시락 뚜껑을 열었더니 누군가 이미 먹은 흔적이 있었던 것이다. 불량 학생 짓이라는 건 불 보듯 뻔했다. 체육 수업 등으로 교실이 비었을 때 먹은 듯했다. 그들은 점심 값을 굳히려고 그러는 것이다. 아마도 집에서는 점심때 빵을 사 먹겠다며 돈을 받아 왔을 것이다.

하지만 그들도 나름의 의리는 지켰다. 절대로 도시락을 깡그리 먹지는 않았던 것이다. 당시의 도시락은 네모나고 납작한 것이 보통이었는데, 마치 거기에 자를 대고 자른 듯이 딱 절반만 비웠다. 반찬도 원래 4개가 들어 있던 비엔나소시지는 2개를, 다섯 조각으로 나뉘어 있던 계란말이는 두 조각 반을 남기는 식이었다. 피해를 당한 아이도 그 정확함에 화가 가라앉을 지경이었다. 하지만 절반이라도 남의 도시락을 멋대로 먹는 것은 곤란한 일이라 우리는 여러모로 피해 방지 수단을 강구했다. 내가 사용한 방법은 가방을 특제 자물쇠로 잠그는 것이었다. 덕분에 나는 한 번도 피해를 입지 않았다. 그러던 어느 날, 체육 수업을 마치고 교실에 돌아와 보니 가방에 조그만 메모지가 붙어 있었다.

'옹졸한 놈.'

메모지에는 그렇게 적혀 있었다.

그런 식으로 자질구레한 트러블은 있었지만, 그럼에도 일반 학생과 불량 학생은 나름대로 공존하는 방식을 터득한 듯했다.

하지만 어쩌면 이런 경우는 매우 드문 일일지도 모른

다. 앞서 언급했듯이 다른 학교에서 전학 왔다가 못 견디고 내빼 버린 아이도 있었으니 말이다. 즉 일반 학생이라고는 해도 우리 반의 경우 결코 일반적이지 않았다.

그 한 예로, 나와 친구들은 고등학교 입시를 코앞에 둔 중요한 시기임에도 마작을 배워 하루가 멀다 하고 탁자에 둘러앉았다. 처음에는 친구 아버지의 마작 패를 갖고 놀다가 너희도 공부 좀 해야 하지 않겠냐며 빼앗기고 말았다.

그런데도 우리는 포기하지 않고 돈을 모아 전당포에서 마작 패를 사서는 밤낮을 가리지 않고 마작에 몰두했다. 친구 N은 헌책방에서 마작 만화를 잔뜩 사서 같잖게도 사기 도박을 연구하기까지 했다.

하지만 우리가 하는 마작은 사실 룰조차 엉망이었다.

일단 역만(役滿. 마작에서 최고 점수가 나오는 조합-옮긴이)이 마구 튀어나왔다. 이제 와서 생각해 보면 우리가 4암각(暗刻. 역만 중 하나)이라고 외쳤던 것이 실은 3암각에 해당하고, 지화(地和. 역만 중 하나)인 줄 알았던 것은 더블 리치였으며, N이 기뻐서 날뛰었던 구련보등(九連宝灯. 더블 역만의 하나)은 단지 청일색에 지나지 않았다. 마작을 모르는 사람이 들으면 뭐가 뭔지 모르겠지만, 이것은 야구로

치면 텍사스 히트를 홈런이라고 여기는 정도의 착각이다. 그러고 보니 상당히 손해를 봤다. 하긴 딴 적도 있으니 본전으로 쳐야 하나. 어느 쪽이든 심장에는 그리 이롭지 않은 룰이었다.

물론 도박인 이상 돈도 걸었다. 이미 공소 시효가 지났으니 당당히 말할 수 있지만, 그렇지 않더라도 굳이 숨길 필요가 없을지도 모른다. 마작에 돈을 거는 일이 범법 행위가 아니라는 점은 몇몇 정치인이 이미 증명한 바 있다. 게다가 당시 우리가 걸었던 돈이래야 그들과 비교하면 자릿수가 너덧 자리는 차이가 난다. 그들은 하룻밤에 수백 엔에서 수천만 엔까지 판돈이 오갔지만 우리는 기껏해야 몇백 엔이었다. 1,000점에 겨우 10엔이었으니까. 이것은 마작을 아무리 오래 한 사람이라도 들어 본 적이 없을 만큼 적은 판돈이다.

그래도 우리에게 1,000엔을 잃는다는 것은 중대한 문제였다. 월말까지 그 빚을 갚지 못하면 다음 달부터는 마작에 참여하지 못하도록 되어 있었기 때문에 어떻게든 돈을 마련해야 했다. 호들갑도 정도껏 떨라고 하겠지만 중학교 3학년에게 1,000엔이란 우스운 돈이 아니었다. 가령 내게는 당시의 백화점 전단지가 있는데, 거기에는 다음과 같이 적혀 있다.

돼지 등심 100g	100엔
명란젓 100g	60엔
장어구이 1마리	220엔
원피스	1,980엔
버뮤다팬츠	990엔

또한 당시에 내가 자주 가던, 서서 먹는 메밀국수 집은 따뜻한 메밀국수 한 그릇이 100엔이었다. 1,000엔으로 살 수 있는 물건이 많았던 시대인 것이다. (그건 그렇고, 버뮤다 팬츠가 그 시절의 유행을 떠올리게 해서 웃음이 난다. 다리가 짧아 보이는 그 바지가 왜 유행했는지 알다가도 모를 일이다.)

돈에 쪼들릴 때 해결할 방법은 단 하나였다. 물건으로 돈을 대신하거나, 제삼자에게 물건을 팔아 그 돈으로 지불하는 것이다. 그럴 때 자주 사용되는 물건이 LP 레코드였다. 특히 비틀스는 값을 많이 쳐주었다. 교환 비율은 비틀스 LP 3장에 1,000엔. 어느 날 N이 돈을 잃었다면서 'A Hard Day's Night'와 'Yellow submarine' 'Let It Be'의 LP를 들고 나를 찾아왔다. 그건 전에 S가 N에게 돈 대신 준

것들이었다. 마작 운의 흐름에 따라 몇 장의 비틀스가 멤버들 사이를 왔다 갔다 한 것이다. 이렇게 되자 비틀스는 일종의 화폐처럼 통용되었다. 그중에서도 가장 인기 있었던 것이 도쿄 부도칸 콘서트 해적판으로, 이것만은 장당 1,000엔의 가치가 보장되었다. 음질은 별로였지만 어쩌면 앞으로 더 비싸질지 모른다는 기대감 때문에 고가로 거래된 것이다.

이런 사실로 알 수 있듯이, 당시 우리는 마작과 더불어 비틀스에 푹 빠져 있었다. 마작을 할 때도 반드시 비틀스 음반을 배경 음악으로 틀어 놓았다.

여기까지 읽은 독자들은 사뭇 의아하게 여길지도 모르겠다. 시기적으로 보아 이 무렵은 이미 비틀스가 해체한 다음이 아닌가 하고 말이다.

옳은 지적이다. 우리가 중1 때 비틀스는 해체했다. 우리가 실시간으로 듣던 록 그룹은 레드 제플린과 크림, 시카고, CCR 등이었다. 실제로 이 밴드들의 레코드를 많이 샀다. 다만 이 밴드들의 음악은 혼자서 들을 때는 좋지만 여럿이 즐기기에는 문제가 있었다. 누구나 다 아는 밴드가 아니었고, 하나같이 개성이 강해서 호불호가 갈렸다. 한마디로 마작의 배경 음악을 고르기가 힘들었다는 얘기다. 어떤 녀석은 좋다고 하고, 어떤 녀석은 도대체 뭐가 좋으냐고 하다가 때로는 말다툼까지 벌어지기도 했다.

그래서 결국은 비틀스였던 것이다. 친구 중에 H라는 비틀스 마니아가 있었는데 그 녀석이 비틀스 음악을 이것저것 들려줬다.

"이제 와서 왜 흘러간 노래를 들어야 하는데?"라고 무시하던 친구들도 어느새 모두 비틀스 팬이 되었다. 록의 원점인 만큼 모두가 좋아할 만한 공통된 무언가가 그들의 곡에 녹아 있기 때문일 것이다.

우리들 사이에서만 그런 것이 아니라 때마침 그 무렵 오사카에 비틀스 붐이 다시 일었다. 극장에서는 '어 하드 데이스 나이트(A hard day's night)' '헬프!(Help!)' '옐로 서브마린(Yellow submarine)' '렛 잇 비(Let it be)'가 반복적으로 상영되었다. 우리는 아침부터 밤까지 그 영화들을 보느라 머리가 어찔어찔하기도 했다.

학교에서도 온통 비틀스가 화제였다. 뒤늦게 비틀스 팬이 되어서는 그들이 해체한 줄도 모르고 다음 곡이 언제 나오냐고 묻는 친구도 있었다.

이런 붐이 대표적으로 드러난 곳이 학교 문화제 행사였다. 학급 대부분이 비틀스 스테레오 콘서트를 연 것이다.

콘서트라고 하면 그럴듯하게 들리겠지만 실상은 누군가 집에서 스테레오를 가져와서 또 누군가가 가져온 비틀스 레코드를 마냥 트는 것이었다. 3학년 어느 교실을 가도 비틀스뿐이었다. 어느 반에서는 네 명의 멍청한 학생이 대걸레의 걸레 부분을 머리에 뒤집어쓰고 빗자루를 기타로, 양동이를 드럼 삼아 비틀스 흉내를 냈다.

하여간 엄청난 붐이었다. 비틀스를 듣지 않으면 간첩이라는 분위기랄까.

이런 가운데 겉도는 아이들이 있었다. 말할 필요도 없이 불량 학생들이다.

느닷없는 비틀스 붐이 그들에게는 상당히 거북했다. 그도 그럴 것이, 그들이 보는 영화라고 해야 야쿠자 영화나 포르노 영화고, 듣는 음악이래야 엔카가 전부인 처지라서 이런 분위기가 영 낯설었던 것이다. 문화제 때도 그들은 학교 뒤편에 쪼그려 앉아 담배나 피워 대곤 했다.

그러던 어느 날, 우리를 환호작약하게 하는 정보가 들어왔다. 미공개 필름을 포함한 비틀스 시네마 콘서트가 히가시 오사카에 있는 콘서트홀에서 열린다는 것이다. 문제는 표를 구할 수 있느냐였는데, 그 점에 관해 우리는 전혀 걱정하지 않았다. 앞서 언급한 비틀스 마니아 H가 아버지의 연줄을 이용해 몇 장 구해 주기로 했기 때문이다. H의 아버지가 근무하는 광고 대리점이 이번 콘서트에 관여한다는 것이었다. 그런 연줄이 없었다면 우리는 새벽부터 창구 앞에 줄을 서서 대기표를 받은 뒤 추첨에 참여해야 했다. 힘 있는 아버지를 둔 친구 덕분에 우리는 그저 기다리기만 하면 되었다.

그런데 콘서트가 며칠 앞으로 다가온 어느 날, 불량 학생 Y가 점심시간에 우리에게 다가왔다.

"이봐, 물어볼 말이 있는데, 너희 혹시 그 표 남냐?"

"무슨 표?"

내가 되물었다.

"그거 말이야. 비틀스."

겸연쩍게 말하는 Y를 바라보며 우리는 순간 말을 잃었다. 불량 학생 중에서도 Y는 특히 록 음악과 거리가 멀어 보이는 전형적인 토종 불량이었기 때문이다.

우리가 입을 다물고 있자 H가 "한 장 정도는 여유가 있는데, 필요하면 줄게."라고 대답했다.

"아, 정말이야?"

Y는 표정은 크게 변하지 않았지만 목소리에서 들뜬 기색이 느껴졌다.

"응. 당일에 현장에서 줄게."

"어, 고맙다."

Y는 손날을 세워 보였다.

그가 돌아가고 나서 우리는 H에게 왜 저런 놈을 끌어들이느냐고 항의했다. H는 후후, 웃으며 "저런 녀석에게 은혜를 베풀어 두면 나중에 여러모로 편리하거든."이라고 말했다. H는 후에 법조인이 되었는데, 학생 때부터 상당한 전략가였다.

그건 그렇고, Y는 왜 느닷없이 비틀스에 관심을 두게 되었을까. 그 이유는 얼마 뒤 밝혀졌다. 그가 열을 올리고 있는 이웃 마을 중학교의 여학생 짱이 록 음악 팬인데, 비틀스를 모르는 남자는 상대하지 않겠다고 했다는 것이다. 그 사실을 말해 준 불량 학생 M은 Y에게 "사랑에 빠지면 눈이 머는 법이지."라며 실실 웃었다고 한다.

드디어 콘서트 당일.

우리가 콘서트홀에 도착했을 때 Y는 이미 와서 기다리고 있었다. 수천의 관객 속에서도 Y의 모습은 한눈에 알아볼 수 있을 정도로 눈에 띄었다. 그를 본 순간 우리는 흠칫하고 말았다.

Y는 교복 차림이었다. 스탠드칼라가 유독 높은 웃옷은

일부러 단추를 전부 풀어 화려한 셔츠를 드러냈고, 통이 비정상적으로 넓은 바지에, 비도 내리지 않는데 고무장화를 신고 우산을 들고 있었다. 특히 눈길을 끈 부분은 포마드를 발라 번쩍번쩍 빛나는 머리로, 앞부분에 면도칼이 지나간 자국이 퍼렇게 나 있었다. 주위에 있던 사람 모두가 마치 봐서는 안 될 것을 봤다는 듯이 Y에게서 눈길을 돌렸다.

"늦었네."

우리를 발견한 Y가 말을 걸었다. H 역시 그에게 별말하지 않았다.

콘서트는 약 두 시간 정도 계속됐다. 텔레비전에 자주 나오는 후쿠다인가 뭔가 하는 아저씨가 진행을 맡았다. 무대에 설치된 스크린에 비틀스 영화가 비쳤고 그 양쪽에 있는 대형 스피커에서 음악이 흘러나왔다.

Y는 내 옆 자리에 앉아 있었는데, 다들 넋을 잃고 바라보는데 Y만 재미없다는 듯이 미간을 찌푸리고 있었다. 그럴 거면 뭐 하러 왔나 하는 생각이 들었다.

그런데.

콘서트가 끝나고 역에서 전철을 기다리는데 조금 떨어진 곳에 서 있던 Y가 뭐라고 중얼거리는 모습이 눈에 들어왔다. 나는 살그머니 그의 등 뒤로 다가갔다. 그리고 들었다.

"예스터데이~, 어쩌고저쩌고~, 따라리라리라 라라라……."

멜로디는 어딘가 이상했지만 분명 그 유명한 '예스터데이'였다. 그 뒷모습을 바라보던 나는 왠지 안심되는 기분이었다.

불량도 보통도 나름의 인생을

♤

3학년 2학기 후반에 접어들자 진로에 조금씩 신경이 쓰이기 시작했다. 특히 H중이라는, 우는 아이도 뚝 그치게 한다는 무법 중학교를 다니면서 과연 고등학교나 제대로 갈 수 있을지 진심으로 걱정이 되었다.

그런 가운데서도 벌써 추천 입학이 결정된 학생들이 있었다. 그것도 결코 수준이 낮지 않은 M공고로 말이다. 그 주인공은 배구부원들이다. 그들이 그런 행운을 움켜쥔 데에는 물론 나름의 이유가 있었다.

그해에 열릴 뮌헨 올림픽을 앞두고 '뮌헨으로 가는 길'이란 텔레비전 애니메이션이 방영되었다. 방영 시간은 매주 일요일 저녁 7시 반이었던 것 같다. 지금도 기억하는 사람이 많을 거라고 생각하는데, 일본 남자 배구 대표팀을 다룬 작품이다. 모리타, 오코, 요코다 같은 선수의 에피소드를 번갈아 소개하기도 하고, 마쓰다히라 감독이 팀을 이끄는 데 얼마나 고생이 많았는지를 드라마틱하게 묘사하기도 했다.

그 팀에 N이라는 선수가 있었는데, 스타가 즐비한 일본 대표 팀에서는 워낙 평범해서 눈에 잘 안 띄는 선수였다.

그 N이 바로 우리 H중학교 출신이었던 것이다. 그래서 그가 등장할 때 우리 학교 이름과 정문 사진이 화면에 비치자 평소 만화를 경멸하던 교감 선생이 다음 날 아침 조회 때 "여러분, 어젯밤에 '뮌헨으로 가는 길' 봤어요? 여러분도 학교 이름을 만화에 등장시키는 사람이 되기를 바랍니다."라고 흥분해서 말할 정도로 우리에게는 획기적인 사건이었다.

그리고 이런 흥분은 올림픽에서 일본 남자 배구 대표 팀이 금메달을 따면서 최고조에 이른다. 우리의 N선수 역시 금메달을 목에 걸게 되었다. 그때 중계하던 아나운서가 "벤치에서 큰 소리로 응원하며 팀의 분위기를 살린 N선수"라고 그를 소개하는 바람에 체면이 조금 깎이기는 했지만.

그 후 N선수가 인사차 우리 학교에 왔던 기억이 있다. 워낙 체격이 커서 그 옆에 서 있는 교장 선생이 새끼 원숭이처럼 보였다.

얘기가 조금 옆길로 샜는데, N선수의 출신 고등학교가 바로 M공고였다. 말하자면 M공고는 다시 한 번 N 같은 인재를 얻을 수 있지 않을까 하는 기대로 H중학교 배구부원을 거의 무조건적으로 받아들인 것이다. 맹목적이라고 해야 할지, 어설프다고 해야 할지. 뭐, 태평했던 시대라고 해 두자.

배구부 다음으로는 여기서도 몇 번 언급했던 럭비부가 추천 입학 대상으로 인기가 높았다. 당시에는 럭비부가 있는 중학교가 적었던 탓도 있지만, 일단 온 힘을 다해 사정없이 상대에게 몸으로 부딪치는 H중 럭비부 선수가 '즉시 써먹을 수 있는' 인재로 여러 고등학교의 주목을 받았다.

그런데 H중 럭비 선수들이 주로 가는 곳은 럭비보다는 야구로 유명한 N상고였다. 그 학교의 이름을 모르는 사람은 아마 별로 없을 것이다. 프로 야구 선수로 말하자면, 미즈시마 신지의 야구 만화에 나오는 캐릭터와 똑 닮은 K선수(지금은 은퇴) 등이 그 학교 출신이다.

그런 N상고에 추천으로 들어가려던 럭비부원이 우리 반에도 있었다. 이름은 Y라고 해 두자. 머리카락 일부를 가늘고 길게 밀어 낸 헤어스타일과 복대가 그의 트레이드 마크로, 어느 모로 보나 중학생 같지 않은 녀석이었다.

어느 날 추천 입학 설명회에 갔던 Y가 시무룩한 표정

으로 돌아왔다. 까닭을 물으니 Y는 혀를 차며 이렇게 대답했다.

"추천 입학이래서 안심하고 있었는데 시험을 본다는 거야. 치사하게……."

"시험이라고는 해도 형식적일 거야. 그거로 떨어뜨리지는 않을걸."

위로하느라고 한 말이 아니라 진짜 그렇게 생각했다.

"나도 그런 줄 알았는데 최저 합격선이라는 게 있다는 거야. 그걸 넘지 못하면 아무리 추천이라도 떨어뜨린대. 아, 싫다."

"최저 합격선이 얼만데?"

"시험이 다섯 과목이야. 국어, 수학, 과학, 사회, 영어."

"그래서, 몇 점을 맞아야 하는 거야?"

"그게 말이지, 다섯 과목 중 하나라도 0점을 맞으면 탈락이래. 너무하지 않아? 다섯 과목 합해서 0점만 아니면 된다고 해야 마음이 편할 텐데, 하나라도 0점이 나오면 안 된다니 큰일이네. 어쩌지."

Y가 한숨을 푹 내쉬었다.

나는 눈을 동그랗게 떴다. 그의 말투만 들으면 조건이 굉장히 까다로운 것 같은데, 다시 생각해 보니 0점 맞는 과목만 없으면 되는 거 아닌가. 각 과목당 100점 만점에 단 1점이라도 맞으면 되는 것이다. 하지만 그 같은 사실을 알려 주자 Y는 심각한 표정으로 화를 냈다.

"바보야, 평소에 10점이나 20점이라도 나왔으면 내가 이렇게 고민을 하겠냐? 0점을 밥 먹듯이 맞으니까 겁이 나는 거지."

그 말을 듣고 나서야 아아, 하고 납득했다. 0에는 뭘 곱해도 0이라는 생각이 들었다.

Y의 경우 가장 위험한 과목은 수학이고, 다음이 영어라고 했다.

"좋은 아이디어가 없을까?"

나 혼자서는 뾰족한 수가 없어서 친구 몇 명이 모여 작전을 짜기로 했다. 그 결과 다음과 같은 전략이 나왔다.

- O, X 문제에는 모조리 O를 표시한다.
- A, B, C 등의 기호를 고르는 문제도 모두 같은 기호를 고른다.
- 영어 문제의 빈칸 채우기는 to, for, of, that 중 그 문장에서 사용하지 않은 것을 골라 적는다.
- 수학에서 방정식이 나오면 무조건 x=1이라고 적는

다(통계적으로 이 답이 제일 많다).

- 각도기와 자를 꼭 가져간다. 도형 문제는 실제로 측정해서 답을 얻을 수 있다.

"알았어. 이 방법으로 한번 도전해 볼게."

그가 우리의 조언을 받아 적은 후 힘없이 말했다. 우리로서도 딱히 자신 있는 전략은 아니라서 "그래, 힘내."라고 말했을 뿐이다.

마침내 입학시험 당일이 되었다. 녀석이 시험을 잘 봤는지 다들 궁금해하던 차에 방과 후 Y가 나타났다. 녀석은 환한 표정으로 V 자를 그렸다.

"쉽게 통과할 것 같아."

그의 말에 따르면, 영어 첫 번째 문제는 '알파벳을 쓰시오'였고, 수학 첫 번째 문제는 '1/2 + 1/2= '이었다고 한다.

"그래서 빵점은 아니라고 안심했어. 시간이 남아서 지겨울 정도였어."

으하하, 하고 Y는 호쾌하게 웃었다.

이렇게 추천 입학으로 진로가 정해지면 좋겠지만, 학생 대부분은 시험을 봐야 했다. 그래서 새해가 밝자마자 진로 지도가 시작되었다. 부모님이 학교에 가서 담임교사와 상담을 하기도 했다.

당시 우리 학군에서는 A고교와 B, C고교가 베스트 3로 꼽혔다. 큰누나는 C고교 출신이고 둘째 누나는 B고교 출신이다. 순서대로라면 나는 A고교에 가야 했다. 하지만 그러기 어렵다는 건 부모님도 알았다.

"뭐, 가능하면 B고교, 못해도 C고교는 가야지. D고교는 체면이 좀 안 서고, E고교 같은 데 가면 사람들한테 말도 못 꺼낼 테고."

엄마는 이렇게 대담하게 말했다. 내가 학교 성적을 부모님에게 자세히 알린 적이 별로 없었기 때문에 그러는 것이다.

담임과 면담한 날 엄마는 넋이 나간 표정으로 집에 돌아왔다.

"너, F고등학교라고 알아?"

"F고등학교? 알지. 좋은 학교야. 새로 생기긴 했지만."

엄마가 사람들한테 말도 못 꺼낸다고 했던 E고교보다 못한 학교였다.

"신설이야? 그래서 들어 본 적이 없나……. F고교나 G고교라면 가능할 거라고 선생님이 그러더구나."

나는 '역시 그렇구나.' 하는 정도의 느낌이었지만 엄마에게는 꽤나 충격이었던지 "너, 공부를 진짜 못하는구나." 라고 나지막이 말했다. 부모가 이렇게 노골적으로 말하면 서글퍼지는 법이다.

그날 밤 부모님은 2류 고등학교, 2류 대학에 다니면서 돈을 허비할 바에야 어딘가에 견습생으로 보냈다가 전문학교라도 졸업시켜 장차 가업을 잇게 하는 편이 낫지 않겠느냐는 내용의 대화를 진지하게 나눴다. 가업이란 안경과 귀금속을 파는 소매점이다. 이렇게 말하면 그럴듯하게 들리겠지만 실상은 어느 동네에나 하나쯤은 있는 조그만 시계방이다. 미쓰코시 백화점의 티파니 같은 매장을 상상하면 곤란하다.

그 대화를 엿들은 나는 허둥지둥 두 사람 앞에 모습을 드러냈다.

"싫어, 싫어. 견습생은 싫단 말이야. 2류 고등학교에서도 노력하면 일류 대학에 들어갈 수 있어. 열심히 할 테니까 제발 고등학교에 보내 줘."

거짓 눈물까지 흘린 덕분에 부모님은 허락해 주었다. 나는 감사의 말을 하면서도 속으로는 '히히히, 됐어!' 하며 혀를 쏙 내밀었다.

나뿐 아니라 친구들도 학교를 선택하느라 애를 먹었다.

지금은 입시 제도가 어떤지 잘 모르겠지만, 당시의 오사카 고등학교 입시에서는 내신은 거의 상관없었고, 단 한 차례의 시험으로 합격 여부가 결정되었다. 성적에 자신이 없으면 치열한 눈치작전을 펼쳐야 했다. 경쟁률을 살피면서 합격할 확률이 높은 곳을 고르는 것이다.

하지만 그런 걱정을 할 필요가 전혀 없는 인종도 드물게 있다. 앞에서 소개한 비틀스 마니아 H가 그런 인종 중 하나였다. 그는 최정상인 A고교도 충분히 합격할 수 있었지만, 교복이 없고 여학생이 많다는 이유로 그보다 한 등급 낮은 B고교를 선택했다. 또한 공립 외에 사립도 지원했는데, 면접시험을 보지 않아도 된다는 이유만으로 P고교에 지원했다. 존 레넌을 존경하던 그 친구는 머리가 레넌처럼 장발이어서 면접시험이 있는 학교는 적당치 않다고 판단한 것이다.

어쨌든 각자 우여곡절을 겪으며 진로가 속속 정해졌지만, 시간이 흘러도 결판이 나지 않는, 어쩌면 결정이 어려울지도 모르는 학생이 우리 반에는 꽤 있었다. 말할 것도 없이 불량 학생들이다. 그들, 혹은 그녀들은 어쩌면 보통 학생들보다 더 절박한 심정으로 중학 생활의 마지막을 맞이하고 있는지도 몰랐다.

어느 날 여학생 둘이 나누는 대화가 내 귀에 들어왔다.

"너 어떡할 거야? 고등학교에 갈 거야?"

"지금은 갈 생각이 없어. 너는?"

"아직 못 정했어. W는 어떻게 할 거래?"

"걔는 요시이 오빠에게 신세를 질 건가 봐. 오빠가 많이 귀여워했으니까."

"쳇, 얼굴 덕을 보는구나. 나도 좋은 남자나 만났으면 좋겠다."

무슨 내용인지 확실치는 않았지만 어렴풋이 알 것도 같았다.

또 어떤 여자애는 오른팔 소매를 걷어 올리고 팔꿈치 위쪽을 보여 주며 나와 내 친구에게 물었다.

"있잖아, 이 흔적 어때? 눈에 띄니?"

그곳에는 비시지(BCG)를 접종한 자국이 선명하게 남아 있었다. 눈에 띄지 않는다고 하면 거짓말이라는 게 우리의 견해였다. 그 말을 들은 여자애는 실망하는 기색이 역력했다.

"그래? 이것만 없으면 하다못해 스트리퍼라도 할 수 있을 텐데."

이 말에 우리는 뒤로 벌렁 나자빠질 정도로 놀랐다.

불량 남학생은 역시 진학파가 많았다. 그렇다 해도 자신이 학교를 선택하는 것이 아니라 "부모나 선생이 알아서 결정할 거야. 어디라도 상관없어."라는 식으로 방관자적 입장인 경우가 많았다. 그래도 일단 자신이 갈 학교가 정해지면 그들 나름으로 정보를 교환했다. 예를 들면 이런 식이다.

"그 학교는 얼마 전에 짱이 바뀌었다던데. 거기서 버티려면 먼저 가서 인사라도 하는 게 좋지 않겠어?"

"안 가면 어떻게 될까?"

"반은 죽는다고 봐야지."

"에이, 귀찮아."

고등학교에 들어가면 상급생들이 군기를 잡는다. 이건 누구나 피할 수 없는 일이지만, 불량 학생들에게는 한층 절실한 문제다.

물론 고등학교에 가지 않는 학생도 있었던 것 같다. 그들이 왜 그런 길을 선택했는지는 잘 모르겠다. 그들은 3학년 후반에 접어들어서는 거의 학교에서 자취를 감췄다.

그리고 마침내 우리는 졸업식을 맞이했다. 간단하고 소박한 졸업식이었다. 졸업가를 부르지도 않았고, 교장이 졸업장을 건네지도 않았다. 학교 측이 행사를 서둘러 끝내려고 그랬음이 분명했다. 졸업식을 앞두고 졸업생들은 "어느 선생이 얻어맞을까?" 하고 각자 예상을 해 보기도 했는데, 실제 졸업식은 김이 샐 정도로 아무 일도 일어나지 않은 채 마무리되고 말았다. 물론 졸업식이 끝난 후에 어떤 일이 벌어졌는지는 알 수 없다. 졸업 후 한 번도 모교에 걸음을 한 적이 없기 때문이다. 가능하면 가까이 가고 싶지 않은 곳 중 하나다.

이렇게 해서 우리의 중학 생활이 끝났다.

그로부터 10년 넘는 세월이 흐른 어느 날.

아버지 가게에 한 남자가 나타났다. 선글라스를 보여 달라던 그 남자는 곱슬곱슬 파마한 머리에 눈썹이 없고, 가슴을 풀어 헤친 감색 셔츠에 빨간 재킷, 금 목걸이 금 팔찌를 착용한, 한눈에 보기에도 무슨 일을 하는 사람인지 알 만한 인물이었다.

마침 그때 가게를 지키고 있던 엄마는 '헐, 이상한 놈이 왔네. 빨리 갔으면 좋겠다.'라고 생각했다고 한다.

그런데 선글라스를 고르던 남자가 뜻밖의 말을 한 것이다.

"이 집에 아드님이 있죠? 나, 그 친구랑 중학교 동창이에요."

"아, 그럼 H중학교 나왔어요?"

"네. 지금은 이렇게 음지에서 살고 있지만요. 아줌마 아들은 어떻게 지내요?"

"우리 아들은 나고야에서 월급쟁이로 살지."

"흠, 착실한 회사원이란 말이죠. 그거 잘됐네."

"댁은 뭘 해요?"

그러고는 괜한 걸 물었다고 엄마는 이내 후회했지만 남자는 아무 거리낌 없이 대답했다.

"나는 지금 ×× 조직에 몸담고 있어요. 아줌마는 들어도 모르겠지만. 뭐, 쉽게 말하자면 야쿠자예요."

엄마는 뭐라고 대답해야 좋을지 몰라 가만히 있었다.

"그렇군. 회사원이라. 역시 평범한 놈은 평범한 어른이 되는군. 나는 중학교 때부터 불량 학생이었으니 불량 어른이 돼서 내일 일도 모르고 말이야. 아줌마, 이것 좀 봐요."

그러고서 그는 자신의 목덜미를 보여 주었다. 10센티미터 가까이 꿰맨 자국이 있었다.

"왜 그런 거예요?"

"얼마 전에 한판 붙었다가 당했어요. 죽는 줄 알았지."

"아이고, 저런."

엄마가 얼굴을 찡그렸다.

"회사원 되는 놈이 있으면 야쿠자 되는 놈도 있는 법이에요. 이런저런 놈이 있으니까 재미있는 거지. 아들은 자주 와요?"

"1년에 한 번이나 올까."

"그래요? 그럼 안부 전해 줘요."

"댁도 몸조심해요. 죽으면 다 소용없다우."

"맞아요, 정말 그래. 조심해야죠."

그 남자는 싸구려 선글라스를 하나 사 갔다고 한다.

방심은 금물

¿

내가 다닌 초등학교는 집에서 걸어서 몇 분 거리에 있었다. 학교 옆에 조그만 신사가 있는데 새해나 마을 축제 때가 되면 그 앞에 야시장이 들어선다. 지금도 새해가 되면 나는 그곳에 참배하러 가는데, 간 김에 오사카 명물인 오징어 구이를 먹는 것이 큰 즐거움이다.

내가 초등학교 3학년인가 4학년일 때 그곳에서 여름 축제가 열렸다. 평소처럼 야시장을 구경하며 어슬렁어슬렁 걷다가 문득 어느 가게 앞에서 걸음을 멈췄다. 말이 가게지, 조그만 탁자 위에 물건을 늘어놓았을 뿐이었다.

그 가게에는 '마술'이라고 적힌 간판이 걸려 있었다. 탁자 건너편에서 아저씨가 아이들을 상대로 여러 가지 마술을 보여 주었는데, 물론 돈을 받지는 않았다. 마술을 하나 멋지게 보여 준 뒤 상자 하나를 꺼내 놓고서 이렇게 말하는 것이었다.

"지금 본 마술은 이 상자에 들어 있는 도구를 사용하면 누구라도 쉽게 할 수 있단다. 원래는 1,000엔도 더 하는 물건인데 오늘은 축제 날이니까 특별히 100엔으로 깎아 주마."

200엔이나 300엔짜리를 100엔으로 깎아 주는 거라면 몰라도 1,000엔짜리 물건을 100엔에 판다는 것이 이 아저씨의 수상한 점이었다. 애초에 축제나 정초가 아니면 그들이 장사를 할 수나 있겠는가.

하여간 그때 아저씨가 보여 준 마술이란 이런 것이었다. 우선 얇은 손수건을 한 장 꺼낸다. 손수건에 아무런 장치가 없다는 걸 보여 준 뒤 왼손으로 가볍게 주먹을 쥐고 그 주먹 안으로 손수건을 밀어 넣는다. 그런 다음 손을 짠, 하고 펼치면 신기하게도 손수건이 사라지고 없다.

나는 그 마술을 본 적이 있었다. 그 얼마 전에 친구가 보여 주었다. 원리는 무척 단순하다. 우선 엄지손가락 끝에 꼭 들어맞는, 피부색과 똑같은 캡을 준비한다. 그것을 왼쪽 주먹 안에 숨기고 손수건을 그 캡 안으로 밀어 넣는다. 마지막으로 왼쪽 엄지손가락을 캡 안으로 밀어 넣은 다음 손을 펼치면 손수건이 사라진 것처럼 보이는 것이다. 누구나 간단히 할 수 있는 마술이지만, 보는 사람이 엄지손가락에 캡이 씌워진 사실을 알아채면 그 즉시 들통나고 만다. 우리들 사이에서는 '허접한 마술'로 유명했다.

야시장 아저씨가 마술을 펼치는 모습을 보고 그 마술이구나, 하고 생각했다.

그런데 마술을 몇 번 반복해서 보는 사이 나는 점점 아저씨 쪽으로 얼굴을 들이밀었다. 아무리 눈을 씻고 봐도 아저씨의 엄지손가락에 캡 같은 물건이 씌워져 있지 않았기 때문이다. 손을 쫙 펼쳐 손수건이 사라진 것을 보여 주는 순간에도 손가락 끝에 아무런 장치가 없었다.

이건 우리가 아는 '허접한 마술'과는 다른 거라고 생각했다. 이 마술을 익혀서 친구들한테 보여 주면 분명 호들갑을 떨 것이다.

좋아, 하고 나는 결심했다. 마술 도구를 사자.

100엔을 내자 아저씨는 나를 조금 떨어진 곳으로 데려갔다.

"있잖니, 사용법을 가르쳐 줄 테니까 다른 아이들에게는 가르쳐 주면 안 된다."

그가 짐짓 젠체하며 말했다. 나는 두근거리는 마음으로 네, 네, 하며 고개를 끄덕였다.

아저씨가 천천히 상자를 열었다. 기대 속에 그 모습을 보던 나는 아저씨가 꺼낸 물건을 보고 기가 막혀서 입을 딱 벌렸다. 친구가 사용했던 예의 피부색 엄지손가락 캡이었다.

"잘 봐라. 이걸 이렇게 손에 쥐고, 이 안에다가 손수건을 집어넣어서……."

아저씨가 해 보인 방법은 나도 익히 아는 '허접한 마술'과 똑같았다. 그리고 아저씨의 엄지손가락에는 분명 캡이 씌워져 있었다.

아저씨가 가게로 돌아간 뒤에도 나는 멍하니 그 자리에서 있었다. 도대체 어떻게 된 일인지 영문을 알 수 없었다.

나는 다시 한 번 가게로 가서 마술을 보기로 했다. 아까보다 백배 정도 정신을 집중해서 아저씨의 손을 노려보았다. 그러나 손을 팍 펼쳐 보였을 때는 역시 엄지손가락에 캡이 씌워져 있지 않았다. 하마터면 나는 "뭐가 어떻게 된 거야!"라고 소리를 지를 뻔했다.

그러기 전에 아저씨가 나를 발견했다.

"이 녀석아! 너는 트릭을 알잖아. 방해하지 말고 저리 가."

그러면서 나를 쫓아냈다. 나는 풀이 죽은 채 그 자리를 떠났다. 동시에 계략을 알아차렸다. 아저씨가 손님들 앞에서 선보인 것은 제대로 된 진짜 마술인 동시에 싸구려 마술 도구를 팔아먹기 위한 호객용 마술이었던 것이다.

"제기랄, 속았네."

나는 피부색 마분지로 만든 엄지손가락 캡을 꽉 움켜쥐고 발을 동동 굴렀다.

그 시절 우리 동네에는 이런 식으로 속임수 장사를 하는 아저씨가 넘쳐났다. 그들의 공략 대상은 아직 판단 능력이 부족한 초등학교 저학년이었다. 멀쩡한 어른이 아이들의 코 묻은 돈을 사기나 다름없는 수법으로 빼앗으려 했으니, 도무지 방심할 수 없는 동네였던 것이다.

그들의 일터는 대담하게도 초등학교 정문 부근이었다. 자전거 짐칸에 커다란 가방을 동여매고 와서 그 가방을 열면 그대로 점포가 되는 형태가 일반적이었던 것 같다.

그중에서도 제비뽑기 가게가 많았다. 10엔을 주면 제비를 한 번 뽑게 해 주는 아주 단순한 장사였다. 경품은 1등 무전기, 2등 카메라, 3등 플라스틱 모델로, 하나같이 아이들이 갖고 싶어 할 만한 물건이었다.

호화로운 경품에 눈이 먼 우리는 주머니에서 10엔짜리 동전을 꺼내 제비뽑기에 도전했다.

상자 안에는 조그맣게 접힌 종이쪽지가 가득 들어 있었는데, 그중에서 하나를 뽑아 펼치면 '1등'이나 '꽝' 같은 글자가 씌어 있는 식이다.

그런데 내가 아는 한 경품에 당첨된 아이는 한 명도 없었다. 백이면 백 모두 꽝을 뽑았다. 꽝인 경우에는 껌을 하나 주었다. 그래서 제비뽑기 점포 주위에서는 다들 기분 나쁜 표정으로 껌을 질겅질겅 씹었다.

그러는 사이 우리 가슴속에서는 당연히 의혹이 고개를 들게 되었다. 이거 혹시 사기 아닐까, 당첨 제비는 애초에 없는 거 아닐까, 하고 의심하기 시작한 것이다.

아이들 사이에서 그런 불온한 공기가 감돌기 시작하자 아저씨가 잽싸게 그 사실을 눈치채고 이렇게 말했다.

"너희들, 당첨 제비가 없다고 생각하지?"

우리는 마치 그 말이 맞다는 듯이 아무 대답도 하지 않았다. 그러자 아저씨는 우리에게 "너희가 뽑는 기술이 서툴러서 그래."라고 말했다. 제비뽑기에 서툴고 안 서툴고가 어디 있느냐고 생각하는 우리 앞에서 아저씨는 보란 듯이 상자에 손을 찔러 넣었다. 그리고 제비를 하나 뽑았다. 그걸 펼치자 '5등'이라고 씌어 있었다. "어어!" 하고 우리는 놀라 소리를 질렀다.

"자, 봤지? 나는 요령을 아니까 이런 게 나오는 거야."

제비 뽑는 요령이라는 게 뭔지는 몰랐지만, 아저씨가 당첨 제비를 뽑은 건 사실이었다. 석연치 않지만 '흠, 그런가.' 하고 아저씨의 말을 받아들일 수밖에 없었다.

그런데 그다음에 아저씨는 우리가 전혀 납득할 수 없는 행동을 했다. 방금 뽑은 5등 당첨 제비를 쓰레기통에 던져 넣은 것이다. 우리 중에서 나이가 제일 많은 아이가 그걸 눈치채고 항의했다.

"아저씨, 당첨 제비를 상자 안에 도로 넣어야죠. 안 그러면 5등짜리 제비가 없어지잖아요."

아저씨는 당치 않다는 표정으로 그 아이를 노려봤다.

"한번 펼친 제비에는 자국이 남으니까 다시 쓰면 안 되는 거야. 너희들이 걱정하지 않아도 5등 당첨 제비는 다시 넣을 거다. 잔소리 말고 제비나 뽑아. 안 뽑으려면 장사 방해하지 말고 돌아가든지."

그러면서 파리를 쫓듯이 손을 휘휘 저었다. 돌아가란 말이 듣기 싫었던 우리는 입을 다물었다. 그러면 또 다른 아이들이 모여들어 무전기나 카메라를 타려고 제비를 뽑았다. 그러나 당첨되는 아이는 하나도 없었다. 끝까지 '꽝' 뿐이었다.

아저씨가 사용한 트릭은 간단하다. 우리가 의심한 대로 상자 안에는 아마 당첨 제비가 한 장도 없었을 것이다. 아저씨는 미리 당첨 제비를 주머니에 숨겨 두었다가 아이들이 의심하기 시작하면 너희들이 제비 뽑는 기술이 서

투르네 어쩌네 얼토당토않은 말을 하면서 주머니에 손을 넣어 당첨 제비를 쥔다. 그리고 다시 상자 안에 손을 넣어 제비를 뽑는 척하면서 손에 있는 제비를 펴 보이는 것이다. 단순한 트릭이지만 초등학교 저학년 정도는 어렵지 않게 속일 수 있다. 사실 내가 그 같은 트릭을 눈치챈 것도 시간이 상당히 흐른 뒤였다.

이런 식으로 간단한 트릭을 이용하는 사기 행위는 제비뽑기 말고도 많았다. 그중 가장 인상에 깊이 남아 있는 것이 잉크 지우는 약을 파는 아저씨다.

"자, 잘 보세요. 우선 이 종이에 만년필로 글자를 씁니다."

아저씨는 흰 도화지에 파란 잉크로 글자 몇 개를 적은 다음 "여기에 이 '슈퍼 지우개 용액'을 떨어뜨리겠습니다."라며 수상한 병에 스포이트를 넣었다 꺼냈다. 그리고 글자 위에 스포이트에 든 투명한 액체를 떨어뜨렸다. 그러면 글자가 약간 번진 것처럼 되었다.

"마지막으로 액체를 흡수하는 종이를 덮습니다."

그러고서 글자가 적힌 종이 위에 흡수지를 겹쳐 놓았다가 적당한 때에 들어낸다. 그러면 글자가 지워지고 없었다. 그 모습을 바라보던 우리는 "와!" 하고 탄성을 질렀다.

"자, 어때요, 감쪽같이 지워졌지요? 이 '슈퍼 지우개 용액'을 백화점에서 사려면 300엔도 넘게 합니다. 하지만 오늘은 단돈 200엔에 드리겠습니다. 스포이트와 흡수지는 덤입니다."

핵심은 '백화점에서 사려면'이라는 말이다. 순진한(사실 그렇게 순진하지도 않았지만) 초등학생은 백화점에서 파는 거라면 믿을 만하다고 여기게 되는 것이다.

"한 번 더 해 봐요."

아이들이 졸라 대면 "네, 네. 몇 번이라도 보여 드리죠."라며 아저씨는 종이에 다시 글자를 썼다. 그리고 '슈퍼 지우개 용액'을 사용해서 글자를 지운다. 우리는 몇 번을 봐도 감탄했다.

하지만 나는 그 지우개 용액을 사지 않았다. 대단하다고 생각하긴 했지만, 만년필이 없으니 필요가 없었던 것이다.

그런데 그날 집에 돌아와 보니 누나가 책상에 앉아서 뭔가를 부스럭대고 있었다. 가만 보니 바로 '슈퍼 지우개 용액'이 놓여 있는 게 아닌가.

"어, 누나, 그거 샀구나. 한번 해 봐, 빨리."

하지만 누나는 부루퉁한 표정으로 "안 돼."라고 중얼거렸다.

"뭐라고?"

"하나도 안 지워져."

"그게 정말이야?"

자세히 들여다보니 도화지에 고지식하게도 아까 그 아저씨가 썼던 것과 똑같은 글자가 씌어 있었다. 그리고 지우게 용액을 떨어뜨린 듯 글자가 지저분하게 번져 있었다.

"누나, 이거 혹시 사기 아니야?"

내 말에 누나는 이맛살을 찌푸리고 잠시 생각하더니 "엄마한테 말하면 절대 안 돼."라고 내게 다짐한 뒤 잉크 지우개를 서랍 속에 넣어 버렸다. 사람을 보면 무조건 도둑놈이라고 생각하라는 게 당시 오사카 부모들의 가정교육이었으니, 그처럼 쉽게 속아 넘어갔다고 하면 엄청 혼날 것이 뻔했다.

아마 이 트릭 역시 단순할 것이다. 미리 글자가 지워진 종이를 숨겨 놓았다가 바꿔치기했을 것이 틀림없다.

그 뒤에 잉크 지우는 아저씨가 있던 초등학교 정문 앞에 가 보았지만, 그때는 이미 아저씨의 그림자조차 찾을 수 없었다. 손재주가 좋을 것, 재빨리 도망칠 것, 이 두 가지가 그런 사기꾼들에게는 필수 조건이었다,

이상의 경우는 어느 정도 기술이 있는 사기꾼들의 얘기

다. 하지만 개중에는 기술도 전혀 없고, 한눈에 봐도 사기임을 알 수 있는 족속도 꽤 있었다. '도깨비 매직 라이트'라는 걸 팔던 아저씨가 대표적이다.

그 아저씨 역시 자전거 짐칸에 가방을 싣고 나타났다. 가방에서 나온 물건은 파란색과 검은색이 섞인, 애들 손바닥 크기의 점토판 같은 것으로, 표면에는 도깨비 얼굴이 그려져 있었다.

"어두운 곳에 가져가면 자동으로 빛이 나오는 신비한 라이트예요."

아저씨가 말했다.

"밤에 벽을 향해 이 라이트를 비추면 도깨비 얼굴이 커다랗게 나타나지요. 하지만 화장실에 있는 사람에게 비추면 절대로 안 됩니다. 바바가 반만 나온 채 기절할지도 모르니까요."

바바는 오사카 사투리로 똥이라는 뜻이다.

이 부분에서 아이들은 와하하, 웃음을 터뜨렸다. 이런 아저씨들은 때로 웃음을 주기도 한다.

"지금은 낮이라서 빛이 나오지 않지만, 어두운 곳에 가면 금세 빛이 나와요. 이 주머니 속을 들여다봐요."

그러면서 아저씨는 검은 주머니를 아이들 앞에 내밀었

다. 들여다보니 점토판 표면에 그려진 그림에서 빛이 났다.

하지만 이게 야광 페인트랑 뭐가 다르지, 하고 나는 의문을 품었다.

그때 아저씨가 "이건 전기로 빛이 나는 거예요." 하고 유달리 큰 소리로 말했다.

"안에 건전지가 들어 있어서 그걸로 빛을 낸단 말이죠. 그러니까 건전지가 다 닳으면 빛이 약해져요. 그럴 때는 충전하면 됩니다."

'충전'이라는 단어가 날아와 귀에 꽂혔다. 그 말에 다들 눈을 빛냈다.

전기 어쩌고 하는 이름이 붙으면 아무리 쓸모없는 물건이라도 날개 돋친 듯 팔리던 시절이었다. 충전이란 단어에서는 '첨단 장치'라는 뉘앙스가 풍겼다.

"그럼 충전하는 방법을 얘기할게요."

아저씨 말에 우리는 귀를 쫑긋 세웠다.

"가만있자, 저녁 시간에 NHK에서 '불쑥 표주박섬'이라는 인형극을 하지요?"

우리는 고개를 끄덕였다. 인기 프로그램이라 당연히 알았다. 하지만 그 프로그램이 도대체 무슨 상관일까. 그런 의문이 떠올랐을 때 아저씨가 이렇게 말했다.

"그 프로그램이 방송될 때 이 '매직 라이트'를 텔레비전 화면에 딱 붙여 봐요. 그러면 충전되면서 빛이 납니다."

'응?'

마음속에서 다시 의문이 떠올랐다. 그렇게 해서 충전이 된단 말이야? 아무리 초등학생이라 어려운 내용은 모른다지만, 이건 아무래도 사기인 것 같다는 생각이 들었다.

그런데도 구경하던 아이들 중 몇 명은 '매직 라이트'를 샀다. 살 때는 다들 흥분된 표정이었다.

자, 사건의 결말은 뻔하다. 그로부터 며칠 후, 동네 여기저기에 '매직 라이트'로 돌차기 놀이를 하는 아이들이 나타났다. 그 아이들 대부분이 '불쑥 표주박섬'이 방송될 때 텔레비전 화면에 '매직 라이트'를 열심히 붙여 봤음은 말할 나위도 없다.

그 밖에도 다양한 사기꾼 아저씨가 나타났다가 사라졌다. 같은 수법은 좀처럼 없었고, 그들은 매번 새로운 기법으로 승부했다. 그때마다 아이들 몇 명은 속고 마는 것이었다. 노트를 산다며 엄마에게 받은 돈으로 '어린이용 담배'라는, 듣기에도 수상쩍은 물건을 산 친구도 있었다. 너도나도 속아서 따끔한 맛을 봤고, 마침내 이 세상을 살아가는 요령을 터득했다.

그로부터 10여 년 후의 어느 날.

나는 새로 산 스타렛 중고차를 몰고 근무지인 아이치현에서 고향으로 돌아왔다. 비록 중고차였지만 무척 마음에 들었고, 그걸 부모님께 보여 드릴 생각에 신이 나 있었다.

당시 본가에는 주차장이 없었다. 하는 수 없이 길가에 세우려고 했지만, 평소에는 한적하던 집 앞 길가가 그날따라 차들로 가득했다. 그래서 집에서 20미터쯤 떨어진 은행 옆에 세우고 집으로 갔다.

"차는 어디다 세웠니?"

내 얼굴을 보자마자 엄마가 대뜸 물었다. 은행 옆이라고 했더니 엄마의 안색이 확 변했다.

"안 돼, 안 돼. 큰일 난다. 빨리 이쪽으로 가져와라. 그렇게 어두운 데 두면 안 돼."

"그래요? 그럼 좀 이따가 가져올게요."

"아니야, 지금 곧장 가서 가져와. 엄마가 시키는 대로 해."

"지금 당장요?"

나는 아직 집 안으로 발도 들이지 않은 상태였다. 하지만 엄마의 닦달에 차를 가지러 가기로 했다.

그런데.

사이드 미러가 사라지고 없었다.

단언컨대 내가 차에서 떨어져 있었던 시간은 몇 분에 불과했다.

집에 돌아가 부모님께 말씀드리니 엄마는 "거봐라, 이 동네에서는 절대 방심하면 안 된다니까."라고 말했다.

흐음, 한동안 떠나 있었더니 완전히 감이 떨어졌나 보군.

다음 날, 어떻게든 수리해 보려고 집 근처 자동차 정비소를 찾아갔다. 정비소는 사이드 미러를 도난당한 곳에서 10미터 정도 떨어진 곳에 있었다.

"음……, 이런 사이드 미러는 금방 구하기 힘들어요."

정비소 주인이 내 차를 보고 한숨을 쉬었다. 내 차 사이드 미러는 총알 모양으로 생겨서, 최근 모델 차량에서는 좀처럼 볼 수 없는 형태였다. 도요타 서비스 센터에 가도 있을까 말까 한 정도인데 이런 소규모 정비소에 있을 리 없었다.

그런데 일단 정비소 안으로 들어갔던 주인이 바로 그 사이드 미러를 들고 나왔다.

"형씨, 운이 좋아. 우연히 이런 게 들어와 있네. 정말 드문 일인데 말이지."

나는 눈을 부라렸다. 그 사이드 미러는 긁힌 자국으로 보나 변색 정도로 보나 내 차에서 사라진 것과 똑같았다.

"정말 운 좋은 줄 아슈. 밤까지 수리해 놓을 테니까 안심해도 돼요."

그러면서 정비소 주인은 내 어깨를 두드렸다.

나는 "잘 부탁드립니다."라고 인사하면서도 어쩐지 기분이 개운치 않았다.

그리고 한편으로, 이 동네에서는 방심해서도, 틈을 보여서도 안 된다는 걸 십수 년 만에 새삼 절감했다.

쓰부라야의 고질라

♧

괴수에는 일가견이 있었다. 그렇다고 심하게 집착한 건 아니다. 그저 표준적인 '괴수 소년'이었다는 말이다. 고질라 플라스틱 모델은 가지고 있었지만 소프트 비닐 인형은 모으지 않았다. 노트에 괴수의 그림을 그리기는 했어도 오리지널 괴수 모형을 직접 만들어 '울트라 세븐' 일반 공모에 응모하지는 않았다. 그런 정도의 팬이었다.

괴수, 하면 역시 고질라다. 그러니까 나의 괴수 편력도 고질라를 중심으로 이야기할 수밖에 없다. 그런데 아쉽게도 그 유명한 '고질라'(1954년)를 극장에서 보지 못했다. 내가 태어나기 전에 개봉되었기 때문이다. 다른 괴수 소년들처럼 나도 그 영화를 텔레비전으로 봤다. 텔레비전이 안방의 제왕이던 시절이어서 가족이 브라운관 앞에 모여 앉았다.

처음 본 고질라는 무서웠다. 전편이 어두운 톤으로 일관했고, 고질라는 공포의 화신으로 그려졌다. 히라타 아키히코가 연기한 젊은 과학자도 섬뜩했다. '오키시젠 디

스트로이어'라는 물질로 물고기를 녹이는 실험 장면은 차마 볼 수 없었다.

그중에는 이상한 장면으로 기억에 남은 부분도 있다. 고질라가 텔레비전 타워를 공격하는 장면인데, 텔레비전 타워 안에는 고질라의 난동을 중계하는 아나운서가 있었다. 그는 최후의 순간까지 마이크를 놓지 않고 "고질라가 마침내 이곳을 습격했습니다. 저희도 이제 마지막인가 봅니다. 아아, 여러분, 안녕히 계십시오." 그러면서 죽어 간다.

그렇게 말할 여유가 있으면 빨리 도망이나 가지, 하고 나는 생각했다.

그런데 영화를 보는 내내 아버지가 이런 소리를 했다.

"저것 봐, 역시 쓰부라야는 대단해. 내가 뭐랬어. 우아! 엄청나네. 꼭 진짜 같아. 역시, 역시 쓰부라야야!"

쓰부라야 에이지라는 특수 효과 감독 얘기였는데, 그 때는 아버지가 무슨 말을 하는지 몰랐다. '고질라의 역습'(1955년)을 볼 때까지 쓰부라야는 영화를 만드는 회사인가 보다고 생각했다.

가족이 모여 텔레비전으로 본 영화로 말하자면 '하늘의 대괴수 라돈'(1956년)이 기억에 남는다. 이 작품은 괴수 영화 최초로 컬러로 상영되었다. 그러나 나는 비교적 최근까지도 그 영화가 흑백인 줄 알았다. 당시 우리 집 텔레비전이 흑백이었기 때문이다.

그 영화를 보고 나는 '고질라'보다 더한 충격을 받았다. 특수 효과는 물론이고 스토리도 감동적이었다. 특히 라돈이 죽는 마지막 장면에서는 눈물을 흘리기까지 했다.

'고질라'를 제작한 도호 영화사는 그 후 '지구 방위군'(1957년) '모슬라'(1961년) '요성(妖星) 고라스'(1962) 등의 특수 촬영 영화를 만들었지만 나는 그중 어느 것도 극장에서 보지 못했다. 몇 년인가 뒤에 텔레비전으로 이 영화들을 보고 '요성 고라스'에 나오는 괴수 마그마가 '울트라Q'에서는 4차원 괴수 토도라 역으로 나온다는 걸 알았다.

극장에서 처음 본 괴수 영화는 '킹콩 대 고질라'(1962년)였다. 당시 나는 오사카의 번화가에 살고 있어서 집에서 도보로 10분 거리에 도호 극장이 있었다. 가족 중 누군가와(그게 누군지는 지금도 수수께끼다. 누구에게 물어도 기억하지 못했다) 그 극장에 영화를 보러 갔다.

스토리는 지극히 단순했다. 모 제과 회사에서 남쪽 섬에 사는 킹콩을 선전용으로 데려온다. 그때 우연히 북극에서 고질라가 나타나 양쪽이 일본에서 결투를 벌인다는 내용이다. 킹콩은 처음에는 고질라에게 상대가 되지 않지만, 고압 전류에 감전된 뒤 어쩐 일인지 갑자기 강해져서 유리한 입장이 된다.

이야기의 흐름으로 보아 킹콩은 착한 괴물이고 고질라는 나쁜 괴물인데, 나는 킹콩이 전혀 멋져 보이지 않았다. 몸뚱이의 생김새가 조잡할뿐더러 얼굴은 마치 동네 담배가게 아저씨 같았다.

하지만 이 영화는 몇 가지 면에서 큰 의미가 있다. 첫째, 고질라가 7년 만에 부활했다는 점이다. 즉 우리 세대로서는 처음으로 극장에서 고질라를 보게 된 것이다. 둘째, 괴수끼리의 대결이 스토리의 중심이라는 점이다. '고질라의 역습'에 안기라스와 대결하는 장면이 있기는 하지만 도입부에만 나오고 메인은 아니었다. 그런데 '킹콩 대 고질라'에서는 마침내 괴수에게 프로 레슬러의 아이돌 같은 성격을 부여한 것이다. 그리고 영화 속에서 인간은 자신들의 손으로 고질라를 처치하겠다는 의지를 완전히 상실한다. 괴수끼리 싸움을 붙여 놓고 둘 다 나자빠지기를 기대하는, 정말이지 일본인다운 발상이 아닐 수 없다.

물론 이것도 지금이니까 할 수 있는 얘기지, 내가 당시에 그런 생각을 했다는 건 아니다. 그때는 괴수끼리 싸우는 모습이 멋지고 재미있었다. 나만 그런 것이 아니라 어린이면 누구나 그렇게 생각했다.

이렇게 해서 괴수 붐이 쓰나미처럼 밀려왔다. 성인용 SF 대작 '해저 군함'(1963년)이 나온 뒤 '모슬라 대 고질라'(1964년)가 개봉된다. 고질라가 고작 나방 같은 괴수에게 지자 객석에서 투덜투덜 불만이 쏟아졌다.

그리고 그해 겨울, 엄청난 존재가 괴수 세계에 출현했다. '지구 최대의 결전'(1964년)이 개봉된 것이다. 이른바 킹기도라의 등장이다. 내가 초등학교 1학년 때 일이었다.

"올겨울의 추억을 그려 보세요."

3학기 초에 담임이 말했다. 우리가 그릴 것은 정해져 있었다. 앞에 앉은 아이도 오른쪽에 앉은 아이도 왼쪽에 앉은 아이도 모두 똑같은 걸 그렸다. 머리 셋에 꼬리 둘, 거대한 날개가 있고 입에서는 광선을 뿜어낸다. 그 주위에 고질라와 라돈, 모슬라가 있고.

"이게 뭔가요? 이상한 걸 그렸군요. 좀 더 제대로 된 추억을 그려야죠."

선생이 화를 냈지만 우리는 기가 꺾이지 않았다. 킹기도라가 발산하는 악의 매력에 깊이 빠져 있었던 것이다. 친구 M은 원래 기도라가 여럿이 있는데, 그중에서 제일 강한 것이 킹기도라라고 주장하며 머리와 꼬리가 하나씩 있고 몸집도 작은 괴수를 그리고는 '킹기도라의 똘마니 기도라'라고 명명했다. 물론 '기도라'는 별로 멋있어 보이지 않았다.

이 '지구 최대의 결전'이 괴수를 완전히 어린이용으로 만들어 버렸다. 이 영화에서는 괴수들이 서로 대화를 나누고 그 대화를 요정이 통역한다는 말도 안 되는 장면이 나온다. 그리고 고질라와 라돈은 정의의 사자가 되어, 후퇴하는 킹기도라를 인간과 함께 배웅한다는, 괴수가 처음 등장했을 때는 상상조차 할 수 없었던 방향으로 스토리가 전개되었다. 물론 아이들은 그런 변화를 기쁘게 받아들였다.

그해에 '우주 대괴수 도고라'(1964년)도 본 것 같은데 기억이 별로 없다. 일단 도고라가 뭔지 알 수 없었다. 하늘에 둥실둥실 떠다니는 반투명한 해파리나 문어 같은 것이라고 할까, 하여간 이상한 괴물이었다. 스토리도 난해해서 초등학생에게는 버거운 느낌이었다.

그다음 해에 나온 영화가 '프랑켄슈타인 대 지하 괴수 바라곤'(1965년)이다. 프랑켄슈타인을 거대화해서 괴수와 싸우도록 한다는 얘기였는데, 이 역시 내 취향은 아니었다. 아무리 쓰부라야 감독의 특수 촬영 기술이 뛰어나다 해도 인간 모습을 한 프랑켄슈타인이 나오니 실제 사람 크기로 보일 뿐이었다. 동네 아저씨가 봉제 인형과 격투하는 느낌이어서 냉소가 절로 나왔다. 같은 프랑켄슈타인 영화라도 나중에 공개된 '산다 대 가이라'(1966년)는 재미있었다.

친구들 사이에서도 '프랑켄슈타인 대 지하 괴수 바라곤'은 인기가 없었다. 양쪽 눈썹 주위 살을 잡아당기고 "프랑켄슈타인이다!"라며 노는 것이 전부였다.

다시 고질라를 보고 싶다는 생각이 슬며시 고개를 들었을 때 '괴수 대전쟁'이 공개되었다. 지금까지는 괴수 자체가 인류를 위협하는 존재였지만 이 영화에서는 괴수를 조종하거나 이용하려는 악당이 나타나고 그 악당을 물리치는 식으로 스토리가 전개된다. 수소 폭탄 실험을 하는 등 인간이 저지른 잘못을 질책하는 분위기가 강했던 '고질라'나 '라돈'과는 대조적이다. 그리고 이러한 권선징악류가 정착하게 된다.

한편 이러한 공전의 괴수 영화 붐을 다른 영화사들이 놓칠 리 없었다. 그래서 맨 먼저 다이에이 영화사가 내놓은 영화가 '대괴수 가메라'(1965년)였다. 도호의 영화에 도전이라도 하듯이 '괴수 대전쟁'보다 한 달 먼저 개봉했다. 마케팅도 치열했다. 동네 극장에서는 할인권을 뿌리듯이 나눠 주었다. 그걸 몇 장인가 모으면 영화를 공짜로 볼 수 있다는 말에 속아 비닐봉지에 한가득 모았지만 극장 매표소 할머니가 "몇 장을 가져와도 50엔만 할인해 준다."라고 말했을 때는 실망이 이만저만이 아니었다.

'가메라'도 처음에는 인류의 적이었는데, 시리즈 두 번째 작품인 '가메라 대 발곤'(1966년)부터는 어린이들에게 아양을 떨게 되고, '가메라 대 카오스'(1967년)에서는 그런 패턴이 정착한다. 네 번째 작품 '가메라 대 우주 괴수 바이라스'(1968년)에서는 적인 바이라스별 사람들의 입에서 '가메라의 약점은 아이들'이라는 말이 나올 정도였다. 당시 '가메라 마치'라는 주제가도 있었다.

그 무렵엔 좋아하며 봤지만, 객관적으로 이 시리즈는 고질라 시리즈보다 훨씬 수준이 낮다. 특수 촬영 기술은 제외하고라도 등장하는 괴수의 모습이 형편없었다. 바이라스는 머리가 갈라진 오징어 같았고, '가메라 대 악의 괴수 기론'(1969년)에 나오는 기론은 식칼에 팔다리가 달린 것 같았다. 그래서 당시 내 친구들은 '가메라는 그만 포기하자'고 얘기하기도 했다.

어쨌든 이 시절에 괴수는 아이들의 스타였다. '남해의 대결투'(1966년)가 개봉되었을 때는 에비라, 고질라, 모슬라, 세 괴수가 텔레비전 인기 프로그램 '스타 천일야'에 출연했을 정도다. 나쓰키 요스케 주연의 영화 '이것이 청춘이다!'가 '남해의 대결투'와 동시 상영되었는데, 그쪽은 전혀 인기가 없었다. 나는 나쓰키 요스케의 팬인 누나에게 이끌려 영화를 보러 갔는데, 애들이 바글거려서 도무지 영화에 집중할 수 없었다고 누나가 투덜거렸다. 그래서, 라고 말하기는 좀 그렇지만, '킹콩의 역습'(1967)의 동시 상영작은 '울트라 맨'이었다. 이 영화는 텔레비전에서 전후편으로 나뉘어 방영된 '괴수 전하(殿下)'를 한 편으로 합친 작품인데, 나는 아이들이 열광하는 두 영화를 아버지와 보러 갔다. 울트라 맨의 테마 송이 흐르자 객석의 아이들이 일제히 따라 불렀고, 아버지는 난처한 표정을 지었다.

'고질라의 아들'(1967년)부터는 아이들끼리 보러 갔다. 어른들은 차마 함께 볼 수 없었던 것이다. 이 영화는 제목 그대로 고질라의 아들 미니라가 등장한다. 그 코믹한 몸짓에 우리는 자신의 모습을 투영하며 한층 영화 속으로 빠져들었다.

그해에 닛카쓰 영화사도 '대거수(大巨獸) 갓파'를 개봉했지만 그 엄청난 선전에 비해 크게 화제가 되지는 않았다. 이유는 여러 가지겠지만 괴수 붐이 조금씩 사그라지고 있었기 때문이 아닐까 싶다. 그러고 보니 마쓰타케 영화사도 '우주 대괴수 기라라'라는 괴수 영화를 만들었다. 이 영화는 괴수의 이름을 일반에게 공모하는 등 상당히 공을 들였지만 관객은 별로 많이 들지 않았다.

그러고 나서 '괴수 총진격'(1968년)이 개봉되었다. '고질라의 아들'에 이어 미니라가 다시 등장한다. 그뿐 아니라 라돈, 모슬라, 바라곤, 쿠몬가, 바란, 고로자우루스, 안기라스, 만다에 킹기도라까지, 괴수가 총출동했다. 무조건 괴수를 많이 등장시키면 아이들이 좋아할 거라고 생각했을 것이다. 그 판단은 대충 맞아떨어졌고, 나는 미니라가 킹기도라를 향해 진격하는 모습에 몹시 흥분했다.

그러나 괴수 붐은 확연히 사그라지고 있었다. 텔레비전에서도 울트라 맨이 최종회를 맞이했다. 무엇보다 내 마음에 변화가 나타났다. 그럴 때 본 영화가 '위도 제로 대작전'(1969년)이다. 심해정에서 사고가 일어나 젊은이들이 해저 2만 미터에 있는 별세계로 들어가면서 벌어지는 모험을 그린 작품으로, 고질라 시리즈와 마찬가지로 쓰부라야 프로덕션이 특수 촬영을 맡았지만, 괴수 영화와는 전혀 다른 흥분으로 가득했다. 괴수가 나오기는 하지만, 나쁜 천재 의사가 사자의 몸에 독수리 날개와 질투심 깊은 여자의 두뇌를 이식한, 종래의 설정과는 전혀 다른 괴수다. 게다가 싸우는 장본인은 인간이다. 아슬아슬하고 가슴 두근거리는 장면이 이어지다가 마지막에는 몹시 놀랄 만한 결말이 찾아온다.

'와, 재밌다. 대단한 괴수가 나오는 것도 아닌데 어쩜 이렇게 재미있지?'

영화를 보고 돌아오는 길에 나는 고개를 갸웃거렸다. 하지만 답을 찾지 못했다.

그해 말 '올 괴수 대진격'(1969년)이 개봉되었다. 이 영화 역시 괴수끼리 싸우는 영화다. 고질라, 미니라, 쿠몬가, 고로자우루스, 만다, 안기라스, 카마키라스, 에비라 외에 새로 가바라라는 괴수가 출현했다. 이번에는 가바라가 악역을 맡았다. 불도그를 모델로 삼은 괴수인데, 처음에는 이름이 '게바라'였지만 쿠바 혁명가와 이름이 같아서 개명했다고 한다.

스토리는 주인공 소년이 괴수들이 사는 섬에 도착해서 괴수들 간의 싸움에 말려든다는 것이다. 미니라가 주인공을 도와주는 역할을 맡았다. 소년과 몸집이 비슷한 미니라는 소년과 얘기도 나누고 놀아 주기도 한다.

어쩐지 이상하다고 생각했는데 마지막에 그 의문이 풀렸다. 실은 전부 소년의 꿈이었던 것이다.

뭐야, 이거. 이래도 되는 거야.

친구들도 모두 불만스러워했다. '재미없다'라고 얼굴에 씌어 있었다. 하지만 아무도 그 말을 입 밖에 내지는 않았다. 괴수 영화, 그것도 고질라가 나온 영화가 재미없다는 걸 인정하고 싶지 않았던 것이다.

결국 이 작품이 내 인생의 마지막 괴수 영화가 되었다. 주인공 소년과 마찬가지로 우리도 괴수의 꿈에서 깨어났다. 괴수가 아닌 인간이 주로 활약하는 '위도 제로 대작전'에 흥분했던 일이 그 전조였을 것이다.

그리고 '올 괴수 대진격' 개봉 약 한 달 뒤에 거장 쓰부라야 감독이 세상을 떠난다. 만국 박람회를 얼마 안 남겨두고 온통 들떠 있을 때의 일이다.

그로부터 다시 두 달 뒤, 우리는 중학생이 되었다. 새 영화 '결전! 남해의 대괴수'(1970년)를 보러 가자고 하는 친구는 아무도 없었다.

'페기라 놀이'와 "나는 쟈미라다!"

♪

시트로넬라 애시드란 무엇인가.

그건 리트랄리아가 내뿜는 용해액의 이름이다. 그럼 리트랄리아는 무엇인가. 조류와 파충류의 중간 생물로, 변온 동물이다. 라이벌로는 고메테우스가 있다. 고메테우스도 변온 동물이지만 어찌 된 영문인지 포유류다.

여기까지 말했을 때 무슨 얘기인지 이해하는 사람은 대단하다, 라기보다 솔직히 말해서 조금 이상한 사람이다. 보통은 이게 다 무슨 소리냐고 반문할 것이다.

리트랄리아의 약칭은 리트라, 고메테우스는 고메스라고 한다. 이렇게 설명하면 알아듣는 사람이 좀 늘어나지 않을까.

1966년에 방영하기 시작한, 쓰부라야 프로덕션 제작의 특수 촬영 텔레비전 영화 울트라 Q 얘기다. 울트라 C와는 관계가 없지만, 그렇다고 전혀 무관한 것도 아니다. 울트라 C라는 타이틀의 힌트를 여기서 얻었다고 한다.

괴수가 나오는 텔레비전 프로그램의 원조 격이라고 할

수 있다. 그 기념비적인 제1화가 '고메스를 무찔러라!'였다. 탄광에 고대 괴수 고메스가 나타나 난동을 일으킨다. 모두가 당황하는 가운데 안경을 낀 천재 소년이 때마침 발굴한 리트라의 알을 부화시켜 고메스에 맞서 싸우게 한다는 내용이다.

당시 초등학교 2학년이던 나는 이 프로그램에 완전히 빠져들었다. 나만 그런 게 아니라 학교에 가면 친구들이 모두 흥분 상태였다. 노트에 고메스와 리트라가 싸우는 장면을 그려 친구들끼리 돌려 보기도 했다.

"야, 신난다! 다음 주에도 울트라 Q가 있잖아. 또 볼 수 있다니, 얼마나 좋아."

친구 M은 좋아 죽겠다는 듯이 말했고, 다른 아이들도 너나없이 기뻐했다. 극장에서 상영하는 괴수 영화는 신작이 나오려면 6개월은 기다려야 하는데, 이제부터는 일요일 저녁 7시만 되면 매주 새로운 괴수를 만나게 되는 것이다.

"더군다나 공짜잖아."

M이 덧붙였다. 이것 역시 즐거움을 주는 요소였다. 우리는 고개를 크게 끄덕였다.

이 같은 상황이 울트라 Q의 훌륭함을 간결하게 표현

했다고 본다. 즉 울트라 Q는 극장용 괴수 영화와 비교해도 전혀 손색없는 작품이다. 우선 비록 30분짜리 프로그램이었지만 특수 촬영에 허술함이 전혀 느껴지지 않았다. '고로와 고로'(제2화) '매머드 플라워'(제4화) '가라다마'(제13화) 등은 웬만한 극장용 특수 촬영 영화보다 훨씬 실감이 넘쳤다.

게다가 스토리도 좋았다. 늘어지는 부분 없이 이야기가 스피디하게 전개되었다. 또한 철저히 오락에 치중한 프로그램인 것 같지만, 일관되게 자연 파괴나 과학만능주의를 비판했다. 말하자면 사회 참여파 드라마라고 할 수 있다.

울트라 Q 역시 3, 4주가 지나자 어린이들의 호불호가 갈리기 시작했다. 탁월한 스토리도 좋았지만 역시 주역은 괴수였다. 이번에는 어떤 괴수가 얼마나 강한지가 화제의 중심이 되었다. 사실 그런 점에서 4화까지는 조금 불만스러웠다. 맨 먼저 등장한 고메스는 괴수답고 생김새도 멋졌지만, 고로는 얼굴이 멍청하게 생겼고, 나메곤은 왠지 기분이 나빴으며, 쥬란은 그저 큰 꽃일 뿐이었다.

우리의 기대에 부응한 괴수는 5화에 등장한 페기라였다. 타이틀 역시 '페기라가 왔다!'로, 펭귄 괴수가 주인공이다. 펭귄이라고 하니 왠지 약해 보일지 모르지만, 그렇지 않았다. 페기라는 엄청 강해서, 뿔이 나 있는 데다가 입에서 내뿜는 숨이 모든 걸 얼려 버렸고, 반 중력 상태로 만들어 자동차가 하늘로 떠오르기도 했다.

페기라의 유일한 약점은, 이끼를 재료로 해서 만든 페기민 H라는 약이다. 페기라는 이 약이 싫어서 도망가곤 하는데, 도망갈 뿐 죽지는 않음으로써 우리를 즐겁게 해 주었다. 그래서 페기라는 살아서 다시 등장할 거라는 기대감을 주었다. 말하자면 페기라는 울트라 Q의 고질라와 같은 존재였다. 실제로 제14화 '도쿄 빙하기'에서 페기라는 부활한다. 우리는 뛸 듯이 기뻐하며 '페기라 놀이'를 고안해 냈다. 점퍼 앞자락을 열고 양손을 주머니에 찔러 넣은 채 "페기라다!" 하고 외치며 파닥거리는 것이다. 겨울에는 숨을 내쉬면 하얀 입김이 뿜어져 나와 분위기가 한층 살았다. 입김을 쏘인 아이는 그대로 굳어진 채 "중이 방귀를 뀌었다!"라고 열 번 외칠 때까지 움직이면 안 되었다. 이제 와서 생각해 보니 참 바보 같은 놀이다.

페기라와 함께 인기를 양분한 괴수가 가라몬이다. 당시 소년 잡지에서는 늘 울트라 Q 특집을 실어 앞으로 등장할 괴수들을 소개하곤 했는데, 가라몬을 다뤘을 때는 상당히 충격을 받았다. 일단 지금까지 나온 괴수와는 이미지가 전혀 달랐다. 지금까지는 괴수를 '무슨 무슨 괴물'이라는 식으로 표현할 수 있었는데, 이 녀석만은 그게 불가능했다. 굳이 말하자면 '솔방울 괴물'이랄까. 잡지에서는 '우주에서 온 공포의 전파 괴수'라고 표현했다. 가라몬이 전자 두뇌에서 발사되는 전파로 움직이기 때문이다. 즉 녀석은 로봇이었다. 스토리상으로는 전파가 차단되면 죽는 것으로 되어 있었고, 그런 모습이 가련해서 오히려 더 인기가 있었다. 제16화 '가라몬의 역습' 편에서 다시 등장한 사실이 이를 증명한다. 하지만 '가라몬 놀이'만은 우리도 만들어 내지 못했다.

그 밖의 인기 괴수로는 '2020년의 도전'(제19화)에 나오는 게무르인이나 '해저 원인 라곤'(제20화)을 꼽을 수 있다. 게무르인은 달리는 방식이 독특했다. 손발을 쭉 뻗은 채 깡충깡충 달렸다. 그렇게 달리는 친구가 한 반에 한 명씩은 있기 마련이어서 그런 아이가 달릴 때면 "나왔다! 게무르 주법." 하고 놀리곤 했다.

라곤은 반인 반어 괴수다. 인간에게 빼앗긴 아이를 찾으러 온다는, 생김새는 추하지만 눈물짓게 하는 캐릭터였다. 제15화에 등장하는 가네곤 역시 뿌리 깊은 인기를 누렸다. 돈을 너무 좋아하면 가네곤이 된다는, 돈을 밝히는 오사카 사람들에게는 뜨끔한 존재였다.

내가 개인적으로 좋아했던 괴수는 '타올라라, 영광'(제26화)의 피터다. 피터는 학명이 아리게트토타스다. 생김새가 카멜레온과 비슷하고, 주위 온도에 따라 몸의 크기가 달라졌다.

이처럼 우리를 매료시킨 울트라 Q였지만 '206편 소멸하다'(제27화)로 일단 막을 내린다(재방송 때 제28화 '열어 줘'가 추가되었다). 일단이라고 말한 이유는 새로운 버전이 시작될 예정이었기 때문이다. 그게 바로 울트라 맨이다.

울트라 Q의 노선을 이으면서 통일된 영웅을 만들어 낸다는 콘셉트에서 태어난 것이 울트라 맨이라는 초인이다. 애초에는 이름이 울트라 맨이 아니라 '베무라'였다. 생김새도 괴수에 좀 더 가까워서, 말하자면 '정의의 아군 괴수' 이미지였다고 한다. 그런데 여러 논의를 거친 끝에 우주인의 분위기를 강화하는 쪽으로 가닥이 잡혔다는 것이다. 이름으로는 '레드 맨' 등이 후보에 올랐다고 한다. '베무라'라는 이름은 제1화 때 등장한 괴수에게 사용되었다.

이 슈퍼 영웅이 등장하자마자 괴수 붐이 불어닥쳤다. 고질라 때도 그랬지만, 응원할 대상이 확실하니 아이들로서도 이해하기 쉬웠던 것이다. 한 달쯤 지나자 우리 공책은 울트라 맨 낙서로 가득 찼고, 무슨 일을 할 때마다 너나없이 '슈워치(울트라 맨이 괴수를 공격할 때 지르는 소리-옮긴이)'를 구호처럼 외쳤다.

하지만 팬이 될수록 울트라 맨을 보는 눈은 더 엄격해졌다. 우리는 쉬는 시간마다 이런저런 토론에 열을 올렸다.

"컬러 타이머가 3분이라는데 정말일까? 지난번에 텔레비전에서 보니까 좀 짧은 것 같더라."

"아니야, 나는 더 길었던 것 같던데. 컬러 타이머가 빨간색이 되면 그때부터 30초가 남은 거잖아. 그런데 말도 안 되게 오래 싸우더라고."

"그보다, 울트라 맨은 왜 중간에 에너지를 보충하지 않지? 에너지를 보충하면 얼마든지 더 싸울 수 있을 텐데 말이야."

과학 특별 수사대도 종종 불만의 대상이 되었다. 아이들은 도대체 과학 특별 수사대가 왜 있어야 하느냐고 투덜거리곤 했다.

스토리상으로는 괴수를 퇴치하는 것이 그 존재 이유지만, 실제로는 활약하는 법이 거의 없었다. 번번이 궁지에 빠져서는 울트라 맨에게 도와 달라고 외칠 뿐이었다.

"우선 그 이데 대원 말인데, 맨날 도망다니기만 하고 전혀 도움이 안 돼. 그런 놈이 어떻게 대원이 됐을까. 그런 식이라면 나도 하겠다."

친구 M이 투덜거리면 다들 맞장구를 쳤다. 이데 대원은 과학 부문을 담당하는데 정말이지 한심한 캐릭터였다.

하지만 울트라 맨에 대한 가장 뼈아픈 비판은 다음과 같은 것이었다.

"울트라 맨은 왜 좀 더 빨리 스페시움 광선을 사용하지 않는 거야?"

팔을 열십자로 교차시켜서 스페시움 광선을 괴수에게 쏘는 포즈는 꼬마 녀석이라면 누구나 흉내 내 봤을 텐데, 그렇다면 이런 의문도 한 번쯤은 품어 봤을 것이다. 괴수에게 헤드록을 걸거나 업어 치기를 하느라고 체력을 소모하는 대신 처음부터 이 비장의 무기를 사용하면 되지 않느냐는 것이다. 이에 대한 설명, 이라기보다 변명이 어느 소년 잡지에 실렸다.

'스페시움 광선은 에너지를 너무 많이 소비해서 울트라 맨은 웬만하면 이 무기를 사용하지 않으려고 합니다. 다른 방법이 없을 때만 최후의 수단으로 사용하죠. 게다가 스페시움 광선이 반드시 통한다는 보장이 없기 때문에 우선 킥이나 펀치 등 여러 가지 기술을 시험해 보는 겁니다.'

알 듯 말 듯 해서, 상대가 어린아이라고 우습게 보느냐고 항의하고 싶어지는 설명이다. 결국 우리는 "뭐, 울트라맨이 괴수를 너무 빨리 무찌르면 김이 빠지고 시간도 남으니까 그러겠지."라고 진짜 이유를 말해 버리고 이 문제에서 손을 뗐다.

이처럼 갖가지 불만이 있었지만, 그건 역시 울트라 맨이 우리의 슈퍼 영웅이었기 때문이다. 그리고 우리는 울트라 맨을 사랑하듯이, 매회 등장해서 반드시 죽고 마는 괴수들도 사랑했다. 브로마이드 쟁탈전을 벌일 정도로.

울트라 맨 시리즈의 명물 괴수로는 역시 발탄 성인을 꼽을 만하다. 예고편에서 봤을 때는 '저게 가재야 뭐야.' 하고 의아해했다. 그런데 분신 기술도 사용하고 거대해지기도 하는 등 우주 닌자로서의 자질을 충분히 발휘했다. 그 밖의 강적으로는 야쿠자처럼 생긴 레드킹과 2주에 걸쳐 울트라 맨을 괴롭힌 고모라 등을 꼽을 수 있다. 네롱가나 제로니몬도 강하긴 했지만 지명도가 약간 부족했다.

동정심을 일으키는 괴수도 있었다. 설산에 사는 '우'는 알고 보니 나쁜 녀석이 아니었고, 망령 괴수 시보즈는 괴수 묘지로 돌아가고 싶어 하는데 그러지 못해 불쌍했다.

그리고 우리의 눈물샘을 자극한 괴수가 원래는 인간이

었다는 쟈미라였다. 쟈미라는 본디 우주 비행사였는데, 표류하던 끝에 도착한 행성의 환경 때문에 몸이 괴수로 변한 채 지구로 돌아와야 했다(제23화 '고향은 지구'). 쟈미라가 울트라 맨에게 무참히 깨질 때는 나도 모르게 화면에 대고 "이제 그만 좀 해!"라고 소리치기도 했다. 스웨터나 셔츠 속에서 얼굴만 내민 채 "나는 쟈미라다!"라고 소리치는 놀이는 다들 해 봤으리라 생각한다.

그런데 매주 새로운 괴수를 등장시키기가 힘들었던지 전에 어디선가 본 듯한 괴수가 새로운 모습으로 등장하는 경우가 종종 있었다. 머리만 바꿔서 나타나는 일은 흔했고, 모습까지 그대로인 채 이름만 바꾸어 나오기도 했다. 꼬마 괴수 피그몬이 울트라 Q의 가라몬이라는 건 주지의 사실이고, 울트라 Q의 페기라는 귀를 달고서 찬드라로 등장했다. 재미있는 사실은 고질라도 울트라 맨에 나왔다는 것이다. 제10화 '수수께끼의 공룡 기지'에서 목도리도마뱀처럼 생긴 목도리를 두른 채 지라스란 이름으로 울트라 맨과 대결한 바 있다.

이처럼 울트라 맨은 일요일마다 우리를 다른 세상으로 데려가 주었는데, 마침내 그것도 막을 내리게 된다. 아쉽지만 할 수 없지, 라는 게 우리 심정이었다. 무슨 일이든 끝이 있는 법이니까. 그리고 다음 주부터 어떤 괴수 영화가 방영될까 하고 기대하는 마음이 되었다. 아이들이란 어느 시대든 쿨한 구석이 있는 법이다.

마지막 회는 울트라 맨이 악마의 모습을 한 괴수 제튼에게 패배한다는 충격적인 내용이었다. 그런데 그 제튼을 어쩐 일인지 별로 믿음이 가지 않았던 과학 특별 수사대가 해치운다. 나는 마지막 회의 감동을 곱씹으며 "아, 이제 울트라 맨이 없어도 지구는 평안하겠구나."라며 논리적인 스토리에 감동했다.

자, 울트라 맨은 끝났으니 다음에는 어떤 녀석이 나올까, 하며 나는 텔레비전을 주목했다. 그러자 화면에 '캡틴 울트라'라는 글자가 나타났다. 그리고 이상하게 생긴 헬멧을 쓴 아저씨가 싸구려 로봇과 별난 부하를 데리고 나와 질이 나쁜 인형들과 싸우는 모습이 비쳤다. 배경 세트와 미니어처 모형이 예전에 본 외국 드라마 '우주 가족 로빈슨'을 떠올리게 했다.

그다음 날 학교에 가니 친구들이 다들 말이 없었다. 친구 M은 '울트라'라는 말만 나와도 울상을 지었다.

"괜찮아. 조금 있으면 울트라 맨 같은 멋진 녀석이 나올 거야."

우리는 서로를 위로하며 그날을 손꼽아 기다렸다. 그리고 마침내 그날이 왔다.

울트라 세븐이 등장한 것이다.

나의 세븐을 돌려 다오

◑

괴수 팬으로서 적이 불만스러운 점이 있다.

울트라 맨에 비해 울트라 세븐의 평가가 너무 낮다는 사실이다.

아무리 세월이 흘러도 다들 '역시 울트라 맨이 최고야'라고 하는 이유는 무엇일까. 만화에도 광고에도, '추억의 영웅'이라는 프로그램에도 온통 울트라 맨 천지다. 최근에는 '울트라 맨을 만든 남자들'이라는 드라마까지 나왔다. 그런 것들을 볼 때마다 나는 "세븐은 어때? 세븐을 출연시키지 그래."라고 제안하고 싶어진다. 왜냐하면 울트라 세븐이야말로 내가 가장 사랑하는 슈퍼 영웅이기 때문이다.

울트라 세븐은 1967년에 태어났다. 울트라 맨의 콘셉트를 발전시켜 어른들이 봐도 좋을 만큼 업그레이드된 영웅을 탄생시킨 것이다.

이 SF 드라마는 스토리에 일관성이 있었다. 일단 괴수만 내세우면 그만이라는 식이 아니라, 우주인과의 공존이라는 테마를 축으로 필요에 따라 전투 장면을 내보냈다. 이것이 현대의 다른 인종 간 또는 다른 국가 간 관계의 패러디라는 사실은 두말하면 잔소리다. 울트라 Q에 담겨 있던 사회적 메시지가 울트라 맨에서는 어린이들의 비위를 맞추려고 희박해졌는데, 울트라 세븐에 와서 부활했다고 할 수 있다. 제8화 '공격당한 거리'와 제26화 '초강력 무기 R1호', 제42화 '논마르트의 사자' 등은 그런 메시지가 매우 강력했고, 제47화 '당신 누구야?'의 발상은 미스터리 소설에 응용하고 싶을 정도로 임팩트가 컸다.

스토리를 탄탄하게 유지하려면 나름의 무대 설정이 필요하다. 세븐 시리즈는 그런 점에도 공을 많이 들였다. 우주인이나 괴수와 직접 맞서서 싸우는 사람들은 울트라 경비대(약칭 U경비대)라는 팀이지만, U경비대는 지구 방위군에 속한 일개 조직으로 묘사되었다. 그리고 군인 중에서도 상당한 엘리트라야 U경비대에 들어갈 수 있는 것으로 되어 있었다. 그래서 군대의 참모 또는 U경비대가 아닌 조직의 군인들도 때때로 등장하곤 했다. 다시 말해서 매사를 소수의 인원으로 해결하려 했던 울트라 맨의 과학 특별 수사대와는 확실히 달랐던 것이다. 물론 이데 대원처럼 한심한 녀석도 없었다.

게다가 U경비대의 홍일점인 안느 대원은 매력이 철철 넘쳐서 우리를 설레게 했다. 친구 M은 그녀가 단지 비키니 차림이라는 이유만으로 "야, 봤냐? 어제 그 안느라는 대원 말이야."라며 몹시 흥분했을 정도다.

거기에 또 우리를 기쁘게 한 것이 명작 '선더버드'를 방불케 하는 지구 방위군의 장비였다. 먼저 군 기지는 침략자들을 속이기 위해 지하에 건설되었다. U경비대의 울트라 호크 1호 등이 출동할 때는 산의 일부가 스르륵 미끄러지듯이 열렸다. 또한 울트라 호크 1호는 알파, 베타, 감마의 세 전투기로 분리된다. 다른 무기로는 로켓 2호와 소형 전투기인 울트라 호크 3호, 지하 전차 마그마 라이저 등이 있었다. 이런 것들 역시 비가 오나 눈이 오나 '비틀'이라는 조잡한 비행기를 타고 다니고 그나마 싸움이 끝나기 직전에야 간신히 현장에 도착했던 과학 특별 수사대와는 차원이 달랐다. 지구 방위군에는 V3라는 우주 정거장까지 있었다.

그런 데다 뭐니 뭐니 해도 세븐이란 캐릭터 자체가 굉장히 멋졌다. 특히 액션이 좋았다. 우리는 학교 급식으로 나온 고구마 빵을 납작하게 눌러서 머리에 올려놓고는 울트라 세븐의 부메랑 무기인 '아이스랏거'라고 외치며

던지고 놀았다.

또 하나 내 마음에 들었던 것은 변신 과정을 알 수 있다는 점이다. 울트라 맨의 주인공이자 과학 특별 수사대의 에이스 조종사인 하야타가 도대체 어떻게 울트라 맨으로 변신하는지 우리는 늘 궁금했다. 그런 의문이 세븐에서 말끔히 해소되었다. 모로보시 단이 울트라 아이를 자신의 눈에 붙이면 그곳에서부터 차츰 울트라 세븐으로 변해 가는 것이다. 변신하지 못한 코가 위쪽으로 향해 있는 모습도 귀여웠다.

울트라 세븐은 울트라 맨 이상으로 인간적인 면모가 많았다. 사람과 똑같은 크기로 활약하는 경우도 많았고, 우주인에게 말로 항의하기도 했다. 우주인도 그를 잘 알고 있어서 "흐흐흐. 우리 비밀 기지에 온 것을 환영한다, 울트라 세븐." 같은 말을 하기도 했다. 이 부분은 셜록 홈스나 괴도 루팡을 본뜬 듯하다. 모로보시 단이 울트라 세븐의 다른 모습이라는 사실도 우주 침략자들은 모두 알았다.

자, 그럼 울트라 세븐에는 어떤 괴수들이 나올까. 먼저 세븐과 맞서 싸운 괴수가 아니라 세븐 편에 섰던 괴수를 소개하고 싶다. 이른바 캡슐 괴수다. '모로보시 단'에게는 캡슐이 몇 개 있어서 자신이 싸울 수 없는 경우에는 그 캡

슐을 던졌다. 그러면 캡슐에서 괴수가 나와서 '모로보시 단' 대신 적과 싸웠다. 그 대표가 윈덤이다. 윈덤은 닭처럼 생긴 얼굴에 애교가 있었다. 하지만 내가 아는 한 이 녀석이 도움이 됐던 적은 한 번도 없었다. 단지 시간을 벌어 주는 정도였다.

그런데 곰곰이 생각해 보니 울트라 세븐에는 괴수다운 괴수가 제대로 나오지 않았던 것 같다. 앞에서 언급한 것처럼 울트라 세븐이 싸우는 상대는 대개 지구를 침략하려는 우주인이나, 그 우주인이 조종하는 로봇이었다. 비교적 괴수다운 괴수라면 에레킹 정도를 꼽을 수 있다. 우주인 중에서는 어둠 속에 숨어 사는 페가사 성인(星人)이나 저잣거리의 좁디좁은 아파트를 빌려서 사는 메트롱 성인, 주택가에 사는 이카루스 성인 정도를 꼽을 만하다. 하나같이 우리 주변에 있을 법한 점이 무섭다. 특히 메트롱 성인은 시도 때도 없이 세븐과 싸우는 것이 아니라, 방에서 가부좌를 틀고 앉아 명분을 충분히 설명한 다음 울트라 세븐에게 달려드는 특이한 캐릭터였다.

우주인의 로봇으로는 우주 공룡 나스와 크레이지곤도 있지만 역시 추천할 만한 것은 킹 조다. 킹 조는 네 부분으로 나뉘는, 이른바 합체 로봇의 원조다. 게다가 생김새가 멋졌다. 세븐 최강의 적이라고 할 수 있다.

세븐이 세븐과 싸운 일도 있다. 우주인이 가짜 세븐 로봇을 만든 것이다. 자백 장치를 이용해 모로보시 단으로부터 울트라 빔의 비밀을 캐낸 뒤 그것까지 로봇에 장착한다.

공룡 전차는 획기적인 발상으로 우리를 놀라게 했다. 이름 그대로 상반신은 공룡, 하반신은 전차다. 일종의 움직이는 요새라고 할 수 있었다.

실체를 제대로 알기 힘든 적도 있었다. 제34화 '침략하는 사자(死者)들'에는 그림자만 있는 '섀도 우먼'이라는 것이 등장한다. 죽은 인간들이 섀도 우먼의 조종으로 마치 좀비처럼 움직이는 영상은 꽤 자극적이었다.

그토록 멋졌던 울트라 세븐이지만, 울트라 맨과 마찬가지로 언젠가는 끝나야 하는 운명이었다. 최후의 적은 고스 성인과, 입이 2개인 '판돈'이라는 괴수였다. 하지만 세븐은 사실 이들보다 강한 적과 싸워야 했다.

그건 바로 과로다.

너무나 많은 적과 싸워야 했던 세븐은 육체적으로 한계에 부딪혔다. 이 얼마나 놀라운 선견지명인가. 현대의 사회 문제로 대두된 과로사를 이 시기에 이미 다루었던 것이다.

자신의 별로 돌아가기로 결심한 세븐은 마지막 봉사로 '사상 최대의 침략'을 꾀하던 고스 성인에 맞서 싸운다. '모로보시 단'이 여자 대원 안느 앞에서 마지막으로 변신하는 장면은 울트라 시리즈 최고의 감동이었다.

사정을 모두 알게 된 기리야마 대장은 "몸이 안 좋으면 안 좋다고 왜 진작 말하지 않았어."라고, 고스 성인과 싸우는 세븐을 보며 중얼거린다. 마지막 회라고 풀이 죽어 있던 나는 "너희들에게 말해 봤자 무슨 소용인데."라고 화면을 향해 화풀이했다.

그 후 쓰부라야 프로덕션에서는 '괴기 대작전'이나 '마이티 잭' 등도 제작했는데, 그 작품들은 괴수가 등장하지 않으므로 여기서는 언급하지 않기로 한다. 하지만 하나같이 특수 촬영이 훌륭했다는 점만은 말해 둔다.

그런데 울트라 맨과 울트라 세븐이 크게 활약하던 때에 다른 채널에서도 괴수 영화를 방영했다. 너무 많아서 그 중 무엇을 소개해야 할지 난감하지만, 특히 기억에 남는 작품은 '마그마 대사'와 '자이언트 로보'다.

'마그마 대사'는 로켓으로 변신하는 로봇이라는 설정이 특이했다. 또한 '우주인 고어', '인간 모도키' 등의 독특한 캐릭터가 있었고, 울트라 시리즈를 흉내 내지 않는 개성이 있었다. 하지만 마그마 대사를 만들어 낸 어스라는 할아버지의 정체가 끝까지 밝혀지지 않아 아쉬웠다. 특수촬영에는 역시 문제가 많았지만 그 부분은 그냥 넘어가기로 하자. 다만 이제 와서 하는 말인데, 원작자가 아톰을 창조한 데즈카 오사무였던 만큼 애니메이션으로 만들었으면 좋지 않았을까 하는 생각이 든다.

'자이언트 로보'는 로봇 액션 드라마다. 주인공 소년이 조종한다는 점에서 '철인 28호' 계열로 분류해도 좋을 것이다. 로봇답게 만들려고 노력한 점이 돋보였고, 손가락 하나하나에서 미사일이 발사되는 등 독자적인 아이디어가 꽤 풍부했다. 다만 동작이 둔해서 액션 장면이 촌스러웠다. 마그마도 그랬다. 그러니 보디슈트 타입의 울트라맨이나 세븐의 디자인은 기능 면에서도 정답이었다고 말할 수 있다.

슈퍼 영웅은 아니지만 '괴수 부스카'도 빼놓을 수 없다. 느려 빠진 괴수와 동네 소년 간의 가슴 따뜻해지는 이야기를 그린 홈드라마로, 후지코 후지이의 '오바케노 Q 타로'와 분위기가 비슷하다. 후지이 씨를 떠올리다가 생각났는데, '닌자 핫토리 군 + 닌자 괴수 짓포'라는 작품도 있었다. 부스카나 짓포 모두 저예산 작품이었지만 시청률은 괜찮았던 것 같다. 결국 스토리가 중요한 걸까.

울트라 세븐 이후 한동안 공백이 이어지다가 1971년, '돌아온 울트라 맨'이 시작되었다. 나는 이미 중학교 2학년이었지만 그리운 나머지 기뻐하며 텔레비전 앞에 앉았다.

그런데 막상 보니, 성인이 보기에도 괜찮았던 울트라 세븐의 특성이 사라지고 원조 울트라 맨의 어린이 취향으로 돌아와 있었다. 그야 어쩔 수 없지, 하고 나는 생각했다. 울트라 맨에는 울트라 맨 특유의 분위기가 있고, 울트라 세븐에는 울트라 세븐만의 특성이 있는 것이다. 만일 '돌아온 울트라 세븐'이 제작되었다면 그건 분명 내 기대에 부응하는 작품이었을 것이다.

하지만 그것은 착각이었다. 울트라 세븐이 난데없이 '돌아온 울트라 맨'에 출연한 것이다. 잊히지도 않는다. 울트라 맨이 벰스타라는 우주 괴수에게 고전하고 있을 때 돌연 세븐이 나타나서 자신의 무기 울트라 브레스릿을 건네주었다. 울트라 맨은 그걸로 벰스타를 물리친다.

그 장면을 본 순간 세븐의 세계는 두 번 다시 돌아오지 않는다는 걸 직감했다. 2대 영웅이 같은 차원에 존재하는 일은 결코 있을 수 없었다.

내 직감은 정확했다. 그 후 세븐은 '울트라 맨 에이스'에도 나오고, '울트라 맨 타로'에서는 울트라 6형제의 일원으로도 나온다. 그리고 결국 울트라의 아빠, 엄마까지 모습을 드러내고 만다.

몇 년 전 조카의 책을 보다가 아연실색한 적이 있다. 그 책에는 울트라 일가족이 모두 모인 사진이 실려 있었다. 물론 그중에는 우리의 세븐도 있었다. 그걸 본 나는 왠지 몹시 슬퍼졌다.

탈의실의 비밀

§§

내가 입학한 F고등학교는 두 가지 점에서 유명했다. 하나는 일본 최초로 학원 분쟁이 발생한 고등학교라는 점. 대학이라면 모를까, 고등학교에서 분쟁이 발생하는 일은 드물었다. 그것도 학생들이 본격적으로 바리케이드를 치고 농성하다니, 재미있지 않은가.

아마도 1학년 때 윤리 사회 수업 시간이었던 것 같은데, 선생이 우리에게 오래된 주간지의 기사를 보여 준 적이 있었다. 기사에는 '마르크스 새싹들의 난동'이라는 제목이 붙어 있었다. 윤리 사회 선생은 "여러분의 선배들이 상당히 행동적이고 문제의식이 강했다는 뜻입니다."라고 뿌듯한 듯이 얘기하며 주간지가 마치 소중한 문서라도 되는 양 조심스럽게 도로 파일에 집어넣었다. 그 모습을 보며 나는 어쩌면 교사 중에 학원 분쟁이 일어난 걸 기뻐한 사람도 있을지 모르겠다고 생각했다. 학생들이 그런 행동을 했다는 것은 완전하지는 않으나마 사상적으로 성숙해 간다는 의미이며 그건 교사들 덕택이라고 볼 수 있기 때문이다.

그 분쟁에서 학생들이 요구한 사항은 교복 자유화였다. 그리고 그 점이 바로 우리 F고교가 유명한 또 하나의 이유다. 즉 분쟁에서 학생 측의 요구가 받아들여져 F고교는 일본 최초로 복장이 자유로운 고등학교가 되었던 것이다(라고 우리는 들었지만, 사실 확신은 없다).

학교에 뭘 입고 가든 자유라는 건 중학 시절 내내 교복을 입었던 학생들에게는 꿈만 같은 일이었다. 더는 찌는 듯이 더운 날 목까지 올라오는 교복을 입을 필요가 없고, 추운 날에는 스웨터에 코트를 걸칠 수 있게 된 것이다.

그럼에도 입학 초기에는 교복을 입는 학생이 대부분이었다. 학교에서 지정한 교복은 없었지만, 표준복이라는 이름의 학생복이 있었기 때문이다. 그러다가 한 명 두 명 사복을 입기 시작했고, 1학기 후반에는 대부분이 교복을 입지 않게 되었다. 중학 시절에 머리를 빡빡 깎았던 남학생들은 머리가 자라기를 기다렸다가 사복을 입는 것 같았다. 나는 중학 때부터 머리가 길었기 때문에 비교적 일찍 사복 차림으로 등교했다.

그런데 시간이 흐르면서 사복도 한편으로는 불편한 점이 있다는 걸 알게 되었다. 그것은 아마 여사원들의 고민과도 비슷할 터였다. 즉 입을 옷이 마땅치 않다는 점이었다.

우리 감각으로는 사흘 내내 같은 옷을 입으면 약간 창피하고, 나흘을 계속 입으면 얼굴을 들 수 없고, 닷새째에는 바늘방석에 앉은 심정이었다. 그러나 돈이 없는 고등학생에게 옷이 많을 리 없었다. 어쩔 수 없이 연일 같은 옷을 입어야 했다. 그러면 누군가에게 반드시 그 사실을 지적당하고 웃음거리가 되는 것이었다. 물론 다들 비슷한 입장이니 오십보백보였지만 말이다.

"야, 야마모토, 허구한 날 입던 분홍색 셔츠는 어디 갔어? 일주일 만에 세탁하니?"

"뭐, 그렇게 됐어. 그런데 너는 오늘도 여전히 소매가 터진 점퍼네. 잘 어울린다. 아예 피부의 일부가 됐어."

"아니, 아니, 입은 지 2주째로 접어드는 네 청바지에는 당할 수가 없지."

"닷새 내내 입은 네 티셔츠 말이야, 냄새 한번 굉장한걸."

간혹 이렇게 날 선 말들이 오가긴 해도 남학생은 단벌신사인 것도 멋으로 넘길 여지가 있었다. 하지만 여학생은 그렇지 않았다. 여학생들의 복장에 관한 진지함은 남학생과는 달랐다. 그것도 사흘 연속 똑같은 옷을 입으면 창피하다든가 하는 차원의 얘기가 아니었다. 그들에게 월요일부터 토요일까지 매일 다른 옷을 입는 건 당연한 일이었고, 잘나가는 여학생은 한 계절에 한 번만 입는 옷이 몇 벌이나 있었다. 그들에게는 하루하루가 패션쇼나 마찬가지였고, 다른 친구들보다 옷을 잘 입는 데 목숨을 걸었다.

한번은 M이라는 여학생이 새로 산 옷을 입고 학교에 왔다. 그 여학생은 평소에도 진한 화장으로 유명했고, 수업 중에도 향수 냄새가 진동해서 옆 자리에 앉은 나를 질리게 했지만, 그날은 평소보다 더 공들여 화장을 하고 왔다. 어른스러운 옷에 맞추려고 그런 듯했다.

"어, 너 새 옷 입었구나."

내 말에 그녀는 흥흥, 콧소리를 내며 웃었다.

"알아보겠어? 어제 신사이바시에서 샀어."

"비싸 보이네."

"뭐, 조금."

M은 한껏 들떠 보였다. 그랬던 그녀의 표정이 옆에 있던 남학생의 한마디에 싹 변했다.

"그 옷, 아까 7반 애가 입고 있던데."

그 순간 M의 눈썹이 치켜 올라갔다.

"정말이야?"

"응. 똑같은 옷이었던 것 같아."

그 남학생의 말이 끝나기가 무섭게 M은 자리에서 일어나 씩씩거리며 교실을 나갔다. 나는 좋은 구경거리가 생겼다 싶어 그녀를 쫓아갔다. 7반은 바로 옆 반이다.

M은 7반 교실 입구에 버티고 서서 실내를 둘러봤다. 나도 M 뒤에서 교실 안을 살폈다. 상대 여학생은 금세 눈에 띄었다. M과 똑같은 옷을 입고 있으니 찾기 쉬웠다. M이 "하, 참……." 하고 기분 나쁜 듯이 내뱉었다.

시선을 느꼈는지 상대 여학생도 이쪽을 바라보았다. 당연히 M의 옷을 알아보았다.

두 여학생의 시선이 빠지직, 소리가 날 것 같은 기세로 부딪쳤다. 다음 순간 M은 휙 돌아서서 우리 반 교실로 돌아왔다. 나도 허둥지둥 되돌아왔다.

M은 거칠게 자리에 앉으며 "못생긴 게, 어울리지도 않게."라고 말하더니 책상 다리를 발로 쾅, 걷어찼다. 나는 괜스레 불똥이 튈까 봐 목을 움츠리고 입을 다물었다.

이후로 M은 그 옷을 입지 않았다. 아마 7반 여학생도 그랬을 것이다.

이처럼 여학생들은 옷에 관해 이상하리만큼 집념을 불살랐지만, 그러는 것도 오래 가지는 않았다. 생각해 보면 당연한 일이다. 돈벌이도 없는 여고생이 하루가 멀다 하고 새 옷으로 갈아입으면 그게 더 이상하지 않은가. 그렇다고 그들이 옷에 대한 집념을 완전히 버린 건 아니었다. 가능하면 돈을 들이지 않으면서 지금까지와 마찬가지로 멋을 부리고 싶었던 여학생들은 뜻밖의 기술을 개발했다. 바로 친구끼리 옷을 바꿔 입는 것이다.

우리 학교에는 교실마다 뒤쪽에 조그만 방이 있고 그 안에 각자의 로커가 있었는데, 여학생들은 그 안에서 뻔질나게 옷을 바꿔 입었다. 그래서 오전과 오후의 차림새가 다르거나 심한 경우에는 매시간 옷이 달라지기도 했다. 그러고 나서 가장 마음에 드는 옷을 빌려 입고 방과 후 데이트에 나서는 것이었다.

2학년 때 여자 탈의실에 들어간 적이 있는데, 그곳에는 조그만 서랍장과 전신 거울, 액세서리 함까지 있었다. 도대체 저런 것들을 어떻게 들여왔는지 신기할 따름이었다.

여학생들이 그 방에서 열심히 멋을 부릴 때 남학생들은 뭘 했을까.

말할 필요도 없이 그들을 훔쳐보았다.

로커 룸 칸막이는 철판이었는데, 금속 볼트로 고정되어 있었다. 어느 날 한 남학생이 스패너를 들고 와서 볼트 하나를 몰래 빼냈다. 그러자 그곳에 볼트 구멍이 생겼다. 당연히 구멍으로 여학생들이 들여다보였다. 칸막이 너머로는 쫑알거리는 목소리만 듣던 우리에게 그 구멍은 미지의 세계로 향하는 입구라고 할 수 있었다.

체육 수업 전에 여학생들이 옷을 갈아입기 시작하면 우리는 그 구멍으로 달려들었다.

"야, 인마, 밀지 마."

"보이냐, 보여?"

"야, 야, 빨리 바꿔."

"좀 있어 봐. 이런, 제기랄, 이쪽으로 돌아서란 말이야!"

여학생들은 우리 행위를 금세 알아차렸고, 볼트 구멍 위에 포스터를 붙여 버렸다.

"엥, 속 좁은 것들."

"본다고 닳아 없어지냐?"

자신들의 욕망을 접어 둘 수밖에 없었던 우리는 아쉬운 마음에 투덜거렸다. 하지만 곧바로 대책이 마련되었다. 남학생 하나가 이번에는 핀으로 포스터에 구멍을 뚫은 것이다. 그 구멍은 볼트 구멍보다는 눈에 띄지 않았다. 그 용기 있는 녀석에게 우리는 박수를 보냈다. 그리고 그 획기적인 방법 덕분에 훔쳐보기는 다시 시작되었다.

그러나 그 행복도 오래가지 않았다. 한 녀석이 더 자세히 보고 싶은 마음에 구멍을 좀 더 크게 뚫다가 반대편에 있던 여학생에게 들킨 것이다. 그 남학생은 눈에 헤어스프레이 공격을 받고 아파서 죽는 줄 알았다고 했다.

그 후 여학생들은 로커 룸에 들어갈 때마다 볼트 구멍 위에 웃옷이나 코트를 걸어 두었다. 이렇게 되니 어쩔 도리가 없었다. 남학생들은 전처럼 칸막이 너머에서 들려오는 여학생들의 목소리에서 그들의 자태를 상상할 수밖에 없었다.

그러던 어느 날, 방과 후에 뜻하지 않은 행운이 찾아온다.

그 당시 육상부 소속이었던 나는 연습이 끝난 후 친구 K와 함께 남자 로커 룸에서 옷을 갈아입고 있었다. 그런데 누군가 여자 로커 룸으로 들어가는 소리가 들렸다. 그리고 잠시 후 그들의 목소리를 듣고 들어간 사람들이 누구인지 알아차렸다. 여학생들은 남자 로커룸에 누군가 있다는 사실을 모르는 듯했다.

잠시 후 K가 집게손가락을 입술에 대고 다른 한 손으로 볼트 구멍을 가리켰다. 그리고 소리 없이 입술만 움직였다.

"보여."

발소리를 죽여 가며 칸막이에 다가서서 볼트 구멍에 눈을 갖다 댔다. K가 말한 대로 구멍 저편에는 아무 장애물이 없었다. 이쪽에 사람이 없는 줄 알고 방심한 것이다.

K도 다른 구멍으로 여자 로커를 들여다봤다. 팔다리가 길고 비쩍 마른 남학생 둘이 칸막이에 들러붙어 있는 모습은 영락없이 두 마리 도마뱀이었을 것이다.

남이 들여다보는 걸 모르는 여학생들은 실로 대담했다. 멋지게 벗어젖혔달까. 어찌나 호쾌한지 야하다는 생각이 들지 않았고, 솔직히 말해 성적인 흥분도 전혀 느끼지 못했다. 그저 훔쳐본다는 사실이 재미있었을 뿐이다.

그리고 다음 순간 눈앞에서 생각지도 못한 일이 벌어졌다. 한 여학생이 팬티스타킹 속에 손을 넣어 엉덩이를 북북 긁은 것이다. 그 모습을 본 순간 나와 K는 풋, 웃음을 터뜨리고 말았다.

그와 동시에 여학생이 팬티스타킹에서 손을 뺐다. 다른 여학생들도 입을 다물고 일제히 우리 쪽을 바라봤다.

나와 K는 소리 나지 않게 칸막이에서 떨어졌다. 그리고 숨을 참았다.

여학생들이 수군거리기 시작했다.

"훔쳐보고 있었지?"

"응. 눈이 얼핏 보였어."

"누굴까?"

"글쎄……."

"틀림없이 운동부원일 텐데."

"검도부는 아닐 거야. 개네들은 도장에서 옷을 갈아입으니까."

"배구부 C도 아닐걸. 개는 점잖잖아."

"그럼 럭비부인가?"

그때 여학생 하나가 이쪽에 대고 소리를 질렀다.

"야, 거기, 누구야? 솔직히 말씀하시지 그래!"

그러나 우리는 입을 다물고 있었다. 이름을 말한다고 그냥 넘어갈 것 같지가 않았다.

"끌어낼까?"

"아니, 그러면 재미없잖아. 천천히 혼내 주자. 일단 운동장을 살펴볼까."

여학생들이 로커 룸을 나가는 소리가 들렸다. 그중 몇 명은 남자 로커 룸 입구를 지키고 나머지는 운동장을 내려다보는 듯했다.

"럭비부 H, S, N은 운동장에 있고……, 아, 테니스부 T도 보인다."

"그럼 남는 사람은 농구부 애들이랑 체조부 B, 육상부 2명……."

"범인 잡는 건 시간문제네."

"알아낸 다음에는 어쩌지?"

"글쎄, 어떡할까. 감히 우리를 봤으니까……."

"팬티를 벗길까? 호호."

그때 드르륵, 교실 문을 열어젖히는 소리가 났다. 누군가 들어온 듯했다.

"야, 너희들 뭐 하고 있냐?"

체조부 B 목소리였다.

"아, B. 미안하지만 로커 룸에는 조금 이따 들어가. 지금 멍청한 녀석을 하나 잡아낼 참이니까."

"멍청한 녀석이라니, 그게 누군데?"

"글쎄. 곧 알게 될 거야, 어느 놈인지 말이야. 어떻게 요리할까 생각 중이야."

"팬티를 벗기자니까."

"넌 아까부터 그 소리만 하더라."

여학생들이 소리 높여 웃었다.

나와 K는 어찌할 바를 몰라 서로 마주 보며 움츠러들었다.

전설의 나비 차기

☆

오사카의 우리 집 근처에는 극장이 많았는데, 옛날에는 이 극장에서 남자들이 어깨를 들썩거리며 나오는 모습을 자주 봤다.

그런 경우 그들이 본 영화는 예외 없이 야쿠자 영화였다. 요컨대 스크린 속에서 주인공이 활약하는 장면을 보고 나니 자신들까지 싸움을 잘하게 된 것처럼 착각한 것이다. 남자란 참으로 단순하다.

하지만 그런 일을 맘껏 비웃을 수 없는 과거가 실은 내게도 있다. 그리고 그건 그 영화를 본 남자라면 누구나 마찬가지가 아니었을까 싶다.

그 영화란 바로 '용쟁호투'다.

'용쟁호투'가 개봉되었을 때 나는 고등학교 1학년이었다. 그 겨울, 그 대단했던 이소룡 붐이 찾아왔다.

하지만 처음에는 별로 관심이 없었다. 나보다 한발 앞서 영화를 보고 온 친구가 그 영화에 흠뻑 빠져서 짧은 다리로 교실 벽에 대고 돌려차기 연습을 하는 모습을 보며

'바보 아니야?'라고 생각했을 정도였다.

그런데 새해 들어 한 친구가 그 영화를 보러 가자고 나를 꼬드겼다. 세뱃돈을 받은 직후여서 마침 주머니가 두둑한 데다 한가하기도 해서 같이 가기로 했다. 상영하는 곳은 연예 프로덕션인 요시모토 흥업의 우메다카게쓰 공연장 근처에 있는 극장이었다.

영화관은 초만원이었다. 관객 대부분이 남자 고등학생이었다. 개중에는 한눈에 알 수 있는 불량배도 많았다.

영화가 시작되기를 기다리는 동안 극장 안에 걸려 있는 사진들을 구경했다. 이소룡이 막대기 2개를 쇠사슬로 엮은 듯한 물건을 높이 쳐들고 있는 그 유명한 포스터도 있었다.

"이건 뭐야?"

이소룡이 들고 있는 물건을 가리키며 친구에게 물었다.

"모르겠어. 무기 같은 거 아닐까."

"어떻게 쓰는 거지?"

"글쎄."

그러다가 포스터의 그 무기 같은 물건 모양의 장난감을 매점에서 판다는 것을 알게 되었다. '이소룡 쇠 봉 있습니다'라고 적힌 표지판과 함께 플라스틱 장난감이 줄지어 있었다. 그때는 아직 쌍절곤이라는 명칭이 정착되지 않았던 것 같다.

그 장난감을 보며 우리는 박장대소했다.

"누가 이런 걸 사겠냐."

"그러게 말이야. 사는 놈이 있으면 얼굴 한번 보고 싶네."

이윽고 상영 시각이 되어 안으로 들어갔다.

'용쟁호투'는 스토리가 지극히 단순하다. 소림사 권법의 달인인 이소룡이 정보부의 의뢰로 '한'이라는 악당이 지배하는 '요새도'에 들어가 한의 음모에 맞서 싸운다는 내용이다. '요새도' 라는 섬은 절대 총을 가지고 들어갈 수 없는 곳이며 표면상으로는 격투기 훈련장이다. 그래서 한이 주최하는 격투기 시합에 이소룡이 참가하기로 한다. 그 시합에서 이소룡이 대결하는 장면이 특히 멋진데, 대결 후반부에 봉술과 쌍절곤으로 적들을 하나하나 쓰러뜨리는 장면은 압권이다. 아마 제작비도 별로 안 들었을 것 같은데(적들 중 하나가 이소룡에게 마구 걷어차이는 장면에서 뒤에 서 있는 누군가가 빙긋이 웃고 있었던 걸 보면 엑스트라도 대충 세웠던 듯하다) 캐릭터만 뛰어나면 얼마든지 재미있는 영화를 만들 수 있다는 사실을 일깨워 주는 본보기 같은 작품이었다.

약 한 시간 반 후, 우리는 흥분한 채 자리에서 일어났다. 어깨가 절로 들썩거렸다. 우리뿐 아니라 주위에 있는 녀석들도 하나같이 돌려차기를 하고 싶어서 근질거리는 모양이었다.

다시 매점 앞을 지나가는데 '이소룡 쇠 봉 있습니다'라고 쓰인 표지판이 눈에 들어왔다. 우리는 잠시 서로의 얼굴을 바라보다가 누가 먼저랄 것도 없이 걸음을 멈췄다. 그리고 앞다퉈 지갑을 꺼냈다.

"아줌마, 쇠 봉 줘요."

친구가 조그만 목소리로 말했다. 그러자 아줌마는 얼굴을 찡그리며 표지판을 들어냈다.

"미안해요. 다 팔렸어."

"뭐라고요?"

"방금 다 팔렸다니까. 미안해요."

정신을 차려 보니 주위의 시선이 우리에게 쏠려 있었다. 우리는 지갑을 도로 집어넣고 황급히 매점 앞을 떠났다.

당시 중학생이나 고등학생이었던 사람이라면 지금도 그때의 열기를 기억할 것이다. '용쟁호투'는 순식간에 일본 전체를 사로잡았다. 일종의 사회 현상이라고 볼 수도 있을 것 같다. 이런 붐을 텔레비전이 내버려 둘 리 없었다. 이소룡 관련 프로그램이 하루가 멀다 하고 방영되었다. 이소룡과 비슷한 사람을 찾는 프로그램까지 등장했다. 이소룡이 무명일 때 출연했던 '그린 호넷'이 방영된 것도 이 무렵의 일이다(무라카미 하루키 씨는 『노르웨이의 숲』에서 어느 부자 딸의 운전사를 묘사하는 데 '그린 호넷에 나오는 운전사처럼'이라는 표현을 사용했다. 그 운전사가 바로 이소룡이다).

'용쟁호투'의 사운드 트랙 음반도 불티나게 팔렸다. 레코드 재킷에 '괴조음(怪鳥音) 삽입'이라는 뜻 모를 말이 인쇄되어 있는데, 괴조음은 이소룡이 내지르는 '아쵸, 아쵸.' 소리를 말한다.

이어서 이소룡의 인기에 편승한 영화도 나온다. 쇼치쿠 엔터테인먼트가 홍콩의 영화사와 공동 제작한 그 영화의 제목을 듣고는 나도 모르게 웃음을 터뜨렸다. 제목이 '화내라 타이거'('용쟁호투'의 일본 상영 당시 제목은 '불타라 드래건'이었다-옮긴이)였다. 세상에, 이렇게 싸구려 제목을 붙이다니. 예고편을 본 뒤 영화는 보러 가지 않기로 했다.

그런 와중에 굳이 직접 만들지 않아도 쿵푸 영화라면 홍콩에 얼마든지 있다는 사실이 알려졌고, 아류 영화가 하나둘 상륙한다. '위기일발 타이거' '일어나라 드래건'

'포효하라 재규어'……. 기억이 정확하지는 않지만 대체로 이런 식이었다.

그중에서도 웃겼던 영화가 '외팔이 드래건'이다. 나쁜 놈들에게 한쪽 팔을 잃은 주인공이 남은 팔 하나를 초인적으로 단련해 복수한다는 스토리다. 그런데 잃었다는 팔을 옷 속에 숨긴 것이 빤히 드러났고 악당의 연기가 너무 작위적이어서 개그 영화가 따로 없었다. 물론 영화의 주인공을 연기한 지미 원은 나중에 홍콩과 호주의 합작 영화인 '스카이 하이'(영국 밴드 직소가 부른 이 영화의 주제가가 프로 레슬러 밀 마스카라스의 테마로 유명해진다)에서 이소룡과는 또 다른 발차기 실력을 보여 준다. 참고로 이 영화에서 악당 역할을 한 배우는 '007 여왕 폐하 대작전'에서 본드로 나온 조지 레이전비다. 007 팬으로서는 아쉬운 대목이다.

자, 이렇게 홍콩 등지에서 쿵푸 영화가 쏟아져 들어올 때 일본 배우들은 뭘 하고 있었을까. 손 놓고 있지는 않고 붐에 편승할 준비를 착착 해 나갔다. 그리고 때를 기다려 나온 영화가 지바 신이치 주연의 가라테 영화 '격돌! 살인권'이다.

영화의 완성도에 대해서는 친구들 중 유일하게 영화를

본 녀석의 감상을 빌리기로 하자.

"뭐, 결국은 '키 헌터'(지바 신이치가 출연한 괴상망측한 액션 드라마다)야."

'용쟁호투'에서 이소룡과 함께 연기한 쿵푸 스타들도 각각 주연한 영화로 일본에 상륙했다. 이소룡의 여동생 역할을 맡아 팬클럽이 생길 정도로 인기를 얻은 안젤라 마오는 '여활살권(女活殺拳)'으로, 흑인 가라테 선수를 연기했던 짐 케리는 '검은 띠 드래건'으로 우리 앞에 재등장했다.

여담이지만, '용쟁호투'에서 악의 화신 '한'을 연기했던 시키엔은 마이클 호이 주연의 '미스터 부'에서 건재함을 과시했다. 또 '용쟁호투'의 시작 부분에서 이소룡과 시합하는 선수는 나중에 '오복성' 등을 히트시킨 훙진바오(洪金寶)다. 단역 배우가 나중에 크게 성공하는 일이 영화계에서는 드물지 않다.

이처럼 이소룡 붐에 편승해 다양한 영화가 만들어지거나 수입되었지만 흥행에서는 그리 재미를 보지 못했다. 왜 그랬을까. 그 대답은 단순 명쾌하다. 요컨대 우리 '용쟁호투' 팬들은 쿵푸 영화가 아니라 이소룡에게 열광했던 것이다. 이소룡이 우리의 전부였고, 쿵푸는 그의 액션을 의미했으며, 우리에게 이소룡 이외의 쿵푸 스타는 모두 가짜였다.

그러나 이소룡 영화는 두 번 다시 만들어지지 않았다. '용쟁호투'가 개봉되기도 전에 그가 의문사한 것이다. 그의 죽음이 그에 대한 신비감을 더했다는 사실은 부인하기 힘들다.

더는 신작 영화를 볼 수 없으니 옛 작품에 매달리는 수밖에 없다. 우리는 그 1탄으로 개봉된 '당산대형'을 상영하는 극장으로 달려갔고, 다시 그의 액션 영화를 보며 환호했다. 영화는 명백히 B급 이하였고, 뻔한 스토리에 배우들의 연기도 형편없었다. 그래도 좋았다. 우리에게 중요한 건 이소룡이 나오느냐 나오지 않느냐 하는 것뿐이었다.

그래서 '당산대형'으로 대성공을 거둔 영화사가 '정무문'으로 두 번째 성공을 노렸을 때도 우리는 주저 없이 영화관으로 달려갔다. 심지어 영화 개봉 이틀 전에 열린 특별 시사회에는 통상의 시사회보다 비싼 관람료를 내고 가기도 했다.

그 정도로 이소룡에게 빠진 팬들이 단순히 그의 액션을 구경하는 일에 만족할 리 없었다. 당연히 너도나도 이소룽처럼 되고 싶어 했고 강해지길 열망했다.

당시 학교 운동장이나 복도에는 반드시, 라고 해도 좋을 만큼 소림사 권법을 흉내 내는 녀석들이 있었다. 헤어스타일을 그대로 따라 한 녀석도 있었고, 무술 도장에 다니기 시작한 녀석도 적지 않았다. 매년 부원 부족으로 고민하던 가라테부는 들어가기를 희망하는 학생들로 넘쳐났다.

수제 쌍절곤을 학교에 가져와 쉬는 시간마다 연습하는 놈도 있었다. 하지만 쌍절곤을 제대로 다루지 못해 머리가 늘 혹투성이였다.

나 역시 집에서 남몰래 발차기를 연습했다. 천장에 고무공을 매달아 놓고 그걸 차 올리는 식이었다. 조금씩 공 위치를 높여 가다가 마침내 내 키보다 20센티미터 이상 높은 곳까지 차 올릴 수 있게 되었다. 훈련의 힘이란 대단한 것이다(시험 삼아 지금 해 보니 어깨 정도까지만 올라간다. 게다가 무릎도 제대로 펴지지 않는다).

얼마 후에는 너 나 할 것 없이 쿵푸 선수 같은 얼굴을 하게 되었다.

"뒤로 돌려차기는 한 걸음 딛고 나서 하는 게 좋을까?"

"글쎄. 그런데 말이지, 나는 얼마 전에 자세를 약간 공격적으로 바꿨거든. 어떻게 생각해?"

"좋을 것 같아. 그리고 너, 이단 차기 할 때 평소에 주로 쓰는 발부터 차 올리니? 나는 그 반대인데."

학교 복도에서 친구끼리 나누는 대화도 이런 식이었다.

생각건대 이소룡이 우리의 억압된 투쟁 본능을 일깨워 준 게 아닐까 싶다. 이소룡에게 심취한 녀석들은 자신들의 특훈 성과를 발휘해 보고 싶어 근질근질한 것 같았다.

"이런 상태라면 웬만한 상대는 이길 것 같아."

친구가 나한테 이런 말을 한 적이 있다. 왜냐고 물었더니 "발차기 속도가 굉장히 빨라진 것 같아서 말이지. 이 정도라면 좀처럼 피하기 힘들 거야."라며 내 앞에서 휙휙 허공을 차 댔다. 아닌 게 아니라 자세도 제대로고 바람을 가르는 소리도 꽤 날카로웠다. 물론 그 친구는 가라테나 소림사 권법을 배운 적이 없고 나와 마찬가지로 혼자서 발차기를 연습했을 뿐이다.

"지금은 나비 차기에 도전하는 중이야."

그가 덧붙였다. 나비 차기란 이소룡의 기술 중 하나로, 양팔을 크게 벌리고 뛰어올라 차는 동작이다.

"그래? 그래서, 잘될 것 같아?"

"이미 8할 정도는 완성됐어."

친구가 허공에 대고 휙휙 발길질하며 말했다.

그로부터 며칠 후 나는 그 친구와 미나미에 쇼핑하러 갔다. 폼나는 옷을 사고 싶었고, 지갑에는 간만에 만 엔짜리 지폐가 들어 있었다.

눈에 띄는 가게들을 둘러보며 난바와 도톤보리, 신사이바시 일대를 돌아다녔다. 그 일대는 화려한 번화가인데, 그건 동시에 몸가짐을 조심하고 되도록 사람들과 눈을 마주치거나 눈에 띄는 행동을 하지 말고 볼일을 다 봤으면 빨리 집에 가는 게 좋은 곳이라는 뜻이기도 하다.

그런데 내 친구는 이소룡에게 심취한 나머지 자신감이 충만해서는 위풍당당한 자세로 걸으며 앞쪽에서 걸어오는 또래 남학생들을 노려보곤 하는 것이었다. 미간에 주름을 잔뜩 잡은 데다 헤어스타일까지 불량스러워서 옆에서 보기에도 남들 눈에 엄청 띌 것 같았다.

아니나 다를까, 신사이바시 근처에서 누군가 말을 걸어왔다.

"야, 너. 이리 좀 와 봐."

그러면서 친구의 어깨를 잡은 사람은 황소처럼 몸집도 얼굴도 큰 남자였다. 고3 정도 되었을 것 같은데 머리를 몽땅 뒤로 빗어 넘겨서 상당히 어른스러워 보였다. 입술 옆에 칼자국이 있었던 기억이 생생하다.

그의 등 뒤로 친구인 듯한 남자 2명이 보였다. 하나같이 화려한 색깔의 카디건을 걸치고 있었다.

큰일 났다고 생각했다. 뒷골목으로 끌고 가서 돈을 뜯을 작정인 듯했다. 한두 대 얻어맞는 건 참을 수 있지만, 문제는 지갑 속에 든 돈을 어떻게 지키느냐였다.

동시에 바람이 잔뜩 든 친구가 멋모르고 대들지 않을까 걱정되었다.

"너 인마, 까불면 내가 가만 안 둬."라느니 어쩌느니 했다가는 죽도록 얻어터질지도 몰랐다.

"저, 왜 그러시죠?"

내가 조심스럽게 물었다. 남자는 나를 힐끗 한 번 쏘아보고는 다시 친구의 어깨를 잡아끌며 "글쎄, 잠깐 와 보라니까." 하고 위협적인 목소리로 으르댔다.

친구는 여전히 미간을 찌푸린 채 남자를 바라보았다. 그 입에서 당장이라도 "그래, 그럼 가 보든지."라는 말이 튀어나올 것 같아 조마조마했다.

그런데 다음 순간 친구가 갑자기 고개를 꾸벅거렸다.

"죄송해요. 잘못했어요. 용서해 주세요."

애원하는 듯한 새된 소리는 틀림없이 내 친구 입에서 나오고 있었다. 고개를 꾸벅거릴 때마다 앞머리가 출렁거렸다.

당황한 건 나뿐이 아니었다. 남자도 허를 찔린 듯한 표정을 지었다.

“시끄러워! 일단 와 봐.”

“죄송해요. 한 번만 봐주세요, 네? 죄송합니다.”

내 친구가 계속 꾸벅거리자 남자 일행도 퍽 난처한 것 같았다. 자기들끼리 뭐라고 소곤거리더니 “애들이니 오늘은 그냥 보내 준다. 앞으로는 조심해.”라고 짜증 나는 표정으로 말했다.

“네, 네, 조심할게요. 죄송합니다. 헤헤헤헤.”

친구는 도호쿠 지방의 민예품인 ‘인사하는 붉은 소’처럼 연신 고개를 꾸벅거렸다.

나는 얻어맞지도, 돈을 빼앗기지도 않아 기뻤지만, 친구의 그런 모습에 속으로 ‘이소룡은 어디 갔어? 나비 차기는 어쩌고?’라고 따져 물었다.

성룡이 ‘취권’으로 화려하게 등장한 것은 그보다 한참 후의 일이다.

나는 K가 아니다

◎

이번에는 어느 고등학생의 일화를 소개하려고 한다. 이름을 K라고 해 두자.

분명히 말해 두지만, K는 절대 내가 아니다. 따라서 K의 행위로 내가 책임질 일도 없고 비난받을 일도 없다. 또한 K가 누구냐는 질문에도 대답할 수 없다. 이름을 밝히지 않겠다는 것이 K와 나의 약속이다. 게다가 10년도 더 지난 과거의 짓궂은 장난으로 인간성을 의심받거나 연로하신 부모님에게 꾸중을 듣는다면 너무 가엾지 않은가. 그러니 K의 정체는 이대로 묻어 두기로 하겠다.

K는 오사카 부립 F고등학교 학생으로, 지갑 속에 지폐가 들어 있는 일이 드물고, 어쩌다 천 엔이라도 갖게 되면 온 세상을 다 가진 듯한 기분이 드는, 전형적인 빈털터리였다.

왜 그렇게 돈이 없었을까. 부모님이 용돈을 주지 않았기 때문이다. K는 뭔가를 사야 하는 명확한 이유가 있을 때만 돈을 받을 수 있었다. 그렇다고 "스테레오 사게 5만

엔만 주세요." 따위의 요구가 통할 리 없었고 "에로 잡지를 사야 하니 500엔만 주세요."라고 조를 수도 없는 일이었다. 학교생활을 하는 데 필요한 최소한의 용돈은 주지만 그 외에는 엄격하게 죄는 것이 그 부모님의 방침이었다. 그래서 K가 자유로이 쓸 수 있는 돈은 거의 없었다. 그래도 중학생 때는 세뱃돈을 조금씩 받기도 하고, 물건을 사고 남은 돈을 삥땅해서 그럭저럭 지냈다. 그런데 고등학교에 올라가자 지출이 늘어나서 그런 식으로는 감당할 수 없게 되었다. 왜 지출이 늘어났을까. 이유는 여러 가지다. 고등학생이란 자고로 돈이 많이 필요한 법이다.

우선 K는 찻집에 죽치고 앉아 있는 일이 많았다. 그러니 커피 값이 필요했을 것이다. 또 거기서 담배를 피웠으니 필연적으로 담뱃값이 빠져나갔다. F고교는 사복을 입어서 학교 배지만 떼면 학생 지도 교사에게 걸릴 염려가 없었다. 게다가 학교에서 집에 가려면 덴노지나 난바 등 오사카에서도 손꼽히는 번화가를 통과해야 했다. 그러니 집으로 곧장 가기 어려웠을 것이다.

하지만 찻집에서 커피를 마시고 잡담을 나누며 담배를 피우는 정도로는 지출이 그리 크지 않을 것이다. K의 지갑을 축내는 행동은 찻집을 나온 뒤에 시작되었다. 그는 담배를 피우며 마음을 다잡은 뒤 게임 센터로 향했다.

요즘의 게임 센터는 각종 비디오 게임을 비롯해서 실로 다양한 게임기가 즐비하지만 당시에는 그 종류가 많지 않았다. 대표적인 비디오 게임으로는 테니스 게임이 있었다. 돈을 넣으면 화면 양쪽에 3센티미터 길이의 세로 막대기가 나온다. 그것이 라켓이다. 기계에는 동그란 손잡이가 두 개 붙어 있어서, 그걸 돌리면 각각의 라켓을 위아래로 움직일 수 있다. 이 라켓으로 화면에 나타나는 볼을 치는, 그게 전부인 게임이다. 요금은 비싼데 재미는 하나도 없었다.

"이건 절대 유행하지 않을 거야."라고 ~~우리는~~ K를 비롯한 학생들은 얘기하곤 했다.

그 직후에 블록 깨기 게임이 등장해서 우리(이건 '우리'라고 해도 괜찮겠지)를 열광시켰다. 이어서 풍선 터뜨리기 등의 유사 게임이 쏟아졌다. 컴퓨터가 지구를 공격해 온다는 설정의 획기적인 게임인 인베이더 게임이 나온 것은 내가 대학교 2학년 때의 일이다. 그 후의 발전상은 다들 아는 바와 같다.

K의 얘기로 돌아가자. 비디오 게임이 아직 진화하지 않았을 때 그가 주로 하던 게임은 핀볼과 슬롯머신, 블랙잭

(카지노의 블랙잭처럼 카운터 자리에 앉아 승부한다. 컴퓨터가 딜러고, 각자의 앞에는 카드 내용을 표시하는 화면이 붙어 있다. 장담하건대 이 게임은 명백한 사기다.) 같은 것들이었다. 그중에서도 우리를 그를 열광시킨 것은 경마 게임이다. 게임 방법은 간단했다. 기계 장치로 이루어지는 경마에 연승 복식(각 레이스에서 1, 2착일 것으로 예상되는 경주마를 도착 순서에 관계없이 알아맞히는 방식-옮긴이)으로 코인을 건 뒤 적중하면 각각의 배율에 따라 코인을 받는 것이다. 기계 장치에는 두 종류가 있었다. 텔레비전 화면에 레이스 장면이 애니메이션으로 펼쳐지는 것과 장난감 말이 실제로 달리는 것이다. 열기가 드높은 쪽은 단연 후자였다.

어느 날 K가 게임에 지고 나서 분풀이로 코인 투입구를 발로 걷어찼다. 그러자 코인을 넣지도 않았는데 계기판의 램프가 켜지더니 모든 말에 내기 돈이 걸리는 것이었다. 그리고 놀랍게도 레이스가 끝나자 코인 반환구에서 우르르 코인이 쏟아져 나왔다. K는 친구와 함께 좋아서 팔짝팔짝 뛰었다. 그 후 경마 게임을 할 때마다 게임기를 쾅쾅 두드렸음은 말할 필요도 없다. 물론 그런 행복한 순간은 오래가지 못했다. 언제부터인가 인상이 험악하게 생긴 아저씨들이 게임 센터 안을 돌아다녔기 때문이다.

이윽고 K는 그런 단순한 게임이 시시해진다. 그래서 이번에는 파친코에 도전하는데, 전혀, 라고 할 정도로 이기지 못한다. 이유는 간단했다. 승률이 높은 기계를 구별하는 안목도 없이 닥치는 대로 게임을 했기 때문이다. 밑천이 부족한 것도 큰 이유였다. 드디어 반응이 온다 싶으면 이미 빈털터리가 되어 있어서 '아아, 조금만 더 하면 이길 것 같은데.' 하고 애통해하며 돌아와야 했다. 물론 덕분에 피해가 줄었다는 생각도 없지 않다.

K는 그 후 '작구'(雀球. 마작과 파친코를 섞어 놓은 듯한 방식의 게임-옮긴이)라는 게임에 도전하지만 이기는 일이 거의 없었다. 마작을 제대로 할 줄 모른다는 것이 큰 약점이었다.

이런 식으로 살다 보니 K의 지갑에는 돈이 머무는 일이 좀처럼 없었다. 그러나 K는 그런 점에 크게 신경 쓰지 않았다. 친구들도 죄다 주머니가 비어 있어서 돈이 없는 게 당연하고 여겼다.

그런 K에게 결정적으로 돈이 있어야 한다는 생각을 일깨운 사건이 일어났다. 여자애와 데이트를 하게 된 것이다.

그때 K가 가진 돈은 통틀어 850엔이었다. 아무리 고등학교 1학년생이라지만 그건 좀 심하다고 할 수 있었다.

그런 마당에 K는 무모하게도 그녀와 놀이공원에 갔다. 도대체 무슨 생각이었을까. 아직도 그걸 알 수 없다(고 K는 말한다).

교통비와 입장료를 내고 제트코스터에 올라탄 시점에는 돌아갈 지하철 요금 정도만 남았다. 주스 한 잔 사 마실 돈도 없었다. 난감해하던 차에 여자애가 결정적인 한 마디를 했다.

"배고프다. 레스토랑에 가서 뭐라도 먹자."

눈앞이 캄캄했다. 중2 때 여자 친구랑 영화를 본 뒤로는 데이트해 본 일이 없어서 데이트 도중에 배가 고파질 거라는 당연한 사실을 전혀 예상하지 못했던 것이다.

체념한 K는 그녀에게 고개를 숙이고 돈이 없다고 고백했다. 그녀는 잠시 얼떨떨한 표정을 짓다가 "할 수 없지, 뭐. 오늘은 내가 살게."라고 말했다.

K는 그 레스토랑에서 값이 제일 싼 카레라이스를 비참한 심정으로 먹었다. 그 후로 그녀는 데이트하기 전에 반드시 "오늘 얼마 있어?"라고 물었다. 오사카 남녀의 데이트답다고 생각하겠지만 당사자인 K로서는 쓰라린 기억이다.

이대로는 안 되겠다고 생각한 K는 지갑을 두둑하게 만

들 방법을 궁리한다. 가장 손쉬운 방법은 아르바이트를 하는 거지만 그건 학교에서 금지했고, 운동부 활동을 하느라 시간적 여유도 없었다.

그래서 생각해 낸 방법이 식비를 삥땅하는 것이었다. 그때까지 K는 도시락을 싸 가지고 다녔지만, 앞으로는 식당에서 밥을 먹겠다고 말하고 매주 1,500엔을 받았다. 동아리 활동으로 토요일에도 점심을 사 먹어야 한다고 거짓말을 하고 받은 돈이니 하루 평균 250엔꼴이었다. 매일 60엔짜리 우동 한 그릇으로 점심을 때우고 나머지 돈은 주머니에 넣었다.

다음으로 참고서를 사야 한다며 돈을 받아 내는 방법을 생각했다. 하지만 책꽂이에 참고서가 늘어나지 않으면 부모님이, 특히 엄마가 의심할 터였다. 그래서 K는 서점에 가서 참고서를 가방에 집어넣고 계산하지 않은 채 나오는 만행을 저질렀다. 누가 뭐래도 그건 절도였다. 하지만 당시 K에게는 죄의식이 별로 없었다. 주위 친구들도 별 거리낌 없이 그런 짓들을 했기 때문이다. 몇몇 친구는 나라바야시가 쓴 『How To Sex』를 계산대에 들고 가기 부끄럽다는 이유로 훔쳤고, 스키용 민박 가이드의 필요한 부분을 태연하게 찢었다.

물론 당연히 범죄다. ~~나도~~ K도 지금은 깊이 반성하고 있다는 걸 여기에 밝혀 둔다. 훔친 참고서가 그의 성적 향상에 전혀 도움이 되지 않았다는 사실도 덧붙인다.

이렇게 비합법적인 수단으로 뱃속을 채우는 데 골몰했지만, 고생에 비해 실속은 별로 없었다. 그렇다고 값비싼 물건을 훔칠 배짱도 없었다. 고심 끝에 K는 통학 정기권을 위조하기로 했다. 그때 정기권은 다음과 같이 인쇄되어 있었다.

'S역 ↔ A역. 쇼와 48년 10월 5일까지'

글자는 고딕체였고, 인쇄라는 건 말뿐으로 실은 질이 나쁜 종이에 고무도장을 찍어 조잡했다.

K는 '쇼와 48년'을 '쇼와 49년'으로 고칠 궁리를 했다. 구체적으로는 8을 9로 바꾸려는 것이었다.

'8' 아랫부분을 지우개로 지워 봤다. 그러자 비록 조금씩이지만 지워지는 것이 아닌가. 30분 후, '8'은 위쪽 동그라미만 남았다. 이어서 연필로 위쪽 동그라미를 '9'로 고쳤다. 이 일 역시 간단했다. 누가 봐도 'S역 ↔ A역. 쇼와 49년 10월 5일까지'로 된 정기권이었다. 남은 일은 정기권 케이스에 넣는 것뿐이었다. 그의 정기권 케이스 커버는 옅은 파란색 비닐이어서 위조 흔적을 알아차리기 힘들었다.

정기권의 최장 사용 기간은 6개월이어서 K는 쇼와 49년 4월 6일부터 이 위조 정기권을 사용했다. 물론 엄마한테는 6개월짜리 정기권을 살 수 있는 돈을 받았다. 그로선 오랜만에 만져 보는 목돈이었다.

하지만 결과적으로 과연 득을 본 것인지는 확실치 않다. 당연한 일이지만 그는 이 정기권을 사용하는 내내 마음을 졸여야 했다. 뻥땅한 돈을 눈 깜짝할 사이에 써 버리는 바람에 고통이 배가된 감도 있다.

게다가 이 방법은 오래 써먹을 수도 없었다. 쇼와 49년 다음은 쇼와 50년이다. '48'을 '49'로 바꾸기는 쉬워도 '49'를 '50'으로 바꾸기는 쉽지 않았다. K도 실험을 몇 번 해보고는 포기하는 게 낫겠다고 판단했다.

그리고 그런 판단이 그를 살렸다. 그가 이용하는 지하철에 커다란 변화가 있었고, 그에 따라 정기권도 달라졌기 때문이다. 자칫 예전 정기권을 꺼냈다가는 범행의 전모가 드러날 판이었다. 커다란 변화란 자동 개찰기를 도입한 일을 말한다. 오사카는 도쿄에 앞서 벌써 그 무렵에 자동 개찰기가 보급되었다.

이런 변화로 인해 K는 다시 예전처럼 정상적으로 정기권을 구입하게 된다. 하지만 그것도 오래 계속되지는 않았다. 무슨 수가 없을까 머리를 굴린 끝에 기발한 방법을 생각해 낸 것이다.

당시 자동 개찰용 정기권은 지금과는 달리 이용 구간과 유효 기간이 적힌 종이 뒤편에 밤색 자기 테이프를 특수 접착제로 붙인 것이었다. 그런데 접착제가 부실해서 장기간 사용하면 종이에서 자기 테이프가 떨어져 나가곤 했다. 바로 이 점에 착안했다.

K는 중학교 때부터 친하게 지내 온 M이라는 친구에게 제안했다.

"야, 정기권을 반값에 사용하는 방법이 있는데, 한번 해 볼래?"

K 못지않게 돈이 궁했던 M은 "어떤 방법인데?"라고 대뜸 관심을 보였다.

K는 자신이 사용하던 정기권을 꺼냈다. 자기 테이프가 떨어지기 직전이었다.

"자동 개찰기는 자기 테이프에서 정보를 읽는 거야. 다시 말해서 이 테이프만 있으면 통과할 수 있다는 얘기지."

"흠, 그래서?"

"반대로 역무원에게 정기권을 보이고 통과하는 경우는 이 종이 부분이 필요해. 그러니까……,"

K는 정기권에서 자기 테이프를 완전히 떼어 냈다.

"한 명은 역무원이 있는 쪽으로, 나머지 한 명은 자동 개찰기로 통과하면 정기권 한 장으로 두 명이 이용할 수 있다는 얘기야."

K의 말을 이해한 M이 으하하, 웃었다.

"그거 좋은데. 좋아, 하자!"

단숨에 거래가 성립됐다. 두 사람은 집도 가까워서 백프로 똑같은 정기권을 사용해 왔다.

반씩 부담해서 새 정기권을 산 뒤 조심스럽게 자기 테이프를 떼어 냈다. 그런 다음 가위바위보로 종이냐 자기 테이프냐를 결정했다. 승리한 M은 자기 테이프를 선택했다.

"역무원 앞을 통과하는 건 아무래도 떨려서 말이지."

그로부터 한동안 두 사람은 조작된 정기권으로 학교를 다녔다. 역무원은 K가 내미는 정기권에 자기 테이프가 없는 줄은 꿈에도 모르는 듯했다. M 역시 별문제 없이 자동 개찰기를 통과했다.

어느 날 아침, 평소처럼 개찰기를 통과하려고 정기권을 꺼낸 M이 "어!" 하며 멈춰 섰다. 같이 있던 K도 함께 걸음을 멈췄다.

"큰일 났네. 또 떨어졌어."

M은 자기 테이프가 너무 얇아서 그걸 두꺼운 종이에 붙이고 다녔는데 그게 떨어진 것이다.

"시간이 없는데."

K의 말에 M은 "알았어. 뭐, 괜찮겠지." 하고 낙관적으로 대답했다.

K가 먼저 역무원이 있는 쪽으로 통과했다. 그러면서 불안한 눈길로 M을 바라보았다. M이 자기 테이프를 자동 개찰기에 밀어 넣었다.

개찰기가 평소처럼 열렸다. 그 모습을 본 K가 안도의 한숨을 내쉰 것도 잠시, 자동 개찰기에 들어간 자기 테이프가 나오지 않는 것이었다. 게다가 M이 지나가려는 찰나 개찰기가 닫혀 버렸다.

"으아!"

M이 절망적인 목소리로 외쳤다. 역시 자기 테이프가 너무 얇아서 개찰기 안에 걸린 것 같았다.

그런데 잠시 후 개찰기가 다시 열렸다. 그러더니 금방 닫혔다. 그런 상황이 반복되었다.

"뭐지, 왜 이러는 거야?"

그때 역무원이 눈을 부릅뜨고 창구 안에서 달려 나왔다.

~~나와~~ K와 M은 새파랗게 질려 그 자리에 얼어붙고 말

았다.

그 뒤 벌어진 일은 여기서 쓰지 않기로 한다. 여러분도 알려고 하지 않기 바란다. 그것이 배려 아닐까.

다시 한 번 말해 두지만, K라는 녀석은 내가 아니다.

읽히는 즐거움, 읽는 괴로움

¤

다른 에세이에서도 쓴 적이 있지만, 나는 어린 시절부터 책 읽기를 몹시 싫어했다. 누나들이 세계 아동 문학 전집 따위를 읽는 모습을 보면 대체 무슨 재미로 저런 걸 읽을까 하고 고개를 절레절레 저었다. 때는 각 가정에 텔레비전이 보급되기 시작했을 무렵이니 나는 탈활자 1세대라고 할 수도 있겠다.

"책은 좋은 거야. 주인공의 심정으로 조마조마, 두근두근하기도 하고, 얼마나 재미있는데."

엄마는 그런 얘기를 자주 했지만 나는 "됐어. 나는 나 좋을 대로 할 거야."라며 흑백텔레비전 앞에 앉아 '아톰'이나 '철인 29호'에 몰두했다.

그런데도 엄마 머릿속에는 '책 읽는 아이 = 똑똑한 아이'라는 인식이 뿌리박혀서인지 어떻게든 자식에게 책을 읽히려고 애를 썼다. 그 1탄이 잊히지도 않는 『플랜더스의 개』다.

엄마가 왜 그 책을 골랐는지는 알 수 없다. 제목이 유명해서든지 아니면 내가 개띠여서든지, 그런 정도의 이유였을 것이다. 하지만 나의 책 혐오증을 해결하려는 목적이라면 이 선택은 매우 부적절했다.

엄마가 하도 잔소리를 해서 마지못해 읽기는 했지만, 『플랜더스의 개』는 재미가 하나도 없었다. 줄거리는 전혀 기억나지 않고, 유일하게 기억하는 점은 불쌍한 소년이 역시 불쌍한 애견과 함께 좋은 일이라고는 겪어 보지 못한 채 죽어 버리는 내용이라는 것이다. 그런 책을 읽고 조마조마, 두근두근하기는 힘들지 않을까.

"책을 읽는다는 건 역시 우울한 일이야."

그런 생각이 들었고, 점점 더 독서를 혐오하게 되었다.

하지만 엄마는 포기하지 않았다. 소설책은 기호에 맞지 않으면 역효과가 난다는 생각이 들었는지 이번에는 위인전으로 눈을 돌렸다. 위인들이 성공을 거둔 이야기라면 내 관심을 끌 거라고 생각한 것이다.

그래서 선택한 책이 『갈릴레오』다. 말할 필요도 없이 갈릴레오 갈릴레이에 관한 이야기로, 이 책은 엄마의 계산대로 내 마음을 빼앗았다.

스토리는 어느 만찬회 장면에서 시작된다. 소년 갈릴레오는 아빠를 따라 만찬회에 가지만, 참석자가 모두 어른

뿐이라 몹시 무료하다. 뭔가 재미있는 일이 없을까 하며 주위를 둘러보다가 천장에 매달려 있는 샹들리에가 흔들리는 것을 발견한다. 처음에는 아무 생각 없이 쳐다봤지만, 잠시 바라보는 사이에 샹들리에의 흔들림에 한 가지 특징이 있다는 걸 깨닫는다. 진폭이 아무리 작아져도 샹들리에가 왕복하는 시간에는 변함이 없다는 것이었다. 이른바 진자의 법칙이다. 그는 자신의 맥박을 이용해 그 사실을 확인한다.

엄청난 걸 발견했다고 생각한 그는 어른들에게 이야기하지만 아무도 제대로 상대해 주지 않는다. "말도 안 되는 소리. 진폭이 작아지면 왕복 시간도 짧아지는 게 당연하지."라며 웃어넘기는 어른도 있었다.

소년 갈릴레오는 분한 마음을 씻으려고 노력한 끝에 과학자가 되어 다수의 물리 법칙을 발견하거나 증명한다. 그리고 마침내 코페르니쿠스의 지동설을 지지하기에 이른다. 하지만 세상에는 아무리 이해시키려 해도 결코 알아듣지 못하는 사람들이 반드시 있다. 그는 '터무니없는 주장으로 민심을 현혹하는 패륜아'라는 낙인이 찍혀 종교 재판에 회부된다. 거기서 갈릴레오가 일갈한 '그래도 지구는 여전히 돈다'라는 유명한 말은 아마 다들 알 것이다.

그 책을 읽고 난 소감은 '과학이 제일 위대하다'라는 것이었다. 그 생각이 후일 내 진로에 영향을 크게 미쳤음은 부인하기 힘들다. 나는 수학과 과학만 학문으로 인정했고, 그 밖의 과목을 공부하는 것은 두뇌를 낭비하는 일이라고 생각하게 된다.

즉 다음과 같은 도식이 머릿속에 자리 잡은 것이다.

과학은 위대하다 → 과학 이외의 학문은 하찮다 → 국어 따위는 공부하지 않아도 된다 → 국어 공부란 책을 읽는 것이다 → 따라서 책을 읽을 필요가 없다.

결국 책을 거부하는 태도를 강화하는 결과를 낳는다.

시도하는 일마다 반대의 결과를 낳자 두 손 두 발 들게 된 엄마는 담임에게 상담을 청하는 손쉬운 길을 택한다. 내가 초등학교 3학년 때의 일이다.

여선생이 엄마에게 추천한 책은 시모무라 고진의 『지로 이야기』이다.

"애써 골라 주신 거니까 열심히 읽어. 선생님이 책을 읽은 소감을 물으시는데 아직 못 읽었다고 하면 엄마가 선생님께 면목이 없잖아."

그날 이후 『지로 이야기』가 책꽂이 한편에 자리 잡게 된다. 그리고 그 책은 내가 책상에 앉을 때마다 눈에 들어

온다. 그럴 때마다 읽어야지, 읽어야지 생각하면서도 그럴 마음이 들지 않았다. 도대체 제목부터 매력이 없었다. 그리고 표지에는 밤송이 같은 머리의 몹시 가난해 보이는 소년이 그려져 있는데, 울트라 맨에 빠져 있는 소년에게 그런 책을 읽히려는 시도 자체가 무모했던 것이다.

그래도 몇 번인가 도전은 해 보았다. 첫 페이지를 펼치는 시도는 해 보았다는 얘기다. 그런데 활자를 눈으로 좇는 단계에 이르면 대뜸 고통이 밀려왔다. 읽고 싶어서 읽는 것이 아니라 의무적으로 읽는 일이 지속될 리 없었다.

책을 도로 책꽂이에 꽂아 넣으면서 마음속에는 책에 대한 혐오감만 더해졌다. 책이라는 것이 존재한다는 사실 자체가 유감스러웠다.

그런데 또 하나의 불행이 나를 덮친다. 엄마가 독서에 관해 상담을 청한 데 고무되었는지 반에서 몇 명만 참가하는 독서 감상 대회에 나를 참가시킨 것이다. 그래서 여름방학 기간에 과제 도서를 읽고 감상문을 적어 내야 했다. 과제 도서는 『오쿠라 나가쓰네』, 농업 정책에 공적이 있는 사람의 전기였다. 스릴도 서스펜스도 유머도 기대할 수 없는, 그야말로 교육 위원회가 좋아할 만한 책이다. 책 제목을 본 나는 한층 의욕을 잃었고, 그 책을 책꽂이에 집어넣고는 그대로 잊어버린 척했다.

하지만 여름 방학도 끝 무렵이 되자 마냥 잊은 척하고 있을 수는 없었다. '오쿠라 나가쓰네'라는 글자가 책꽂이에서 빠져나와 압박감을 주었다. 하는 수 없이 읽기 시작했지만 그 지루함은 말로 설명하기 힘들었다. 첫 페이지를 읽은 시점에서 절망에 빠졌고, 두 번째 페이지부터는 울며 겨자 먹기로 읽었다.

결국 끝까지 읽지 못했다. 감상문은 읽은 부분까지만 줄거리를 썼고, 맨 마지막에 '다 읽지 못해 죄송합니다.'라고 덧붙임으로써 용서를 빌었다. 담임은 아무 말도 하지 않았지만 내 감상문은 독서 감상 대회에 제출하지 않았다. 이 일로 엄마도 마침내 자식의 책 혐오증을 인정하기에 이른다.

그런데 의외의 사건으로 이런 흐름이 역행하기 시작한다.

고등학교에 들어간 지 얼마 안 됐을 때의 일이다. 큰누나가 하드커버 책 한 권을 집에 가져왔다. 『아르키메데스는 손을 더럽히지 않는다』라는 책이었다. 고미네 하지메라는 작가의 추리 소설로, 에도가와 란포상을 받은 작품이라고 쓰여 있었다.

하지만 당시 나는 에도가와 란포라는 이름조차 알지 못

했다. 에도가와 란포가 누구냐고 묻자 큰누나는 자신감 가득한 표정으로 말했다.

"추리 소설의 폭을 넓힌 귀화인으로, 본명은 에드거 앨런 포란다."

나는 감탄하는 척하며 고개를 끄덕였다. 구제 불능인 멍청이 누나다.

"그런데 그 책, 재미있어?"

"재밌지. 고등학생이 주인공이라서 이 책이라면 너도 읽을 만할 거야."

"그럴까?"

"한자도 비교적 적고."

무심히 책을 건네받아 팔락팔락 페이지를 넘기던 나는 글자가 가득한 걸 보고 으, 하며 나도 모르게 얼굴을 찡그렸다.

"그림은 하나도 없고 순 글자뿐이잖아."

"그야 당연하지. 그림책이 아니잖아."

오랜만에 책을 접하고는 머리가 어질어질했다. 하지만 결국 나는 그 책을 읽기 시작했다. 이유는 지금도 잘 모르겠다. 갑자기 의욕이 발동했는지, 아니면 귀신이 씌웠는지, 하여간 도무지 이해할 수 없는 행동이다.

그게 다가 아니다. 놀랍게도 끝까지 다 읽었다. 별로 긴 얘기가 아니었지만 거의 일주일에 걸쳐 읽었고, 마지막에는 스토리가 머릿속에서 뒤죽박죽되어 버렸지만, 어쨌든 완주한 것이다. 그때까지 아무리 재미있다는 책도 한두 줄 읽고 포기했던 일을 생각하면 일대 사건이었다.

추리 소설이라는 게 꽤 괜찮네.

처음으로 그렇게 생각했다.

독서와는 통 인연이 없었으니 당연한 일이지만, 그때까지 추리 소설이라는 걸 읽은 적이 한 번도 없었다. 작은누나는 이미 거장 마쓰모토 세이초의 팬이었지만, 나는 누나가 뭔가 지루한 책을 읽는다고 생각했을 뿐 전혀 관심이 없었다.

또 무슨 책이 있나 싶어 작은누나의 책꽂이를 들여다보던 내 눈길이 마쓰모토 세이초의 『고교 살인 사건』이라는 책에서 멈추었다. 역시 학생이 주인공인 작품이라 이해하기 쉬울 것 같았다.

그 책을 이번에는 사흘 만에 읽었다. 한번 읽기 시작하니 멈출 수가 없었다. 이불 속에서 밤을 새워 가며 책장을 넘기기는 태어나서 처음이었다. 책의 내용보다 자신이 그런 행동을 하고 있다는 사실에 흥분했다.

계속해서 『점과 선』을 읽었고 『제로의 초점』을 읽었다. 연이은 쾌거였다. 활자를 읽으면 머리가 아팠던 일이 거짓말처럼 느껴졌다. 이어서 다른 작가 작품으로 눈길을 돌렸고, 마침내 내 돈으로 책을 사 볼 정도로까지 발전했다.

추리 소설의 무엇이 나를 끌어당겼는지 당시에는 몰랐다. 독서의 초보자가 거기까지 분석하기는 어려웠고 그럴 필요도 없었다.

그러던 어느 날, 나는 갑자기 엉뚱한 생각을 하게 된다. 대담하다고 해야 할지 뭘 모른다고 해야 할지 모르겠지만 내 손으로 추리 소설을 써 보겠다고 생각한 것이다. 원래 나는 괴수 영화에 빠져 있을 당시부터 영화감독이 되고 싶다고 생각했을 만큼 이야기를 창작하는 일을 싫어하지 않았다.

학교 근처 문방구에서 제일 두꺼운 노트를 사서 그날부터 무턱대고 쓰기 시작했다. 날짜를 정확히 기억하지 못해 아쉽지만, 고등학교 1학년의 1월이었던 건 분명하다.

운동부 소속이고 시험을 앞두고 있어 시간적인 여유가 별로 없었다. 공부방을 누나들과 함께 쓰고 있어서 누나들에게 들키지 않고 쓰기도 쉽지 않았다. 그런데도 매일 거르지 않고 조금씩이나마 써 나갔다.

"걔가 요즘 공부를 열심히 하는 것 같아."

누나들이 엄마에게 그렇게 말하는 걸 들은 적도 있다. 책상 앞에 앉아 뭔가를 끄적거리고 있으면 공부한다고 여기는 것이 일반적이다. 나는 '이거 괜찮은데.' 하며 혼자 득의의 미소를 지었다.

그런 식으로 반년이 흘러 작품이 무사히 완성되었다. 그때 쓰던 노트를 지금도 가지고 있는데, 맨 마지막 페이지에 '7월 14일 완성'이라고 씌어 있다. 대충 헤아려 보니 200자 원고지로 300에서 350매 정도의 분량인 것 같다.

그런데 이번에 그 작품의 내용을 여기서 소개하려고 새삼 읽어 보니 내가 쓴 글인데도 내용을 정확하게 파악하기 힘들었다. 우선 글씨가 엉망이고 오자와 탈자투성이여서 읽는 일 자체가 고통이었다. 인내심을 갖고 계속 읽어 보았지만 의미를 알 수 없는 문장이 속출하는 데다 등장인물들의 행동이 지리멸렬해서 이야기의 흐름을 도저히 알 수 없었다.

그래도 이해한 범위에서 요약해 보면, 일단 학원 미스터리물이다. 소설의 무대인 고등학교에 유명 작가의 아들이 다닌다. 그 아들의 고민은 아버지에 비해 자신이 너무 평범하다는 것이다. '피는 못 속인다'라는 말을 듣고 싶어 소설을 쓰지만, 하나같이 어디선가 읽은 듯한 이야기가 되고 만다. 고민 끝에 그는 야간반 학생이 쓴 소설을 표절한다. 그 작품이 공모전에서 상을 받으면서 사건이 시작된다. 대략 그런 식이다.

소설을 처음 쓰는 만큼 주인공 또한 소설을 쓰는 학생으로 설정했다. 그리고 원격 살인 트릭이 사용되었다. 목을 매달아서 자살한 것처럼 멀리서 조작하는 수법이다. 먼저 피해자에게 수면제를 먹이고 손발을 묶은 뒤 천장에서 늘어뜨린 밧줄을 목에 매어 받침대 위에 세워 놓는다. 피해자는 차츰 잠이 오지만, 잠들면 받침대에서 떨어져 목이 졸린다.

피해자가 잠들지 않으려고 버티면 버틸수록 사망 추정 시각에 해당하는 범인의 알리바이는 확고해진다. 아마도 수업 중에 졸다가 책상에 머리를 부딪쳤을 때 떠오른 아이디어가 아닌가 싶다.

이 소설을 엄청난 대작이라고 여긴 나는 두 번째 소설 집필에 나선다. 이번에도 학원 미스터리물로, 학교에서 단체로 간 캠핑에서 남녀 학생이 담력 테스트 게임 도중에 동반 자살을 하면서 사건이 발생한다. 사건의 배후에는 고교생의 마약 문제가 숨어 있고, 알리바이 트릭과 1인

2역, 다잉 메시지 등의 요소가 잡다하게 얽힌다. 이번에는 완성하기까지 약 4년이 걸렸다. 대학 입시 때문이다.

글을 쓰면 남에게 읽히고 싶어지는 게 인지상정이다. 나는 대학 친구에게 밥을 산 뒤 이 소설을 건넸다. 책 읽기를 좋아하는 친구는 흔쾌히 받아 주었다.

"감상문을 써 줬으면 좋겠는데."

이 부탁에도 그는 선뜻 "오케이." 하고 대답했다.

하지만 그 후 그 친구를 좀처럼 만날 수 없었다. 어쩌다 마주쳐도 저쪽에서 먼저 피하는 느낌이었다.

마침내 그에게서 감상문을 받은 건 그로부터 반년이 지나서였다. 게다가 그는 이런저런 얘기를 나눌 틈도 주지 않은 채 "아르바이트가 있어서."라며 도망치듯이 가 버렸다.

혼자 남은 나는 두근거리는 마음으로 감상문을 읽었다. 그리고 망연자실하고 말았다.

감상문에는 소설의 줄거리가 반쯤 적혀 있고 맨 끝에 '미안'이라고 조그만 글자가 덧붙여져 있었다.

내가 꿈꾸던 스키

*

누구나 이사할 때마다 버려야 하나 말아야 하나 망설이는 물건이 한두 가지쯤 있을 것이다. 내게는 스키 장비가 그렇다. 적어도 10년은 더 된 모델로, 마지막으로 그 스키를 탄 게 벌써 몇 년 전이다. 매년 겨울이 다가오면 올해야말로 스키를 다시 시작하겠다고 다짐하지만, 막상 겨울이 되면 '어유, 추워. 이렇게 추운데 구태여 더 추운 곳을 찾아갈 필요가 있겠어?' 하면서 고타쓰를 벗어나지 못한다. 그런 일을 내내 반복했다.

하지만 스키에 유별난 애착이 있는 것도 사실이다. 그래서 내가 직접 타지는 않더라도 텔레비전에서 월드컵 스키를 중계하면 반드시 본다. 그리고 웬만한 사람은 들어 보지도 못한 선수들의 이름까지 뜨르르 꿰고 있다.

그 이유는 아마도 내가 중학생 때 삿포로에서 올림픽이 열렸기 때문일 것이다. 그 전까지는 동계 올림픽이라는 게 있다는 사실조차 몰랐는데, 삿포로 올림픽을 텔레비전으로 본 이래 동계 스포츠, 특히 스키에 동경심을 품게 되었다.

'나도 어른이 되면 스키를 타야지. 장 클로드 킬리(국제 올림픽 위원회 위원을 역임한 프랑스의 유명 스키 선수-옮긴이)처럼 멋지게 활강할 거야.'

그러면서 스키복을 몸에 꽉 끼게 입은 채 아무도 밟지 않은 눈 위에 궤적을 남기는 자신의 모습을 꿈꾸었다.

스키를 탈 기회는 생각보다 빨리 찾아왔다. 중학교 3학년 3월의 일이다. 우여곡절 끝에 고교 입시를 무사히 마친 기념으로 친구 4명과 스키장에 간 것이다. 친구 중에 H라는 비틀스 마니아가 있다는 얘기는 이미 한 바 있는데, 그 H의 삼촌 부부가 시로우마다케(일본 북알프스에 속한 산-옮긴이)에 살고 있어서 그분들의 도움으로 가게 되었다.

처음 타는 것이니 당연히 스키 장비는 하나도 없었고, 출발 전에 준비한 것이라고는 타이츠처럼 생긴 스키 바지와 스키 장갑이 전부였다. 그래서 막상 스키를 타려고 했을 때 우리 몰골은 한심하기 짝이 없었다. 다들 스키복 대신 얇은 등산용 점퍼나 바람막이 차림이었는데, 그것만으로는 너무 추워서 그 밑에 스웨터를 겹겹이 껴입었다. 각자의 개성이 가장 강하게 드러난 부분은 모자로, 아무리 봐도 복대를 개조해서 만든 듯한 털모자를 뒤집어

쓴 녀석이 있는가 하면 야구 모자를 쓴 녀석도 있는 등 그야말로 각양각색이었다. 그중에서도 압권은 학생모를 쓰고 턱 밑으로 모자끈을 늘어뜨린 S였다. S가 그런 차림으로 눈길을 걸으면 눈 속에서 행군하는 느낌이었다.

"이건 좀 아닌 것 같은데."

기차 유리창에 비친 우리 모습을 바라보며 나는 중얼거렸다.

"아무리 봐도 스키 타러 가는 것처럼 보이지 않아. 킬리랑은 달라도 너무 다른걸."

내 말에 다른 친구들도 흠, 하며 부인하지 않았다.

스키 대여점에서 낡아 빠진 스키를 빌린 우리는 서둘러 H의 숙모에게 레슨을 받았다. 숙모는 스키를 V 자 모양으로 넓게 벌리고 타는 이른바 보겐 방식을 가르쳐 주려 했다. 하지만 그 모습을 본 우리는 투덜투덜 불만을 표시했다.

"모양 빠지게 그게 뭐예요. 좀 더 폼나게 타는 방법을 가르쳐 주세요."

"그거 있잖아요, 깃발 사이로 휙휙 빠져나가는 거요."

"가사야 선수처럼 점프하고 싶어요."

우리가 제멋대로 한마디씩 떠들어 대자 숙모는 마침내

폭발하고 말았다.

"그럴 거면 너희들 맘대로 타! 나는 모르겠으니까."

그리고 저녁을 준비해야 한다며 총총히 가 버렸다.

코치를 잃었지만 그렇다고 망연자실하고 있을 수는 없어서 미끄러지고 구르며 나름대로 시행착오를 거듭했다. 그런데 10대 초반의 운동 신경이란 대단한 것이어서 마침내 서투르나마 회전하거나 멈출 수 있는 정도가 되었다.

"좋았어! 꽤 그럴듯한걸."

"이거야, 이거!"

이렇게 되고 보니 가뜩이나 겁이란 걸 모르는 중학생들이 기고만장해졌다.

"가자!" 하는 말과 함께 일제히 슬로프를 미끄러져 내려가기 시작했다.

당연히 무사히 끝날 리 없었다. H는 나무와 충돌하고, S는 별을 쬐며 데이트하던 남녀 사이로 뛰어들고, N은 외국인에게 부딪쳐 "아이 엠 쏘리!"를 연발했으며, 나는 오두막 창문에 처박혀 그 안에 있던 사람들을 놀라게 했다. 그야말로 대참사였다. 그 스키장은 리프트를 타고 올라가야 하는 곳에 있었는데, 돌아가는 데도 리프트를 타려고 줄을 선 우리를 보고 지나가던 사람들이 모두 킥킥거렸다. 나는 쥐구멍에라도 숨고 싶은 심정으로, 고등학생이 되면 기필코 폼나게 스키를 타리라 다짐했다.

그러나 고등학생 때도 끝내 그 꿈을 이루지 못했다.

왜냐하면, 돈이 없었기 때문이다.

고등학교 2학년 겨울 방학 때 나는 다시 친구들과 스키를 타러 가기로 했다. 그때 우리 예산은 3박 4일에 숙박비, 교통비, 장비 임대료, 식비를 합해 한 사람당 1만 5천 엔이었다. 아무리 오래전 일이라고 해도 이건 말도 안 되는 액수다. 우리는 그런 줄도 모르고, 본격적으로 계획을 세우기 직전까지 "오야마가 좋겠어."라든지 "스키는 역시 신슈지."라며 멋모르고 떠들어 댔다.

하지만 진지한 검토 끝에 행선지는 가까운 효고현 효노센으로 결정되었다. 교통비 예산에 맞추다 보니 그보다 먼 곳으로는 갈 수 없었다. 그것도 기차가 아닌 버스로 말이다.

섣달 그믐날 밤, 벤텐 부두를 출발한 우리는 홍백 가요대전을 라디오로 들으며 북으로 북으로 달려 새벽 2시에 목적지 정류장에 도착했다.

문제는 거기서부터였다.

민박 집까지 가려면 그곳에서 다시 전철이나 버스를 타야 했다. 하지만 새벽 2시에 그런 것들이 다닐 리 만무했다. 우리도 그걸 모르는 바는 아니었지만, 밤 버스로 거기까지 가서 날이 밝을 때까지 기다리는 것이 교통비를 가장 아낄 수 있는 방법이어서 그런 선택을 했던 것이다.

다만 우리의 착오라면, 야간 버스 정류장이니 대합실 정도는 있을 줄 알았다는 것이다. 벽과 지붕만 있다면 하룻밤 정도는 아무것도 아니라고 낙관했다. 그러나 막상 버스를 내린 곳은 주유소 앞으로, 주위가 캄캄하고, 대합실 비슷한 것도 없었다. 우리랑 같이 내린 사람들은 마중 나온 차를 타고 순식간에 사라졌다.

"할 수 없지, 뭐. 여기서 기다려야지."

그러면서 리더 격인 친구가 들고 온 스테레오를 켰다. 로이 제임스가 진행하는 '지난해 가요 베스트 100'이라는 프로그램이 흘러나왔다. 우리는 사쿠라다 쥰코의 '노란 리본'을 악을 쓰고 따라 부르면서 새해를 맞이했다.

가까스로 민박 집에 도착했지만, 스키를 타기까지 넘어야 할 산이 또 하나 있었다. 바로 스키 장비 대여료다. 협상을 잘해서 요금을 왕창 깎지 못하면 예산 관계상 스키장까지 와서 스키를 타지 못하는 불상사가 생길 수도 있었다.

당시 장비 일습의 하루 대여료가 1,500엔이었던 것으로 기억한다. 아무리 낡은 장비라도 좋으니 싸게만 빌려달라는 부탁에 민박 아줌마가 3일에 800엔짜리는 어떻겠냐고 물었다. 우리는 귀를 의심했다. 말도 안 되는 값이었다. 미심쩍게 바라보자 아줌마가 웃으며 "다른 손님에게는 빌려줄 수 없을 만큼 고물이라서 말이지."라고 덧붙였다.

우리는 그래도 좋다고 했다. 보통 3일에 5천 엔 정도 하는 걸 800엔에 빌려주다니. 웬만하면 눈을 감기로 했다. 그런데.

아줌마가 창고에서 꺼내 온 스키를 보고 우리는 눈이 휘둥그레졌다. 저런 걸 여태 안 버리고 잘도 보관하고 있었네, 하며 감탄할 지경이었다.

일단 스틱이 대나무로 되어 있었다. 대나무가 완전히 갈색으로 변해 있어 세월의 흐름을 느끼게 해 주었다. 또한 스키 플레이트의 칠이 거의 벗겨졌고 에지는 녹슬어 있었다. 부츠는 당연히 끈으로 졸라매는 방식이다.

"싫음 말고. 돈만 내면 얼마든지 새 장비를 빌려줄 테니까."

우리의 반응에 아줌마가 짓궂게 말했다.

"아니에요. 이거면 충분해요. 빌릴게요."

우리는 다급히 대나무 스틱과 에지가 망가진 스키로 손을 뻗었다.

그리고 이들 장비 중 마지막 날 무사히 반납된 것은 절반 정도에 불과했다. 대나무 스틱은 대부분 부러졌고, 스키 플레이트도 두 개가 부서졌다. 하지만 우린 그걸 비밀로 하고 몰래 창고에 반납했다. 지금까지 항의가 들어왔다는 얘기가 없는 걸 보면 아줌마 역시 부서지건 말건 상관없었던 것이다.

그런데 당시 효노센 스키장에는 리프트가 몇 개밖에 없었는데 그중 하나가 타기만 하면 영락없이 굴러떨어지는 것이었다. 그것도 매번 같은 곳에서 말이다. 그럴 만한 이유가 전혀 없어 보여서 의아해하던 참에 굴러떨어진 친구 중 하나가 내게 와서 속삭였다.

"올라가는 도중에 오두막이 하나 있지? 그 오두막 맨 오른쪽 창문을 한번 봐."

"왜, 뭐가 있어?"

"보면 알아."

그리고서 그 친구는 히죽히죽 웃었다.

리프트를 타고 올라가면서 친구 말대로 오두막을 주의해서 봤다. 맨 오른쪽 창문은 앞에 나무가 있어서 잘 보이지 않았다. 그래서 가장 가까이 접근했을 때 몸을 한껏 내밀었다.

"우아!"

창문에는 마치 리프트를 탄 사람에게 보여 주기라도 하려는 것처럼 야한 사진들이 더덕더덕 붙어 있었다.

좀 더 자세히 보려고 엉덩이를 든 순간 나는 그만 리프트에서 굴러떨어졌다.

그해 봄에 거의 비슷한 멤버가 하코다테산에 간 적도 있었다. 역시 초저예산으로 계획한 스키 여행이다. 가이드 북을 사느냐 마느냐를 놓고 티격태격할 정도였다.

"가이드북이 없으면 불편하다니까."

"하지만 필요한 부분은 몇 페이지뿐이잖아. 그것 때문에 그 비싼 걸 산단 말이야?"

"조금씩 나눠서 내면 되잖아."

"글쎄, 낭비라니까."

치열한 논쟁 끝에 우리는 필요한 부분을 서점에 가서 몰래 찢어 오기로 했다.

하코다테산은 비와 호수 바로 옆에 있는 조그만 산으로 스키장도 그리 넓지 않다. 이곳도 산기슭에서 스키장으로 가려면 케이블카를 타야 하는데 이용료가 비싸서 불평하고 있자니 멤버 하나가 좋은 정보를 가지고 왔다. 리프트를 타고 슬로프 정상까지 오른 후 스키장 반대편으로 내려가면 산길이 있다는 것이었다.

다만 스키장에 흐르는 안내 방송이 약간 마음에 걸리기는 했다.

"산길로 돌아가시는 손님 여러분께 안내 말씀 드립니다. 산길은 저희 스키장 관할이 아니므로 만일 사고가 발생하더라도 저희 스키장에서는 책임지지 않습니다. 이 점 양해하시기 바랍니다."

그러나 우리는 코웃음을 쳤다.

"케이블카로 돈을 벌고 싶어서 저러는 거야. 사고가 그렇게 쉽게 일어나나."

맞아, 맞아, 하면서 우리는 산길로 들어섰다. 케이블카 이용료가 굳어서 다들 기분이 좋았다. 그리고 그다음 날부터는 스키장행 편도 케이블카 요금과 리프트 이용료, 점심 값만 주머니에 넣고 숙소를 나왔다.

그런데 마지막 날, 생각지도 못한 일이 벌어졌다. 오후

들어 갑자기 폭설이 내리기 시작한 것이다. 우리는 스키를 그만 타고 돌아가기로 했다. 그러나 방법이 문제였다. 이미 점심을 먹은 다음이라 우리 주머니에 있는 돈을 몽땅 털어도 한 명분의 케이블카 요금조차 되지 않았다. 방법은 오로지 하나, 아무리 눈폭풍이 몰아쳐도 산길을 걸어가는 것뿐이었다.

하지만 산길로 가려면 일단 슬로프 정상까지 가야 하는데 정상으로 오르는 리프트가 폭설로 운행하지 않았다. 즉 정상까지 걸어 올라가야 한다는 얘기였다.

"초콜릿을 사자."

리더 격인 친구가 말했다. 조난당한 여성 등산가가 초콜릿을 베어 먹으며 연명한 사건이 그 얼마 전에 화제가 되었던 것이다. 우리는 추위와 공포로 얼굴이 굳어 있으면서도 웃음을 터뜨렸다.

폭설로 1미터 앞도 보이지 않는 가운데 우리는 한 줄로 서서 출발했다. 수시로 서로의 이름을 부르며 확인했다. 그때 산 너머에서 희미하게 소리가 들려왔다.

"산길로 돌아가시는 손님 여러분께 안내 말씀 드립니다."

예의 스키장 안내 방송이었다. '만일 사고가 발생하더라도'라는 부분이 매우 의미심장하게 들렸다.

나는 게마냥 옆으로 걸으면서 "이런 게 아닌데. 내가 꿈꾸던 스키는 이런 게 아닌데. 뭔가 잘못됐어." 하고 염불하듯이 읊조렸다.

좁은 문으로

¶

올봄에 조카가 고등학교를 졸업하고 대학에 입학한다. 즉 입시에 성공한 것이다. 실로 축하할 일이고 잘된 일이다. 하지만 뭔가 흡족지 않은 건 그 아이의 입학 과정이 전혀 입시답지 않았기 때문일 것이다.

그 아이는 이른바 추천 입학이라는 제도를 이용했다. 모 여자 대학 부속 고등학교를 다녔기 때문에 어지간한 성적과 웬만한 출석률, 최소한의 면접 점수만 확보하면 다른 수험생들처럼 눈에 불을 켜고 공부하지 않아도 그 여자 대학에 들어갈 수 있었다.

조카는 애초에 그걸 노리고 고등학교를 선택했으므로 말하자면 작전의 승리였던 셈이다. 당연히 그 아이의 고등학교 생활은 추천서를 확보하는 데 초점이 맞춰졌다. 중학 시절에는 결석의 여왕으로 불리던 아이가 고등학교 3학년 1학기까지는 특별한 일이 있지 않고서는 결석하는 법이 없었다. 또 키가 175센티미터가 넘어서 입학 당시 농구부와 배구부에서 데려가려고 끈질기게 설득했지만 그런 활동은 체력만 낭비할 뿐이라고 코웃음치며 거절했다. 그러는 한편 동아리 활동을 하지 않으면 추천을 받을 때 불리할지 모른다는 영악한 계산하에 수예부에 적을 두기도 했다. 조카가 수예부에서 3년간 만든 작품이라고는 엉성한 오리 봉제 인형과 머리가 찌그러진 곰 인형 정도가 전부였다. 추천 입학 작전의 극치는 학생회장 선거에 입후보해서 당선된 일이었다. 자기 방 하나 제대로 치우지 않는 게으름뱅이가 그렇게 과감한 행동에 나선 배경에는 내신 점수를 따겠다는 흑심이 도사리고 있었다.

이와 같은 작전을 벌인 끝에 추천 입학 티켓을 손에 넣었다는 사실을 알기 때문에 '정말 잘됐어!' 하고 진심으로 축하해 주기 힘든 것이다. 이런 내 심경은 아랑곳하지 않고, 고등학교 졸업과 대학 입학은 본질적으로 별개라며 축하금도 따로 달라고 하니 마치 사기를 당한 듯한 기분이다.

그 조카 말고 친척 중에 대학 입시를 앞둔 아이가 또 하나 있다. 이 원고를 쓰는 시점에 고등학교 2학년인 조카다. 이 아이는 추천 입학 따위의 꼼수와는 거리가 멀다. 본격적으로 입학시험을 준비해야 하는 입장이어서 일찍부터 학원에 다녔고 가정교사의 도움도 받고 있다. 그런데 필사적인 건 엄마뿐이고 본인은 X재팬 콘서트에 가서 밤을 새우고 베이스 기타를 사서 어설픈 밴드 연습을 하는 등 여유만만이다. 가끔 전화 통화를 하면서 공부는 잘되느냐고 물으면 "그럭저럭요. 근데 절박감이 별로 없어서 말이죠." 하고 마치 남의 얘기를 하는 듯한 대답이 돌아오곤 한다.

그래서 그 아이의 엄마는 어떻게든 자식에게 의욕을 불어넣으려고 당근 작전을 쓰기로 했다고 한다. 그 당근이란 바로 자동차로, 어느 대학을 들어가느냐에 따라 카롤라, 페어레이디, 포르쉐, 벤츠 등의 포상이 주어진다는 것이다. 와세다나 게이오 대학에 들어가면 무려 세스나 비행기를 사 주기로 했지만, 조카는 자신의 실력을 냉정히 분석하고는 "아마 카롤라도 어려울걸. 일단 재수를 한다고 보는 게 타당할 거야."라는 견해를 내놓아 부모를 실망시켰다고 한다.

하지만 그 아이도 아무 생각이 없지는 않을 것이다. 아니, 어쩌면 우리 때보다 더 진지하게 이것저것 고민할지도 모른다. 무엇보다 요즘의 수험 전쟁은 치열하기가 우리 때와는 비교할 수 없다. 다들 공부를 잘하기 때문이다. 출생률이 떨어지면서 자녀 한 명에게 돌아가는 교육비가 늘어나 이제는 학원에 다니는 게 상식이 되었다. 학원에 백날 다녀 봐야 아이의 성적이 오르지 않는다고 한탄하는 부모가 있는데, 학생들의 학력이 고르게 향상하니 성적이 떨어지지만 않는다면 기뻐할 일이다. 한편, 당연한 일이지만 시험 문제는 갈수록 어려워진다. 평범한 문제를 냈다가는 모두가 만점을 받아 실력 차이를 알 수 없기 때문이다. 이런 일에 대비해 학원들은 수험생에게 점점 난도가 높은 내용을 가르친다. 이런 악순환이 계속되다 보니 이제 학교 수업 따위는 필요 없지 않느냐는 생각마저 들 정도다. 그런데 고등학생 자녀를 둔 지인은 내가 그런 말을 하자 마뜩잖은 표정으로 그래도 학교는 필요하다며 그 이유를 다음과 같이 말했다.

"수험생도 중간 중간 숨을 돌려야 하잖아요. 하지만 대체 언제 숨을 돌리면 좋을지 알 수 없단 말이죠. 내가 숨을 돌리는 동안 친구들은 쉬지 않고 공부할지도 모르니까요. 그런데 학교에 가면 자신도 라이벌들도 똑같이 낮은 수준의 수업으로 시간을 허비하니까 결과적으로 그 시간이 휴식하기에 안성맞춤인 거죠."

이런 얘기를 듣고 있자면 진작에 태어나서 다행이다 싶어 가슴을 쓸어내리게 된다.

대학 입시에 관한 한 별로 좋은 추억이 없다. 수험생, 하면 일반적으로 고등학교 3학년부터를 일컫는다고 생각하는데, 나는 그 시작인 3학년 1학기 때 큰 좌절을 맛보았다.

지금은 어떤지 잘 모르겠지만, 당시 고등학교 수학에는 수학 I, 수학 IIB, 수학 III이 있었다. 수학 I은 1학년 때, 수학 IIB는 2학년 때, 수학 III은 3학년 때 배우는 게 학교 방침이었다. 나는 이과 지망생이었으므로 수학 III까지 공부해야 했다.

그런데 수학 III 수업이 3학년 1학기 중간에 시간표에서 사라졌다. 그 이유는 실로 단순 명쾌했다. 첫 번째 학력 테스트로 3학년생 대부분이 수학 IIB는 말할 것도 없고 수학 I조차 제대로 이해하지 못한다는 사실을 알고 아연실색한 선생들이 수학 III 수업 시간을 전부 수학 I, IIB 복습에 할애하기로 결정한 것이다. 그런 말도 안 되는 발상은 이과계 지망생이 전체 고3의 10퍼센트밖에 되지 않아 가능했다. 대를 위해 소를 희생하기로 한 학교 측의 각오도 이해하지 못할 바는 아니었다.

버려진 꼴이 된 우리 소수파는 2주일에 한 번, 토요일 방과 후 실시되는 수학 III 보충 수업에 출석할 수밖에 없었다. 하지만 그런 감질나는 수업이 입시에 도움이 될 것 같지 않아 우리는 몹시 불안했다. 어느 날 학생 하나가 그 점을 지적하자 선생은 아픈 곳을 찔린 듯이 얼굴을 찡그리더니 이내 비굴한 표정으로 말했다.

"헤헤헤, 나머지는 각자 알아서 했으면 좋겠어. 그리고 재수 말이지, 그거 별거 아니야."

그 말을 듣고 나는 놀라 자빠질 뻔했다. 텅 빈 들판에서 혼자 쌩쌩 부는 바람을 맞고 있는 광경이 머릿속에 떠올랐다.

본격적으로 입시 대책을 세우기로 결심한 것은 바로 그 때인 듯하다. 이대로 가다가는 큰일 나겠다 싶어 초조해진 것이다.

"입시라고 해서 특별히 공부한 기억은 없어. 밑져야 본전이라는 생각으로 원서를 넣었는데 운 좋게 합격한 것 같아."

어른이나 대학생 중에 이렇게 재수 없는 소리를 하는 녀석들이 있다. 게다가 이런 녀석일수록 대개는 일류 대학에 다닌다. 만일 이 말이 사실이라면 이들은 타고난 천재거나 평소에 꾸준히 공부했거나 둘 중 하나일 것이다. 말할 필요도 없이 나는 그 어느 쪽도 아니었으니 입시에 합격하려면 나름의 준비가 필요했다.

하지만 그때까지 공부라는 걸 제대로 해 본 적이 없는 나로서는 입시 준비를 어떻게 해야 할지 도무지 감이 잡히지 않았다. 일단 밤늦게까지 책상에 앉아 있기는 했지만, 그다지 도움이 될 것 같지 않은 라디오 강좌를 들은 후 반쯤 졸음에 빠진 상태로 대학 안내서 따위를 들여다보는 게 전부였다. 옆에는 강박 관념에 시달리다가 충동적으로 산 입시용 참고서와 문제집이 피사의 사탑마냥 높이 쌓여 있었다. 일단 사기는 했지만 그 활용법을 몰랐던 것이다. 때로는 옛날에 봤던 만화가 미치도록 읽고 싶어져서 밤새 보기도 했다. 아무리 생각해 봐도 컵라면을 먹으려고 밤샘한다고밖에 생각할 수 없는 나날들이었다.

눈 깜짝할 새에 1학기가 지나고 친구들은 대부분 학원의 여름 학기 강의를 들으러 다녔다. 하지만 나는 그런 강의가 있다는 사실조차 모른 채 하루하루를 빈둥거리며 보냈다. 그 무렵 나는 학원은 재수생이나 다니는 곳인 줄 알았다. 2학기에 들어 내가 학원 다닌 친구에 비해 크게 뒤처졌다는 사실을 알고 얼굴에 경련이 일 정도로 충격을 받았다.

그 후 철야 공사 같은 수험 생활이 시작됐지만 이미 너무 늦은 스타트였다. 마침내 입시일이 코앞으로 다가왔지만 내 실력은 빈약하기 짝이 없었다.

요즘은 한 해가 멀다 하고 입시 시스템이 바뀌어 입시 관계자 외에는 도무지 알 수 없지만, 우리 때는 아주 간단해서 누구나 알기 쉬웠다. 1월과 2월에 주요 사립대학 시험이 있고, 3월에는 국공립대 1기와 2기 입시가 치러졌다. 공통 1차 시험이 도입된 건 그 2년 후의 일이다.

나는 일단 시험에 익숙해질 목적으로 사립 K대학 공학부에 응시했다. 설마 여기서 떨어지지야 않겠지 하며 안일하게 생각했지만, 별다른 근거가 있었던 것은 아니고 어느 유명 코미디언이 그 학교를 졸업했다는 이유만으로 우습게 여겼다. 만일 합격하더라도 그런 대학은 다니지 않을 거라고 멋모르고 호언장담했다.

하지만 시험이 끝났을 때 내 얼굴은 몹시 굳어 있었다. 쉬운 과목이 하나도 없었다.

'이거 큰일 났네.'

겨드랑이에서 식은땀이 줄줄 흘렀다.

'아아, 하느님. K대학을 무시한 제가 나빴습니다. 만약 합격시켜 주신다면 감지덕지하며 다니겠습니다. 제발 떨어뜨리지 마세요. 부탁입니다.'

신앙심의 'ㅅ' 자도 없는 주제에 나는 신께 두 손 모아 빌었다.

합격자 발표 날이 되자 친구와 부리나케 K대학으로 달려갔다. 그리고 두근거리는 마음으로 전기 공학과 합격자 명단이 적힌 게시판 앞에 섰다.

친구 번호는 있었다. 하지만 내 번호는 없었다.

"제기랄."

역시 하느님 같은 건 아무 도움이 안 돼. 나는 수험표를 갈기갈기 찢어서, 경마장에서 돈을 탕진한 사람처럼 허공에 흩뿌렸다. 합격자는 수험표를 합격증과 교환한다.

그러자 같이 간 친구가 내게 물었다.

"너는 기계 공학과에 지원하지 않았어?"

"뭐라고?"

그제야 생각났다. 분명 기계 공학과였다. 서둘러 기계 공학과 합격자 게시판을 봤다. 그곳에 내 번호가 찬란하게 빛나고 있었다. "합격이다!" 나는 만세를 불렀다. 하지만 이미 수험표를 없애 버린 뒤라 그날은 합격증을 받지 못한 채 빈손으로 돌아왔다.

"자기가 어느 학과를 지원했는지 잊어버렸다는 얘기는 처음 듣는다."

그 얘기를 듣고 다들 어이없어했다.

하지만 나의 수험생 시대는 그 무렵이 제일 활기찼다고 생각한다. K대학에 이어 담임이 만류했던 D대학까지 합격한 것이다. 우리 집은 그야말로 축제 분위기였다. 하지만 우쭐하던 기분은 입학 신청 서류를 보는 순간 날아가 버렸다.

학비가 터무니없이 비쌌기 때문이다.

입학금과 수업료가 어느 정도인지는 대략 알았지만, 설비 유지비라든가 연구 시설 이용료, 그 외에도 다양한 비용이 든다는 사실에 놀랐다. 그중에서도 결정타는 '1계좌에 1만 엔, 최저 10계좌'라고 적힌 기부금 액수였다.

"음……."

첫해 납입금 총액이 70만 엔도 넘는다는 걸 알고 부모님과 함께 신음하고 말았다. D대학은 교토에 있으니 만일 하숙이라도 하게 되면 드는 돈이 연간 100만 엔을 훌쩍 넘을 터였다. 그런 생활이 적어도 4년 동안 계속되는 것이다. 100만 엔 × 4 = 400만 엔.

"얘야."

팔짱을 끼고 있던 아버지가 말했다.

"F대학 시험에 최선을 다하거라."

"알고 있습니다."

나는 고개를 끄덕였다. F대학은 내가 시험을 치기로 되어 있는 1차 대학으로, 캐치프레이즈가 '일본에서 수업료가 제일 저렴한 학교'였다.

3월 4일과 5일 시험이 치러졌다. 결국 D대학에는 입학 신청을 하지 않았으니 배수진을 친 것이나 다름없었다.

"D대학에 붙었으니 F대학은 문제없을 거야."

믿음이 가지 않는 담임의 신뢰할 수 없는 의견 외에는 의지할 곳이 없었다.

게다가 시험 당일 낮에 불길한 일이 일어났다. 운동장 한구석에서 친구들과 도시락을 먹으려는데 반찬통이 무릎에서 주르르 미끄러져 땅바닥에 떨어졌다. 머피의 법칙에 충실하게도 뚜껑이 열려 있던 반찬통에서 반찬이 전부 쏟아졌다. 모두의 입에서 "으아." 하는 비명이 새어 나오더니 다음 순간 어색한 침묵이 흘렀다. 나는 모래투성이 달걀부침을 주우며, 달이 기울고 있음을 확실히 깨달았다.

마침 그 시간에 엄마는 친척 아주머니들과 함께 나의 합격을 기원하러 신사에 갔다고 한다. 그런데 양초에 불을 붙여 세우고 합장하려는 순간 초가 쓰러졌다는 것이다. 엄마는 당황해하며 초를 다시 세우고 주위를 살폈는데 아무도 그 모습을 본 사람이 없는 것 같아서 조용히 기도를 드리고 왔다고 한다. 하지만 나중에 들은 얘기로는 같이 간 친척 아주머니들도 이 사실을 눈치챘지만 모르는 척했다고 한다.

나는 비과학적인 일에는 별로 흥미가 없지만, 나중에 돌이켜 보니 이런 사건들이 내 미래를 암시했던 것이 아닌가 싶다. 그달 18일에 발표된 합격자 명단에는 내 이름이 없었다. 필사의 각오로 다시 도전한 2차 대학에도 모두 보기 좋게 낙방하고 말았다.

이리하여 재수가 확정되었지만 사실 별로 비관하지는 않았다. 그 정도 공부해서 지망하는 대학에 들어간다는 게 더 이상했고, 그깟 대학에 수백만 엔이 넘는 돈을 쏟아붓는다는 것도 마뜩잖았다. 게다가 친구 E도 나처럼 F대학에 낙방하자 함께 재수하게 되었다며 우리는 희희낙락했다.

"재수하려면 학원에 가야 해. 그것도 일류 학원에."

E의 제안에 찬성한 나는 오사카에서도 내로라하는 학원에 들어가기로 했다. 그런데 그런 학원에는 놀랍게도 입학시험이 있었다. 그리고 설마 했는데 그곳에서도 나는 떨어졌다. 마치 떨어지는 습관이라도 붙은 것 같았다.

"2차 모집이 있으니까 거기에 걸어 봐."

이미 합격한 E가 격려했다. 대학 입학시험이라면 모를까, 학원에까지 떨어져 그런 말을 들으니 비참하기 짝이 없었다.

하지만 친구의 격려에 힘입어서인지 2차 모집에는 합격했다. 이렇게 하여 마침내 나는 명실상부한 재수생이 되었다.

그날 밤 학원에 붙은 사실을 알리려고 E에게 전화를 했다. 그런데 어쩐 일인지 E는 별로 기뻐하지 않았다. 의아해하는 내게 E가 머뭇거리며 말했다.

"사실은 아까 F대학에서 추가 합격했다고 전화가 왔어. 미안."

"아……."

말문이 막힌다는 건 이런 경우를 두고 하는 말이라고 지금도 절절히 느낀다.

게이오 보이를 꿈꾸다

↕

대입에 실패한 나는 오사카에서도 최고 수준의 재수 학원에 다니게 되었다. 어느 단체 산하의 학원이었는데, 그 단체는 미국에서 발매가 금지된 '빌리지 피플'의 노래로 유명한 곳이었다. 가수 사이죠 히데키가 일본어 가사로 불러 크게 히트시킨 노래라면 웬만한 사람은 알 것이다.

사실 학원에 가는 일은 별로 내키지 않았다. 대입에 실패한 사람끼리 모여 있으니 분위기가 침울할 것 같았다. 그 무리에 낀다는 건 생각만 해도 소름이 돋았다. 하지만 나 자신의 성격을 곰곰이 생각해 보니 혼자서는 꾸준히 공부하지 못할 것 같았다. 그리고 무엇보다 부모님이 혼자 공부하는 걸 허락하지 않았다.

그래서 결국 재수 학원에 다니게 되었는데, 막상 가 보니 생각보다 분위기가 어둡지 않았다. 재수 중이니 설치고 까불어 댈 녀석은 없었고 개중에는 침울한 표정으로 다니는 놈도 적지 않았지만, 대부분은 "이렇게 된 이상 어쩔 수 없지."라는 느낌으로 열심히 강의를 들었다. 나도 차츰 패자끼리 서로 격려하며 1년을 보내는 것도 나쁘지 않겠다고 생각하게 되었다.

그러나 거기에는 한 가지 큰 착각이 있었다. 패자에는 타이틀 매치에서 패한 사람이 있는가 하면 4회전짜리 연습 경기에서 패한 사람도 있는 법이다. 학원 친구들과 친해짐에 따라 출신 학교나 입시에 도전한 대학에 관해 얘기를 나누면서 그런 사실이 분명해졌다.

예를 들어 내 대각선 앞쪽에 앉은 남자는 라살 고등학교 출신으로, 재수할 것을 각오하고 도쿄대 의학부 하나만 지원했다고 한다. 또 수재들이 모이기로 유명한 오사카 교대 부고 덴노지 캠퍼스에서 온 녀석은 당시에 경쟁률이 50 대 1도 넘었던 도쿄 치의대에 들어가고 싶어서 게이오대 경제학부 합격증을 버렸다고 했다. '이 녀석, 바보 아니야?' 라고 생각했지만, 물론 아주 똑똑한 놈이었다.

"너는 어느 고등학교 출신이야?"

당연히 그들도 내게 물었다. 그럴 때면 나는 "절대로 모를걸." 하고 전제한 뒤 학교 이름을 기어 들어가는 목소리로 말해 주었다. 그럴 때 그들의 반응은 대체로 비슷했다. "흠." 하며 애매하게 미소를 짓고 나서 이내 화제를 바꾸는 것이었다.

지망하는 대학도 그들과 크게 차이가 났다. 그런 사실을 절감한 건 진학 지도 때였다.

진학 지도 때는 학원의 입시 지도사가 슬라이드를 비롯한 자료를 사용해 주요 국공립 대학 입시 대책을 설명했다. 우리 반은 이과반이어서 의학부와 공학부를 중심으로 진학 지도가 이루어졌다. 먼저 의학부부터 도쿄대, 교토대, 오사카대……, 고베대, 오사카 시립대의 순서로 진행되었는데, 공학부 지망인 나와는 상관이 없어서 조금 지루했다. 주위를 둘러보니 평소에는 나처럼 멍청한 짓을 하던 녀석들이 슬라이드 상영 때문에 조명을 어두컴컴하게 낮춘 가운데서도 진지한 얼굴로 열심히 메모를 하고 있었다.

의학부에 관한 설명이 끝나고 공학부 차례가 되자 나는 자세를 바로 했다.

이번에도 도쿄대가 먼저였다. 솔직히 나와는 관계가 없는 곳이었다. 이어서 교토대와 오사카대. 여전히 나랑은 다른 세상이다. 샤프심을 밀어냈다가 도로 집어넣었다가를 반복한다.

내가 지망하는 대학은 현역 고등학생 때와 마찬가지로 오사카 F대 공학부였다. 수준을 높여서 지원할 생각은 추호도 없었다. 가능하다면 수준을 더 낮추고 싶었지만 국공립 대학 중에는 여기보다 낮은 학교가 없어서 어쩔 수 없었다.

차례로 대학 이름이 불리고 그 대학의 학생 선발 경향과 대책이 소개되었다. 그리고 마침내 F대학 순서가 되어 나는 메모할 준비를 했다.

그런데 그 순간 실내가 갑자기 밝아지면서 슬라이드 불빛이 꺼지더니 입시 지도사가 갈라지는 목소리로 말했다.

"자, 이것으로 여러분이 지망하는 대학에 관해 대체로 설명이 되었을 줄 압니다. 사립대학과 그 밖의 대학은 개별적으로 지도하겠습니다."

그리고 입시 지도사는 자료를 챙겨 총총히 강의실을 나갔다. 나는 아무것도 씌어 있지 않은 메모지를 앞에 둔 채 한동안 멍하니 있었다.

지망하는 대학의 수준이 이렇게 차이가 크니 당연히 학력에서도 나는 다른 학생들과 확연히 차이가 났다. 학원에서 치른 모의고사에서 그 점이 여실히 드러났다. 예를 들어 맨 처음 치른 모의고사 때 내 영어 점수는 20점이었다. 학원생 전체 평균이 60점 정도였으니 그 차이가 무려 40점이다. 이때 각 반별 평균 점수도 발표됐는데 우리 반은 다른 반보다 0.5점이 낮은 꼴찌였다. 한 반의 학생 수가 약 80명이었으므로 딱 나 한 사람분만큼 다른 반보다 낮은 셈이었다. 그런 사실을 모르는 친구들은 "역시 이과반은 어학 실력이 달리나?" 하며 고개를 갸웃거렸다. 나는 말없이 그 자리를 빠져나왔다.

중학교도 고등학교도 수준이 낮은 학교에 다녀서 그때까지 수업을 따라가지 못하는 일은 없었다. 그런데 그 학원에 들어가서 처음으로 내가 학력 피라미드의 바닥 부분에 있다는 걸 알게 되었다. 정말이지 세상에는 우수한 사람이 많기도 했다.

하지만 도쿄대나 교토대에 응시할 생각이 없었으므로 비관하지 않기로 했다. 어차피 나는 진학 안내의 대상조차 되지 않는 F대학 지망생이 아니냐며 마음을 다잡았다. 그렇게 생각을 고쳐먹자 재수 생활도 그다지 고통스럽지 않았다.

마음을 가라앉히고 주위를 둘러보니 나처럼 학원의 상위 대학 입시 전략에서 버림받은 녀석이 꽤 있었다. 자신의 처지를 잊고 예쁜 여학생에게 교제를 신청하는 놈도 적지 않았다. 특히 내 옆에 앉은 여학생은 상당한 미인이어서 자주 그런 일을 당했다. 나도 마음이 없지는 않았지만 그 여학생이 자신에게 다가오는 녀석들에게 "나는 국립대 의학부가 목표라서 그럴 만한 여유가 없어요."라고 딱 자르는 장면을 몇 번 보고는 실행에 옮길 의지가 꺾였다.

당시 나는 H라는 남학생과 친하게 지냈다. 그 녀석 역시 무명 고등학교 출신으로, 고등학교 시절에는 핸드볼에 목숨을 걸었다고 한다. 그래서, 라고 할 수는 없겠지만 공부는 별로 잘하지 못했다. 아까 한 반의 학생 수가 약 80명이라고 했는데 우리 반은 정확히 82명으로, 나와 H는 성적으로 꼴찌를 다투었다. H의 1지망 역시 오사카 F대였다.

우리는 종종 수업을 빼먹고 게임 센터에 가거나 파친코를 하러 갔다. 재수 학원이라도 출결에 엄격했고, 무단으로 결석하면 반드시 지도실로 불려 가거나 부모에게 통보되었는데 어찌 된 영문인지 우리 둘만은 아무리 땡땡이쳐도 그런 일이 없었다. 어쩌면 애초에 내놓은 학생들이었는지도 모른다.

"좋겠다, 너희들은. 재수 생활을 즐기는 것 같아."

도쿄 치의대가 목표인 친구는 부러운 듯 말했지만 사실 즐기는 건 아니었다. 학원 강의가 너무 어려워 따라가지 못하니 그런 식으로 시간을 때웠을 뿐이다. 하지만 그 친구에게는 "뭐, '나의 길을 가련다' 주의라고나 할까."라며 폼을 잡았다.

그런 식으로 지내다 보니 진지하게 재수 생활을 하는 녀석들에 비해 성과가 오르지 않았고, 나와 H는 점점 더 성적이 떨어졌다. 그런 사실이 겉으로 드러나지 않은 이유는 둘의 학급 내 등수가 더는 떨어질 수 없는 위치에 있었기 때문이다.

재수를 시작할 당시에는 그토록 길어 보이던 1년이었는데 눈 깜짝할 사이에 3분의 2가 지나가 버렸다. 정신 차리고 보니 가을이 끝날 무렵이었다. 나와 H는 그제야 다급해져서 울상을 지으며 맹렬히 공부하기 시작했다. 하지만 그래서는 고3 때와 달라질 것이 없었다.

이 무렵에는 각자의 지망 학교도 상당히 범위가 좁혀져 있었다. 모의고사 때 자신의 지망 학교를 적어 넣으면 시험 결과가 나올 때 합격 가능성을 컴퓨터로 진단해 주었다. 그 결과는 5단계로 나뉘었다.

OK – 합격이 확실. 컨디션을 잘 유지할 것

OK? – 합격할 가능성이 높음. 그러나 방심하지 말 것

OK?? – 합격 가능성 50퍼센트. 지원할 생각이라면 한층 노력할 것

? – 합격 가능성 낮음. 그만두는 게 좋음

X – 논외

연말 시점에 나의 오사카 F대 합격 가능성은 '?'였다. 즉 상당히 힘든 상황이었다. H에게 그렇다고 얘기하자 그는 부루퉁하게 입을 내밀었다.

"'?'라면 그래도 괜찮지, 뭐. 나는 'X'야."

"어, 그래? 그거 큰일이네."

말은 그렇게 하면서도 눈은 웃고 있음이 스스로도 느껴졌다.

"이래서는 상담에도 못 가겠어."

"상담이라……."

입시를 얼마 안 남겨 두고 학원에서는 부모와 학생, 지도 교사의 3자가 함께 참여하는 지망 대학 상담이 실시되었다. 그 자리에서 지망 대학을 그대로 유지해도 되는지 아니면 변경해야 하는지 학원의 판단이 내려지는 것이다. '?' 또는 'X'의 경우 지망 대학의 수준을 낮추라고 지도할 것이 확실했다. 학원 측으로서도 원생들의 합격률이 높아야 영업상 이득이기 때문이다.

하지만 H와 나는 오사카 F대보다 수준이 낮은 국공립

대학이 없으니 수준을 낮추려도 낮출 수 없었다. 그런 점에서 지도 교사도 상담하기가 난감할 터였다. 생각 끝에 나도 H도 상담을 받지 않기로 했다.

해가 바뀌고 마침내 입시 원서를 제출할 때가 다가왔다. 이때 학원 친구들이 내게 제안을 하나 했다. '와세다 게이오 입시 투어'에 참여하라는 것이었다.

두 대학은 시험 일자가 가깝고, 동시에 지원할 수 있으며, 여러 학과에 응시하게 되면 시험 기간이 길어지니 일주일 정도 도쿄에 머물러야 했다. 그러니 투어 일정을 짜서 함께 도쿄에 가자는 것이었다.

"말이 돼? 내가 와세다나 게이오에 응시한들 합격할 리 있겠냐?"

내 말에 라살 고교 출신 친구는 "그건 해 보지 않으면 모르는 거야. 한번 도전해 봐. 그리고 다 같이 도쿄 구경을 하면 재미있잖아."라고 무책임하게 말했다.

하지만 재미있을 것 같은 생각은 들었다. 집에 돌아와 부모님에게 그 얘기를 하자 쌍수를 들고 환영했다. "와세다나 게이오라면 응시했다는 것만으로도 그럴듯하게 들리잖아."라는 것이 그 이유였다. 내, 참…….

그래서 투어에 참가하기로 했는데, 아무리 그래도 천하

의 와세다, 게이오였다. 적이 얼마나 대단한지 파악하려고 학원 마지막 모의고사 때는 시험 삼아 지망 학교를 게이오대 공학부로 적어 넣었다. 그렇게 쓰는 것만으로도 으쓱하는 기분이 들었으니 전통이란 무서운 것이다.

며칠 후 모의고사 결과가 나왔다. 지망 대학 합격 가능성 칸을 보니 이렇게 표시되어 있었다.

'게이오 공학부 – X'

그리고 그 옆의 여백에 볼펜으로 '빨리 지도실로 올 것'이라고 쓰여 있었다. 물론 나는 가지 않았다.

마침내 입시 기간에 돌입했다. 맨 먼저 시험을 본 곳은 니시노미야에 있는, 미식축구로 유명한 K학원 대학이다.

사실 이 대학은 큰누나도 응시했던 곳이다. 원래 누나는 대학에 가지 않겠다고 선언하고 고3 겨울 방학까지 아르바이트를 했는데 누나의 장래를 걱정한 부모님의 성화에 "K학원 대학이라면 가도 좋다."느니 어쩌느니 건방을 떨며 시험을 봤다. 물론 떨어졌다. 당연한 일이다. 그런 식으로 해서 합격한다면 세상의 수험생들이 너무 불쌍하다.

내가 K학원 대학에 시험을 보러 가던 날 아침, "힘내거라. 오누이가 죄 떨어지면 체면이 안 서잖니. 설욕전이라고 생각해." 하고 엄마가 말했다. 나는 누나와 나를 똑같이 취급하지 말라고 벌컥 화를 냈다.

하지만 2주 후 집에 배달된 것은 합격 증서가 들어 있을 듯한 두툼한 봉투가 아니라 종이를 반으로 접어 가장자리를 풀로 붙인 간단한 것이었다.

엄마는 먼저 쓰레기통을 끌어당기더니 그걸 열어 보고는 곧바로 찢어서 버렸다. 그리고 딱 한마디, "떨어졌구나."라고만 했다.

그 일련의 동작을 지켜보던 나도 "흠." 한마디만 하고 말았다.

나중에 누나는 "재수까지 해 놓고 결과가 나랑 똑같단 말이야?"라고 하더란다. 한 대 때려 주고 싶은 심정이었다.

이런 식으로 시험이 계속되었지만 합격 통지서는 좀처럼 오지 않았다. 그런 와중에 와세다 게이오 입시 투어가 시작되었다. 나는 친구들과 신칸센을 타고 도쿄로 향했다. 그리고 게이오 대학 공학부에 원서를 냈다.

"게이오 들어가면 폼 나겠지?"

나처럼 주위의 권유로 투어에 참가한 H가 신칸센 안에서 내게 물었다.

"그야 그렇겠지. 천하의 게이오 보이가 되는 거니까."

"그럼 도쿄에 살게 되겠네. 좋겠다. 오사카 사투리도 고쳐야 할 거야."

"맞아. 오사카 사투리를 쓰면 여자들한테 인기가 없지."

"앞으로는 뭐니 뭐니 해도 도쿄가 최고일 거야."

"당연하지. 무조건 도쿄야."

학원에서 절대 불합격이라는 딱지를 받은 주제에 응시한다는 사실만으로도 우리는 이상할 정도로 흥분했다.

시험 날까지 나는 요코하마 매형의 친가에 신세를 지기로 했다. 그곳에서 나는 대단한 환대를 받았다. 안사돈은 맛있는 음식을 잔뜩 해 주었고 바깥사돈은 "대단하네."를 연발했다. 오사카에서 도쿄까지 왔을 때는 그만한 실력이 있을 것이라고 호의적으로 해석한 결과인 듯했다. 구경 삼아 왔다고는 차마 말할 수 없었다.

시험 당일에는 안사돈이 초호화 도시락까지 싸 주었다. 그걸 건네면서 안사돈은 "긴장하지 말고 평소 실력을 발휘하면 분명히 합격할 거예요."라고 말했다. 나는, 평소 실력으로는 죽어도 안 되고, 초인적인 힘을 발휘해도 될까 말까라고 생각하며 애매하게 웃는 얼굴로 도시락을 받아 들었다.

시험장은 도쿄 인근의 히요시 캠퍼스였다. 내가 도착했을 때 학교 건물은 이미 수험생으로 북적거렸다. 그 열기와 긴박감은 지금까지 시험을 봤던 대학들과 차원이 달랐다.

시험은 과학, 수학, 영어의 세 과목이었다. 과학은 화학과 물리로 정해져 있었다.

맨 먼저 과학 시험을 보고 이어서 수학 시험을 봤다. 두 과목의 시험이 끝난 시점에서 나는 일단 합격은 무리라고 판단했다. 시험을 못 봐서가 아니었다. 오히려 거의 완벽하게 풀었다는 자신감이 있었다. 하지만 그 점은 다른 수험생들도 마찬가지일 터였다. 다시 말해서 문제가 너무 쉬웠던 것이다.

만에 하나 희망을 건다면, 시나리오가 하나 있기는 했다. 수학과 과학 시험이 굉장히 어려워서 다들 제대로 풀지 못하고 나만 기적적으로 잘 푸는 것이다. 영어에서 점수 차가 크게 벌어질 것이 확실하므로 그만큼 다른 과목에서 저금해 둬야 했다. 하지만 과학과 수학 시험이 너무 쉬워서 그런 기대는 완전히 무너졌다. 나는 실망한 채 안사돈이 싸 준 도시락을 먹었다.

영어 시험이 시작될 때까지 H를 비롯한 학원 친구들과

캠퍼스 내를 쏘다니고 있자니 뒤에서 누군가 말을 걸어 왔다. 돌아보니 유약하게 생긴 젊은 남자였다. 그가 합격 전보를 신청하지 않겠느냐고 내게 물었다. 우리가 나누는 얘기를 듣고 간사이에서 온 학생들이라는 걸 알아챈 모양이었다. 듣고 보니 그도 오사카 출신인 듯했다. 우리는 그가 오사카 사투리를 전혀 쓰지 않는다는 점에 놀랐다. 그러자 그가 "아, 그런가요." 하고 기쁜 듯한 표정을 지었다. 그리고 "뭐, 이쪽에서 오래 살았으니까……."라며 살짝 거드름을 피우듯이 말했다.

나는 H와 얼굴을 마주 봤다. 이 녀석이 이런 식으로 도쿄 말씨를 쓴다고 상상하자 왠지 기분이 나빴다. H도 똑같은 생각을 하는 듯했다.

"그래서, 합격 전보는 어떻게 하겠어요?"

오사카 출신 게이오 보이가 물었다.

"전보 따위, 필요 없어요. 어차피 떨어질 테니까요."

"그건 속단하기 이르지 않을까? 영어 시험이 남았잖아요."

"바로 그 영어에 자신이 없어서 포기하는 거예요."

"포기가 너무 빠르네. 게이오 영어는 별로 어렵지 않아요."

"그럴까요?"

"그렇다니까요. 그러니까 합격했을 때를 대비하는 게 좋아요."

"흠……."

어쩐지 교묘하게 설득당하는 느낌이었지만 결국 전화 합격 통지를 신청했다. 가격은 5백 엔이었다.

그 남자와 헤어진 뒤 곰곰이 생각해 보니 아닌 게 아니라 아직 포기하기는 이르다 싶었다. 영어 문제가 술술 풀릴 수도 있잖은가.

좋아, 힘내자. 나는 스스로 기합을 불어넣었다.

영어 시험이 시작됐다. 문제지를 나눠 준 사람은 어딘지 모르게 섹시한 여자였다. 타이트스커트에 둘러싸인 둥그런 엉덩이가 에로틱했다. 시험 중인데도 불순한 상상을 하며 시험지를 내려다보았다.

순간 머리가 멍해졌다. 문제 자체가 영어로 쓰여 있었다.

'안 되겠어. 여긴 내가 도전할 만한 대학이 아니야.'

새삼 그렇게 생각했다.

문제를 풀고 나서도 시간이 많이 남았다. 하는 수 없이 나는 그 여자가 걸을 때마다 엉덩이가 씰룩거리는 모습을 바라보며 시간을 보냈다. 어이없게 발기까지 되었다.

오사카로 돌아온 지 2주가 지났을 때 전화가 걸려 왔다. 그날이 무슨 날인지 까맣게 잊고 있었다. 전화를 건 사람은 모르는 남자였다. 그 남자는 내 이름을 확인하고는 단 한마디만 했다.

"벚꽃잎이 떨어졌네요."

그리고 헤헤헤 웃더니 전화를 끊었다.

그 시절 우리는 거장이었다

⊙

소설가 중에는 영화를 좋아하는 사람이 많은 듯하다. 단지 좋아하는 것에 그치지 않고 언젠가는 감독을 해 보겠다는 꿈을 지닌 사람도 적지 않을 것이다.

이렇게 말하는 내가 실은 그런 사람 중 하나다. 영화를 만들지 못하니까 소설로 만족하는 것이라고 할 수도 있다.

그리고 순전히 내 생각이지만, 영화를 만들고 싶어 하는 인종은 아무리 재미있는 영화라도 순수하게 즐기지 못하고 어느새 제작자 입장에서 영화를 보고 만다. 그러고는 거의 트집에 가까운 꼬투리를 잡는다.

"아니야, 아니야. 소재는 좋은데 이 장면은 좀 더 속도감이 있었어야지."

"뭐야, 이 시시한 액션은. 여기서는 좀 더 대담하게 스턴트를 써야지."

그러고서 마지막에 한마디를 덧붙인다.

"내가 감독이라면 좀 더 재밌게 만들 수 있을 텐데."

여기까지 읽고 자신의 얘기라고 생각하는 사람도 많을

것이다.

여세를 몰아 최근에 본 영화 두 편에 시비를 걸어 볼까 한다. 다들 익히 알 만한 '쥬라기 공원'과 '클리프 행어'다.

미리 말해 두지만 두 영화 모두 굉장히 재미있었다. 손에 땀을 쥐고 볼 정도였다. 그런 만큼 시비를 거는 보람이 있을 것이다.

먼저 '쥬라기 공원'.

무엇보다 이 영화는 스토리가 형편없다. 아역이 중심이기 때문일 것이다. 이런 종류의 영화 중에서도 이번만큼 아역이 눈에 거슬렸던 적이 없다. 워낙 특수 촬영이 훌륭해서, 영화를 보고 나서 손해라는 느낌은 들지 않지만, 결국 스필버그의 '조스'와 마이클 크라이튼의 '이색 지대'를 짬뽕해서 리메이크했다는 느낌을 지울 수 없다.

'클리프 행어' 역시 스토리가 진부하다. 감독이 '다이하드 2'를 만든 레니 할린으로, 폐쇄된 공간에서 평범한 남자가 악당 그룹에 맞선다는 구도는 이 영화를 차라리 '다이하드 3'라고 하는 게 낫지 않았을까 싶은 생각이 들게 한다. '다이하드'의 고층 빌딩이나 '다이하드 2'의 공항이 여기서는 산으로 바뀌고, 브루스 윌리스가 실베스터 스탤론으로 바뀌었을 뿐이다. 또한 이 영화의 세일즈 포인

트인 액션이 대단한 건 사실이지만 특수 촬영을 하지 않았다는 걸 캐치프레이즈로 내건 점은 촌스러웠다. 정말 영화에 자신이 있고, '특수 촬영으로는 이 생생함을 전달할 수 없다'라고 믿었다면 굳이 그 점을 내세울 필요가 없지 않았을까. '대체 어떻게 찍었을까.'라고 관객들이 궁금해하면 그만이지, 촬영 기법까지 알 필요는 없는 것이다.

바로 이런 식으로 트집을 잡는 것이다. 남의 일을 무책임하게 비평하는 건 기분 좋은 일이다. 그럼 네가 한번 만들어 봐, 하고 말한다면 우물쭈물 얼버무릴 수밖에 없겠지만.

실은 영화를 만든 경험이 있기는 하다. 고등학생 때 두 편을 만들었다. 비록 8밀리 영화 10분짜리기는 했지만.

첫 번째는 고등학교 1학년 때였다. 문화제에서 뭘 하면 좋을까 친구들과 얘기하다가 8밀리 영화를 만들어서 입장료를 받기로 한 것이다.

문제는 뭘 찍느냐였다.

"연애 영화로 하자."

여학생 하나가 제안했다. 영화를 좋아하고 지식도 풍부한 친구였다. 장래에 그 방면 일을 하고 싶다고 했다. 실제로 그녀는 현재 남편과 둘이서 프로덕션을 경영하고 있다. 내 소설을 드라마로 만든 적도 한 번 있다.

"에이, 연애물은 좀 쑥스러운데."

내 말에 그녀는 "영화를 만드는 데 쑥스럽고 말고가 어딨어!"라고 발끈했다. 그리고 밤을 새워 시나리오를 썼다. 그걸 읽고 우리 남학생들은 안색이 변했다. 시나리오는 멋진 장면과 듣기 좋은 대사로 가득했지만, 카트린 드뇌브나 알랭 들롱이라면 모를까, 우리가 연기하면 관객의 구토를 유발할 것 같았다.

조금 더 소탈한 내용으로 써 달라고 부탁하자 그 여학생은 "그럼 코미디풍 연애물로 쓸까. 오드리 헵번의 '티파니에서 아침을'처럼 말이야. 아, 그래! 러브 서스펜스는 어때? '샤레이드' 같은 거."

그러면서 눈을 소녀 만화의 여주인공처럼 빛냈다. 우리는 "음……." 하고 신음할 수밖에 없었다.

"네가 하나 써 봐."

리더 격인 남자아이가 내게 귀엣말을 했다.

"뭘 쓰란 말이야?"

내가 놀라 되물었다.

"뭐든지 좋아. 일단 연애물은 막아야 할 거 아니야. 너, 당신 없인 1초도 살 수 없어요, 그런 대사, 할 수 있어?"

"진지하게는 못 하지."

"거봐, 그러니까 써 오란 말이야."

그날 집에 돌아온 나는 하는 수 없이 책상 앞에 앉았다. 고통 끝에 쓴 작품은 당시 텔레비전에서 높은 시청률을 자랑하던 드라마 '필살의 청부업자'를 패러디한 것이었다. 고리대금업자의 덫에 걸린 미녀 자매의 원한을 살인 청부업자인 두 남자 주인공이 풀어 준다는 내용의 '필살의 청부업자'는 오사카 사투리로 저속하기 짝이 없는 싸구려 개그를 연발하는 시간 때우기용 드라마였다.

"이걸로 하자."

다음 날 시나리오를 본 리더가 말했다. 다른 남자아이들도 찬성했다. 하지만 이번엔 여학생들이 반대했다. 너무 저질이라는 것이었다. 그런 말을 들어도 싸다고 생각했다. 예를 들어 자매가 밤거리에서 호객하는 장면이 있는데 그 대사가 "오빠, 놀다 가요. 기분 좋게 해 줄게."라든지 "만 엔이에요, 만 엔. 단돈 만 엔으로 다 해결해 줄게." 따위의 것들이었다. 또한 자매 중 하나가 고리대금업자에게 욕을 퍼붓는 장면에서는 "이 벌레 같은 색골 영감탱이야!"라고 고함을 지른다.

"문화제에 우리 가족도 올지 모르는데, 이런 대사를 들으면 나를 집에 안 들여놓을 거야."라고 하소연하는 여학생도 있었다.

결국 다수결로 결정하게 되었다. 하지만 남학생 수가 많으므로 결과는 뻔했다. 내 시나리오가 채택되었다.

촬영은 토요일과 일요일에 있었다. 필름 구입과 현상만으로도 비용이 빠듯해서 다른 데 쓸 여유는 전혀 없었다. 당연히 의상은 각자가 준비했다. 살인 청부업자들도 티셔츠에 청바지 차림이었다. 촬영 장소는 친구네 집이나 동네 공터, 학교 응접실이 전부였고, 소도구도 직접 만들었다. 살인 청부업자가 악덕 고리대금업자 턱에서 뼈를 뽑아내는 장면은 텔레비전에서 그랬던 것처럼 X선 사진으로 대체하기로 해서 비교적 공을 들여 두개골 모형을 만들기도 했다.

가장 중요한 건 연기였는데, 이것만은 대책이 없었다. 표정 연기를 할 줄 몰라 다들 어색하게 미소를 짓거나 부자연스럽게 굳어진 표정을 지었다. 악덕 고리대금업자가 여자를 괴롭히는 장면에서조차 양쪽 모두 실실 웃었으니 연기라고 부르기가 창피할 지경이었다.

부실한 연기력이 한층 강조된 것은 더빙할 때였다. 영상을 보면서 대사와 효과음을 녹음했는데, 대사가 조금이라도 길어지면 마치 책을 읽는 것처럼 되고 말았다. "뭐, 그게 정말이야?"라든가 "무슨 말인지 알겠어. 내게 맡겨." 따위의 간단한 대사조차 그랬으니 손을 쓸 도리가 없었다. 그런데 아이러니하게도 여학생들이 그토록 싫어하는 저질 대사만은 묘하게 현실감이 묻어났다. 특히 "이 벌레 같은……!" 하고 저주하는 대사에는 강렬한 임팩트가 있어 웃음을 자아냈다. 이 대사를 맡은 여학생은 시집은 다 갔다며 한동안 한탄했다.

이리하여 우리의 첫 영화가 탄생했다. 그리고 시사회 날이 왔다. 완성된 영화를 본 우리는 심경이 복잡했다. 처음에 여학생들이 지적했듯이 저질 영화 그 자체였다. 대사만 그런 것이 아니라 액션도 저급한 것이 많았다. 예를 들어 클라이맥스 장면에서는 길거리에 서서 소변을 보는 악덕 고리대금업자를 주인공인 살인 청부업자가 쇠몽둥이로 가격하는데, 그 순간 고리대금업자의 사타구니에서 오줌이 분수처럼 솟아올라 옆에 있는 담을 흠뻑 적신다. 도무지 문화제라는 용어와는 어울리지 않았다.

문화제 당일, 우리는 조마조마한 심정으로 영화를 상영했다. 입장료를 10엔이라는 낮은 가격으로 책정한 것은 양심의 가책을 느껴서였다. 그런데도 돈을 돌려 달라는 항의가 빗발치지 않을까 싶었다.

그런데 의외로 이 영화가 큰 성공을 거두었다. 의도적으로 계산하고 연기한 개그는 별 반응이 없었던 반면, 대사와 대사 사이의 어색함과 부자연스러운 연기가 미묘하게 어우러져 전혀 예상치 못한 폭소를 일으켰다. 걱정했던 마지막의 소변 장면에서는 웃음과 더불어 박수갈채가 터져 나왔다.

그러자 애초에는 하루로 끝날 예정이었던 영화 상영이 이틀로 늘어났다. 상영 횟수도 늘렸다. 그런데도 교실은 매회 관객으로 넘쳐났다.

"우리, 천재 아니야?"

진지하게 그런 생각을 했다.

이 성공은 다른 학생들에게 큰 영향을 미쳤다. 내년에는 자신들도 영화를 만들겠다고 마음먹은 것이다. 그 결과 다음 해 문화제 때는 11학급 중 무려 8학급에서 영화를 만들었다.

출품작은 역시 기존 작품을 모방한 것이 많았다. 당시에 인기가 있던 '사랑과 성실' '데라우치 간타로 일가' '용쟁호투' 등이 그 대상이었다. 그중에서도 무협 영화가 많았던 것으로 기억한다.

우리 반에서도 영화를 만들기로 했다. 그런데 뭘 만들지 의논하면서 나는 조금 놀랐다. 반 아이 대부분이 이왕이면 진지한 영화를 만들자고 주장한 것이다. 코미디나 패러디는 싫다고 했다.

심지어 어떤 아이는 '개인 수업' 같은 영화를 만들자고 했다. 도대체 섹스 장면을 어떻게 촬영한단 말인가.

"예술을 하는 거라고 여학생들을 설득해 보자."

이렇게 실현 불가능한 얘기를 하는 녀석도 있었다.

"마네킹을 사용하면 되잖아. 그러면 선생님도 할 말이 없을 거야."

할 말이 없을지는 몰라도 그런 것이 바로 코미디나 패러디 아닌가.

"그러면 재난 영화는 어때? '포세이돈 어드벤처' 같은 거 말이야."

"아니야. 일본 사람들은 역시 시대물을 좋아해. '7인의 사무라이' 같은 거로 하자."

각자 제멋대로 떠들어 댔다. 마네킹을 사용하자고 한 녀석은 '엠마뉴엘 부인'을 찍자고 주장하기까지 했다.

그때 신문부 녀석이 본격적인 오컬트 영화를 만들어 보고 싶다고 얘기했다. '엑소시스트'나 '오멘' 등의 영향으로 당시 영화계에서 주목받던 분야이긴 했다.

"농담이 아니야. 진짜 무서운 영화를 만드는 거야. 리얼리티를 살려서 말이지."

신문부여서인지 녀석은 말을 잘했다. 듣는 동안 우리는 모두 설득되었고, 결국 우리 반 출품작은 '흡혈귀 드라큘라'로 결정되었다.

우리는 의욕이 하늘을 찔렀다. 우선 각본은 1학년 때의 실력을 인정받아 내가 쓰게 되었다. 다음으로 우리 반 제일의 음악광이 BGM을 담당하기로 했다. 화장품 가게 딸이 메이크업 담당, 오빠가 오디오 마니아인 여학생이 녹음 담당으로 임명되었다. 드라큘라에게 습격당하는 미인 역할에는 반에서 가장 섹시하고 글래머인 여학생이 투표로 선정되었고, 드라큘라 역은 크리스토퍼 리와 똑 닮은 남학생이 맡기로 했다. 그야말로 베스트 멤버였다. 그 외 스태프의 활약도 무시할 수 없다. 의상은 여학생들이 밤을 새워 가며 만들어 주었고, 쓸 데라고는 힘 쓰는 일밖에 없는 남학생들이 무대 장치를 맡았다. 그들은 드라큘라의 관까지 만들었다. 본격적으로 야외 촬영도 했다. 라스트신은 실제 교회를 빌려 촬영했을 정도다. 우리는 최선을 다했다. 아니, 최선을 다했다고 생각했다.

엄청난 실수를 알아차린 건 현상된 필름을 봤을 때였다.

영화의 절반 가까이가 초점이 맞지 않았다. 조명이 잘못된 장면도 적지 않았다. 줌 인을 해야 할 곳에서 줌 인이 제대로 되지 않았고, 전체를 보여 줘야 할 곳에서 얼굴만 클로즈업한 경우도 있었다.

그렇다. 베스트 멤버로 도전할 심산이었지만 가장 중요한 카메라 담당이 초보였던 것이다. 왜 그런 일이 벌어졌을까. 이유는 실로 간단하다. 내로라하는 영화광들이 모두 배역을 맡는 바람에(나는 드라큘라에게 물려 흡혈귀가 되는 역할) 카메라를 맡을 사람이 마땅치 않았던 것이다. 첫 촬영 때 우연히 카메라를 운반했다는 이유만으로 카메라 담당이 결정되었다.

다시 찍을 시간적 여유가 없어 그대로 상영할 수밖에 없었다. 문화제 당일, 우리 교실에는 다른 반 아이들이 눈을 휘둥그렇게 뜰 만한 최신 음향 기기가 속속 운반됐다. 벽 여기저기에 붙은 포스터도 근사했다. 그런 상황만으로 보면 대단한 영화가 상영되리라고 기대할 만했다.

우리는 여러 교실을 돌며 다른 반 아이들이 만든 영화를 봤다. 하나같이 그렇고 그런 수준이었다. 하지만 적어도 카메라의 초점은 맞아서 출연자의 얼굴을 알아볼 수 있었다.

"너 '흡혈귀 드라큘라' 봤어?"

옆에서 말하는 소리가 들렸다. 우리는 귀를 쫑긋 세웠다.

"아니, 지금 보러 가려고."

"안 보는 게 나을걸."

"왜?"

"뭘 찍었는지 도무지 알 수가 있어야지. 너무 흐릿해서 말이야."

"이상한 영화네."

우리는 말없이 그 자리를 빠져나왔다.

지난해와 달리 우리 영화는 파리를 날렸다. 몇 안 되는 관객마저 영화가 끝나자 돈을 돌려 달라고 했다. 결국 이틀 예정이었던 상영이 하루로 막을 내렸다.

그 1년 뒤 열린 문화제에서 우리는 군고구마를 팔았다.

잔반 제조 공장

몇 년 전 쌀 부족 사태가 났을 때 재미있는 기사를 읽었다.

사이타마현 니이자시에 있는 어느 양돈장에서는 공장 사원 식당과 병원에서 나온 잔반을 모아 돼지에게 사료로 줘 왔는데, 쌀 부족으로 잔반의 양이 줄어들자 하는 수 없이 빵가루 공장에서 빵 가장자리 부분을 구해 와서 사료로 주고 있다는 것이었다. 니이자시는 당시 내가 살던 곳이다. 양돈장이 많아 조깅할 때면 숨을 참으며 그 앞을 통과하곤 했지만, 태평하게 꿀꿀거리는 돼지 녀석들에게 그런 어려움이 닥친 줄은 몰랐다. 기사에 따르면 빵을 사료로 주면 돼지의 육질이 좋아지지만, 돼지들은 역시 빵보다는 쌀을 좋아해서 빵을 잘 먹지 않는다고 했다.

사이타마현의 돼지가 그런 고통을 겪는 동안 오사카 센슈의 돼지는 매우 풍요로운 식생활을 누리고 있었다. 매일매일 새하얀 쌀밥으로 가득한 드럼통이 몇 개나 배달되었던 것이다. 상황이 그러니 오사카의 양돈업자들은 쌀 부족에 관한 보도를 보고 고개를 갸웃할 수밖에 없었다. 드럼통에 가득 담긴 잔반의 출처는 주변 병원과 식당, 학교였다.

여기까지 읽고 나는 과연 그럴지도 모르겠다고 생각했다.

오사카의 학교, 특히 초등학교에서 나오는 잔반의 양은 다른 지역에 비해 많지 않을까 싶었던 것이다. 내가 초등학교 때의 일을 떠올리면 말이다. 그와 관련해서 아직도 내 가슴에 꺼림칙하게 남아 있는 일이 있다.

유치원에서 초등학교로 올라가기 직전, 내가 불안하게 여겼던 일들 중 하나가 학교 급식이었다. 도대체 뭘 먹일지 두려웠다. 물론 내게는 누나가 둘이 있었으므로 대강의 예비지식은 있었다.

"급식으로 주는 반찬을 볼 때마다 울고 싶어진다니까."

큰누나의 의견은 그랬다.

"한마디로, 형편없어. 각오해야 할걸."

작은누나는 그렇게 충고했다.

그런 말을 듣고서도 두렵지 않다면 이상한 일이다.

초등학교 입학 후 어느 날, 마침내 첫 급식을 먹게 되었다. 그날은 엄마들도 학교에 와서 교실 뒤편에 나란히 선 채 자녀들이 급식을 먹는 모습을 지켜보았다. 수업 참관의 급식 버전이라고 생각하면 된다.

나는 두근대는 마음을 억누르며 급식이 배급되길 기다렸다. 당시에는 가리는 음식 없이(지금은 한두 가지가 아니다. 어른이 되어 편식을 해 보는 것이 어릴 적 꿈이었다) 당근이건 피망이건 잘 먹었지만, 누나들이 그토록 투덜거리는 음식이 대체 어떤 것일지 전혀 상상이 가지 않아 불안하기만 했다.

드디어 6학년 형과 누나들이 황동색으로 빛나는 거대한 양동이를 들고 나타났다(1학년 급식을 운반하는 일은 6학년 담당이었던 것 같다). 양동이는 2개로, 한쪽에는 음식, 다른 한쪽에는 우유가 들어 있었다. 이어서 빵과 식기도 운반됐다.

먼저 식기를 나누어 주었다. 큰 접시 하나에 반찬용과 우유용 그릇이 하나씩이었다. 모두 알루미늄제였다. 큰 접시는 세 칸으로 나뉘어 빵이나 반찬을 담을 수 있게 되어 있었다.

마침내 급식이 시작됐다.

이 글을 읽는 독자들은 믿기 힘들겠지만, 나는 기념할 만한 초등학교 첫 급식의 메뉴를 완벽히 기억한다. 핫도그 빵 2개에 흰 우유와 따뜻한 야채수프, 통조림 귤이었다. 빵 옆에는 종이에 싸인 네모난 마가린이 놓여 있었다. 겉보기에는 그렇게 맛이 없을 것 같지 않았다.

나는 먼저 야채수프를 조심조심 입으로 가져갔다. 그것이야말로 누나들이 말한 '형편없는' 음식일 거라고 예상했기 때문이다. 첫 숟가락을 입에 넣을 때는 혀가 긴장했다.

그런데 괜한 긴장이었다. 야채수프는 그런대로 먹을 만했다. 맛있다고 하기는 힘들어도 이 정도라면 먹을 수 있겠다 싶었다. 다음은 우유. 소문에 따르면 탈지분유였는데 그것 또한 맛있는 정도는 아니어도 일단 우유 맛은 났다. 합격점을 주기로 했다. 빵은 갓 구운 듯 폭신폭신했다. 혀 끝에 느껴지는 감촉도 좋았다.

결국 이날 나는 급식을 남김없이 먹었다. 배가 고프기도 했지만, "아, 맛있다."라고 말해도 이상할 것이 없었다.

급식이 끝난 후 엄마와 함께 집에 돌아왔다. 메뉴에 관한 우리의 의견은 "그 정도면 괜찮다."로 일치했다. 누나들의 얘기를 듣고 걱정하던 엄마도 안심하는 눈치였다.

하지만 내 말을 들은 작은누나는 흥, 코웃음을 치더니 "순진하긴." 하고 입술을 일그러뜨렸다. 내가 "왜?" 하고 물었지만 누나는 대답하지 않은 채 의미심장하게 히죽히죽 웃을 뿐이었다.

그 기분 나쁜 웃음의 의미를 이해한 것은 그다음 날 급식 시간이었다. 물론 그날부터는 엄마들이 급식을 참관하지 않았다.

전날과 마찬가지로 6학년생이 급식을 가져왔다. 식기도 어제와 같았다. 그런데 양동이에 담겨 있는 음식을 보고 나는 저게 대체 뭐지, 하고 고개를 갸우뚱거렸다. 어제는 김이 날 정도로 따뜻한 야채수프가 들어 있던 곳에 오늘은 진흙투성이 자갈 같은 것들이 들어 있었다. 그 사이사이에는 둥그런 모양의 종잇조각 같은 것들도 들어 있었다. 김이 나기는커녕 그릇에 손을 대면 차가울 정도였다.

알루미늄 숟가락으로 그 음식을 찔러 봤다. 자갈이라고 생각했던 것은 고구마와 당근을 조린 것이고, 종잇조각은 채소 잎이었다. 떫은 것 같기도 하고 풋내 같기도 한 묘한 냄새가 났다. 식욕이 급격히 떨어지는 느낌이었다. 다른 아이들도 마찬가지인 듯했다. 다들 급식에 손을 대지 않은 채 멍하니 앉아 있었다. 여학생 중에는 우는 아이도 있었다.

반찬이 이 지경이니 다른 것은 말할 필요도 없었다. 이날 나온 탈지분유는 흰색이 아니었다. 옅은 갈색에 가까운 이상한 색이었다. 눈으로 보기에도 이러니 맛은 어땠겠는가.

빵은 물 먹은 스펀지처럼 탄력이 없는 데다 축축했다.

그리고 어제 통조림 귤이 놓여 있던 곳에는 생뚱맞게도 어묵이 놓여 있었다. 간장에 조린 것인데 몹시 맵고 고무처럼 질겼다.

어제와 너무나 다른 요리(라고 불러도 좋을지 의심스럽지만)를 바라보며 나는 나직이 신음했다. 어제는 엄마들이 보고 있으니 특별히 맛있는 메뉴로 준비했다는 걸 어린 마음에도 알 수 있었다. 급식다운 급식은 이제부터였다. 이런 일이 앞으로 6년간 계속되는 것이다. 그렇게 생각하자 정신이 아득해지는 것 같았다. 그제야 누나들의 말이 이해되었다. 전혀 과장이 아니었다.

그날 이후 급식 시간이 조금도 즐겁지 않았다. 텔레비전 만화 같은 데서 골목대장 소년이 "학교에서 즐거운 일은 체육과 급식뿐"이라고 말하는 장면이 곧잘 나오는데, 그건 거짓이라고 본다.

게다가 급식을 더욱 싫어하게 된 결정적인 사건이 1학년 말에 발생했다. 그날 나온 반찬이 아직도 눈에 선하다. 역시 야채수프 같은 것이었는데, 괴상한 색의 국물 속에 양파와 감자가 가라앉아 있었다. 마지못해 숟가락을 담근 순간 수프 속에서 뭔가가 움직였다.

나는 눈을 의심했다. 설마. 눈을 비비고 다시 봤지만 착각이 아니었다. 길이 2센티미터, 몸통 지름이 1밀리미터 정도인 붉은색과 흰색 줄무늬 벌레가 수프 속을 꿈틀꿈틀 헤엄치고 있었다.

수프 그릇을 들고 담임에게 갔다. 만화에 나오는 극성스러운 엄마 같은 인상의, 안경을 낀 중년 여교사가 눈살을 찌푸리며 나를 바라봤다.

"뭐죠? 급식 시간에 돌아다니면 안 됩니다."

다짜고짜 주의를 주는 그녀에게 나는 "이거요."라며 그릇을 내밀었다. 안경을 고쳐 쓰며 그릇을 들여다보던 그녀가 "으악!" 하고 비명을 지르며 뒤로 물러났다. 그리고 허둥지둥 손수건을 꺼내서 입을 가리며 "빨리 갖다 버려요."라고 말했다. 담임이 시키는 대로 한 후 자리로 돌아오니 옆 자리 친구가 뭐냐고 궁금해하기에 "지렁이."라고 대답했다. 친구는 소스라치게 놀라며 수프 그릇을 멀찍이 밀어 놓았다. 가만히 담임을 살펴보니 그녀 역시 자신의 수프 그릇을 유심히 들여다보다가 책상 한쪽으로 밀쳤다. 그날은 아무도 수프에 손을 대지 않았다.

그런데 이 사건은 그 후 전혀 문제가 되지 않았다. 담임이 학교 측에 보고함으로써 급식의 내용물이 극적으로 개선되는 시나리오를 꿈꾸던 나는 크게 실망했다. 담임이 학교에 제대로 보고하지 않은 게 분명했다. 생각해 보니 나의 교사 혐오증은 이때 시작된 것 같다. 먹는 일로 한이 맺히면 일생을 간다.

급식이 몹시 비위생적이었음을 보여 주는 사례는 또 있다. 우리가 3학년 때부터 탈지분유가 우유로 바뀌어 배급되었는데 변질했거나 부패했던 적이 여러 번 있었다. 식기도 매우 불결해서 전날 음식의 흔적이 그대로 있는 경우가 잦았다. 트레이는 뭔가 묻은 형태 그대로 곰팡이가 잔뜩 슬어 있기도 했다.

"소풍 전날은 급식을 먹지 않는 게 좋다."

이 말은 우리의 조크였다. 배가 아프면 소풍을 가지 못하니까.

급식 시간에 우리가 하는 행동은 정해져 있었다. 우선 빵을 한입 베어 문 뒤 그대로 책가방 속에 집어넣는다. 그런 채로 집에 가져가는데, 깜빡하고 며칠이나 그대로 두는 경우도 있었다. 책가방을 싸다 보면 납작해진 빵이 두세 개씩 튀어나오곤 했다. 그 빵의 굳기는 방치한 날수에 비례했다. 개중에는 돌처럼 딱딱해진 것도 있었다. 책가방에서는 늘 빵 냄새가 났고, 책가방을 거꾸로 들고 흔들면 빵 부스러기가 떨어졌다. 반대로 빵에는 책가방 냄새가 뱄다.

그런데 세상에는 이상한 사람도 있는 법이어서, 우리 가게에 드나들던 도매상 아저씨는 유통 기한이 지난 급식 빵을 즐겨 먹었다. 그는 제멋대로 우리 부엌까지 들어와서 그곳에 굴러다니는 급식 빵을 보고는 "이거 먹어도 되나?"라고 묻고 대답을 듣기도 전에 허겁지겁 배 속으로 집어넣었다. 심지어 어이없어하며 바라보는 엄마한테 "아주머니, 커피 좀 주세요."라고 말하는 것이었다. 부모님 말에 따르면 그 아저씨는 구두쇠로 유명해서, 집에서도 딸한테는 제대로 음식을 먹이지만 자기 자신은 장아찌 하나로 밥을 먹는다고 했다. 오사카 상인답다고 생각하겠지만, 그렇게 구두쇠 짓을 하면서도 가게 앞에 세워둔 경트럭에서 백만 엔 상당의 물품을 도난당하는 허술함을 보이기도 했다. 도둑을 맞은 후 그 아저씨가 내 급식 빵을 노리고 찾아오는 일이 더욱 잦아졌다.

내 경우 급식 빵은 이런 식으로 처리했지만 반찬은 집에 가져가지 않았다. 식기에 담겨 있는 반찬을 힐끗 보고 나서 늘 그렇듯 입에 넣을 가치가 없다고 판단되면 망설임 없이 앞에 놓인 알루미늄 용기에 붓는 것이 통상적인 수순이었다. 우유도 마찬가지다. 학생들 대부분이 그러다 보니 알루미늄 용기에 잔반이 순식간에 가득 찼다. 다시 말해서 우리에게 급식 시간은 잔반을 잔뜩 만드는 시간에 지나지 않았던 것이다.

이 잔반은 드럼통에 담긴 후 점심시간이 끝나기 직전에 나타나는 양돈업자의 트럭에 실려 나갔다. 우리는 코를 막은 채 트럭이 사라지는 모습을 지켜봤다.

"만약에 말이지,"

어느 날 친구가 트럭을 바라보며 말했다.

"우리가 급식을 깨끗이 비우면 저 양돈업자가 곤란해지겠지?"

"그야 그렇겠지. 돼지에게 먹일 것이 없어지니까."

"학교가 저 잔반을 파는 건가?"

"글쎄, 그럴지도 모르지."

"그럼……,"

친구는 팔짱을 낀 후 말을 이었다.

"학교로서는 잔반이 많이 나와야 좋겠네."

친구가 하고 싶은 말이 무엇인지 알아차린 나는 입을 다물었다. 우리 학교 급식이 그토록 맛이 없는 것은 잔반을 안정적으로 나오게 하려는 학교 측의 음모 때문이 아닐까 의심하는 것이었다. 아닌 게 아니라 그 의견을 반박

하지 못할 만큼 급식은 맛이 없었다.

급식에 관한 한 그때 이후로 내내 탐탁지 않았다.

꿈의 체육 동아리

#

F대학 합격자 발표 날, 게시판에서 내 수험 번호를 발견했을 때의 기쁨은 지금까지 살아온 인생에서 베스트 10에 들 정도로 행복한 순간이었다. 재수 생활 끝에 시험을 봤고, 거기서 떨어지면 달리 갈 대학도 없었으니 그야말로 벼랑 끝에 몰렸을 때였다. 게다가 F대학 공학부는 지망 학과를 4개까지 쓸 수 있었는데, 제1지망인 전자 공학과에서 이미 떨어진 상태였다. 그 전해에 제1지망부터 제4지망까지, 그러니까 전기, 기계, 화학, 금속, 네 학과에서 모조리 떨어졌던 아픈 기억이 되살아났다. 이럴 줄 알았으면 게이오에 응시하는 허세를 부릴 게 아니라 좀 더 안전한 대학에 지원했어야 했다며 후회했다.

그래서 덜덜 떨며 제2지망인 전기 공학과 쪽으로 갔는데…… 있었다. 수험 번호 10492. 틀림없는 내 번호였다.

"붙었다!"

나는 오른손을 들어 승리의 V 자를 그렸다. 2년이나 기다려 온 순간이었다.

이 감격을 좀 더 진하게 느끼고 싶다고 생각한 순간 왼쪽에서 검은 그림자가 다가와 내 허리를 감쌌다. 깜짝 놀라 바라보니 체격이 좋은 남자가 럭비에서 태클하는 자세로 내게 들러붙어 있었다.

"보트부입니다."

남자가 내 허리에 팔을 두른 채 말했다.

"카레라이스를 준비해 놓았으니 저희 방에 들러 주세요."

"네에?"

"배고프지 않아요? 카레가 맛있게 끓고 있는데요."

"잠깐, 잠깐, 잠깐만요."

나는 남자의 팔을 뿌리치려고 했다. 하지만 훈련으로 단련돼서 그런지 꿈쩍도 하지 않았다.

"합격증을 받으러 가야 하는데요."

"그럼 합격증을 받고 나서 오세요. 오늘 당장 보트부에 들어오라는 건 아닙니다. 와서 설명을 듣고 난 후 카레를 먹고 가시면 됩니다."

"정말 그래도 되나요?"

"물론이에요."

여전히 불안하긴 했지만, 남자의 강철 같은 팔에서 풀려나는 게 우선이었다. 하는 수 없이 승낙했고, 그제야 남자는 나를 놓아주었다.

"그럼 저는 여기서 기다리겠습니다."

합격증을 나눠 주는 사무실 앞에서 남자가 말했다. 주위를 둘러보니 분위기가 비슷한 남자들이 몇 명 서성거렸다. 그들은 서로를 견제하는 눈치였다.

사무실 안으로 들어가서 줄을 서 있는데 뒤에서 누군가 어깨를 툭 쳤다. 돌아보니 뽀글뽀글 파마를 한 남자가 나를 바라보며 히죽거렸다. 아무래도 수험생 같지는 않았다.

"보트부가 귀찮게 하죠?"

뽀글 머리 남자가 내 어깨에 팔을 얹은 채 능글거리며 물었다.

"네, 뭐……."

"그 녀석들이 어지간히 끈질겨야 말이죠. 카레에 속아 넘어가면 안 돼요."

"네."

"그보다……,"

남자는 내 어깨에 얹었던 팔로 어깨동무를 하며 물었다.

"복싱은 어떨까요?"

"네, 복싱……요?"

남자의 코가 내려앉은 모습을 보고서야 그가 복싱부라

는 걸 알아차렸다.

"복싱, 꽤 괜찮아요. 폼도 나고."

내 어깻죽지를 문지르며 말하는 남자의 눈이 반짝였다.

"아니, 저, 그런 건 앞으로 천천히……."

"그러지 말고 우리 방에 잠깐 들러요."

남자는 내가 합격증을 받는 동안에도 내내 옆에 붙어 있었다. 사무실을 나서자 아까 그 보트부 남자가 반색하며 달려오다가 복싱부원이 옆에 있는 걸 보고 얼굴색이 변했다.

"뭐야, 남의 손님을 가로채는 거냐?"

"아직 그쪽 손님으로 결정된 건 아니잖아."

"다 끝난 얘기니까 방해하지 마. 자, 이리 오세요. 저런 놈에게 넘어가서는 안 돼요. 아, 그러고 보니 아직 이름도 묻지 않았군요."

나는 보트부원에게 양어깨를 꽉 붙잡힌 채 뿌리칠 틈도 없이 끌려가기 시작했다. 뒤에서는 복싱부원이 "언제든지 찾아와요, 기다리고 있을 테니까!"라고 소리를 질렀다.

보트부 방은 'F대 체육회 하우스'라는 팻말이 붙어 있는, 금방이라도 무너질 것 같은 건물에 있었다. 방 내부도 낡긴 마찬가지였다. 게다가 어둡고 좁았으며, 당연한 일이지만 더럽기도 했다. 이날은 큰 냄비에 카레가 끓고 있었지만 카레 냄새로 방의 악취를 지울 순 없었다.

"자, 마음껏 먹어요."

보트부 간부로 여겨지는 사람의 지시로 우리 앞에 카레가 놓였다. 나 말고도 납치된 사람이 몇 명 더 있었다.

우리가 카레를 먹는 동안 간부가 보트부에 관해 설명했다. 무슨 대회에서 어떤 성적을 거뒀는지가 주된 내용이었다. 좋았던 시절은 지나가고 이제는 별 볼일 없다는 인상을 받았다.

"……그러니까 우리 보트부는 전통 있는 우수한 동아리란 말이야. 잘 생각해 보고 우리 동아리에 들어오도록. 알겠지?"

우리를 방으로 끌고 온 부원과는 사람과 말투가 완전히 달랐다. 우리는 우물쭈물 말끝을 흐렸다. 아무도 가입할 생각이 없는 듯했다.

"너희들, 카레만 얻어먹고 그냥 가려는 거야?"

간부가 으름장을 놓듯이 말한 후 다른 부원에게 턱짓을 했다. 잠시 후 우리 앞에 종이와 연필이 놓였다.

"학과하고 이름을 쓰도록. 입학식 끝나면 다시 부를 테니까 그때까지 결정하기 바란다."

우리는 벌벌 떨면서 방금 합격한 학과와 이름을 적었다.

그 방에서 풀려난 후 납치되었던 사람들끼리 잠시 얘기를 나눴다.

"보트부만은 절대 들어가지 말라고 고등학교 선배가 그러던걸요. 체육회 전체가 참가하는 동아리 대항 릴레이 마라톤이 있는 모양인데, 보트부는 엄청 빡세대요. 다시 말해서 훈련이 굉장히 심하다는 거죠."

나는 음, 하고 신음 소리를 냈다.

"하지만 입학하고 나면 또 권유하러 올 텐데요."

"그야 그렇겠죠. 카레까지 먹은 마당에……."

다들 생각에 잠겼다. 그리고 서둘러 다른 동아리에 들어가는 것이 보트부의 권유에서 벗어나는 가장 확실한 방법이라는 결론을 내렸다. 대학에 합격한 기쁨을 만끽하기도 전에 새로운 고민거리가 생겨난 것이다.

사실 이런 일을 전혀 예상하지 못했던 건 아니었다. 대학에 입학하면 어딘가 체육 동아리 하나쯤 들어가려고 마음먹고 있었다. 중학 시절부터 스스로에게 한 약속 같은 것이었다. 그래서 재수하면서도 매일 아침 달리기를 빼먹지 않았고, 팔굽혀펴기도 하루에 80번씩 했다. 이 두

가지 운동만 제대로 해 두면 어느 체육 동아리에 들어가더라도 크게 고생하지 않는다는 것이 오랜 경험에서 나온 지혜였다.

중학 때는 검도부에서 활동했다. 무술을 한번 해 보고 싶었다. 남자다운 운동이라는 이미지가 있는 데다 장비도 멋졌다. 하지만 훈련은 힘들었다. 특히 검도부에 갓 들어갔을 때는 정말이지 지옥 같았다. 그때까지 선배들에게 눌려 지냈던 2학년생들이 드디어 노예가 생겼다며 우리를 심하게 다루었기 때문이다. 어떻게 하면 몸을 강하게 단련시키느냐가 아니라 어떻게 해야 가장 효율적으로 괴롭힐 수 있느냐에 초점을 맞춰 훈련 내용이 결정되었다. 토끼뜀이라든가 무릎을 뻗고 하는 복근 운동 등, 요즘에는 몸만 상하게 하고 트레이닝 효과가 없어서 하지 않는 훈련을 시키는 것도 모두 상급생의 가학적인 심리 때문이었다. 더 나아가 휴식 때 물을 마시지 못하게 하는 일도 자주 있었다. 요즘은 이런 말도 안 되는 요구를 하는 지도자가 없다. 오히려 수분을 충분히 보충하도록 지도하곤 한다. 이것 역시 고통은 곧 훈련이라는 어리석은 생각에서 기인한 결과다.

하지만 훈련의 고통이란 언젠가는 익숙해지는 법이다.

그리고 2학년이 되면 괴롭힘을 당하는 일도 없어진다. 끝까지 적응하지 못했던 것은 땀에 전 검도복과 보호 장구를 착용하는 일이었다. 특히 한여름에 호면(얼굴과 머리를 보호하기 위해서 쓰는 장비 – 옮긴이)을 쓰면 악취가 너무 지독해 코가 헐 지경이었다. 땀으로 젖은 검도복을 다음 날 다시 입을 때 느끼는 불쾌감도 견디기 힘들었다. 장마로 인해 축축하고 서늘한 날씨가 연일 계속되던 어느 날, 오늘도 땀이 마르지 않아 차갑겠지, 하고 검도복 소매에 팔을 꿰는데 평소의 냉랭한 감촉이 느껴지기는커녕 따스한 느낌마저 들었다. 웬일인가 싶어 옷을 벗고는 깜짝 놀라고 말았다. 검도복 등 쪽에 곰팡이가 빼곡히 슬어 있었다.

고등학생이 되어서는 좀 더 깔끔하게 운동할 수 있는 동아리에 들어가려 했다. 그래서 축구나 럭비처럼 흙탕물에 뒹구는 이미지의 동아리는 일단 제외했다. 내가 선택한 곳은 육상부였다. 이 선택에는 아버지의 한마디가 결정적인 영향을 미쳤다.

"운동 중에는 수영이나 육상이 최고지. 도구를 쓰지 않아서 돈이 들지 않으니 말이야."

수영으로 말하자면 초등학교 때 수련(水練) 학교(스위밍 스쿨 따위의 그럴듯한 곳이 아니다)에 들어갔다가 질린 적이 있어서 육상부를 선택했다.

하지만 솔직히 말해 연습은 재미없었다. '업(up)'에서 시작해 대시(dash)라든가 가속, 메리고라운드 등 훈련의 명칭은 다양했지만 결국 그저 달리는 것이었다. 육상부니까 당연하다고 생각하겠지만, 솔직히 지겨웠다. 게다가 부원의 숫자가 적어서 단거리나 필드 경기 선수가 장거리 종목에 출전해야 하는 일도 많았다. 나도 다리를 다친 주장 대신 역전 마라톤에 나간 적이 있다. 입에서 침을 질질 흘리며 의식이 몽롱해진 채 달렸다. 달리는 도중에 저주의 말을 퍼부었다.

또한 깔끔한 운동이라는 이미지도 금방 무너졌다. 맨발로 스파이크를 신는 바람에 무좀에 걸리기도 했고, 서포트 팬티 하나를 여러 날 입어 습진이 생기기도 했다. 교실 로커에 무좀약이 놓여 있는 이유를 깨달았을 때는 이미 늦은 후였다.

대학에 들어가면 이번에야말로 제대로 세련된 동아리에 들어가리라고 마음먹었다. 땀 냄새 풍기지 않고 무좀과 거리가 먼 동아리를 꿈꿨다. 그건 보트부는 아니었다.

F대 입학하고 며칠이 지났지만 어느 동아리에 들어갈

지 결심이 서지 않았다. 여기저기서 스카우트 경쟁이 벌어지고 있었다.

"테니스부원이 여자들에게 얼마나 인기가 많은데."

"스키부에 들어오면 1년 이내에 반드시 애인이 생기지."

"여자 대학과 연합 활동이 많은 산악부에 들어와."

신입생을 낚는 미끼로 여자를 이용하는 것은 당시 F대에 여학생이 거의 없었기 때문이다. 재학 중에 애인이 생기느냐가 신입생 최대의 관심사임을 간파한 작전이었다. 실제로 그런 미끼를 덥석 물어서 동아리에 들어간 경박한 놈도 꽤 있었다.

어느 날 매점을 향해 가는데 건물 옆 공터에서 묘한 행동을 하는 학생들이 있었다. 벽에 색색의 동심원이 그려진 다다미를 세워 놓고 활을 쏘며 노는 것이었다. 그중 운동복을 입은 두세 명이 지나가는 신입생들에게 말을 걸었다.

"양궁 게임 한번 해 볼래요? 공짜인데."

공짜라는 말에 끌려 다가갔다. 게임 센터의 왕자라고 불리던 나는 특히 라이플이나 산탄총 등 슈팅 게임에 뛰어났다.

양궁부원으로 보이는 남자가 내게 활과 화살을 건네줬

다. 과녁까지의 거리가 적어도 10미터는 될 듯했다. 과녁 한가운데에 풍선이 달려 있고 그걸 맞히면 사탕을 준다고 했다. 사탕 따위에는 욕심이 없었지만 게임 센터의 왕자로서 피가 끓었다. 쏘는 방법을 대강 배운 뒤 우선 한 발을 당겨 봤다. 과녁에서 크게 벗어났지만 웬만큼 요령을 터득할 수 있었다. 나머지 화살로 풍선 2개를 터뜨렸다. 다른 신입생도 몇 명 화살을 쏘았지만 아무도 명중시키지 못했다.

"잘하네."

양궁부 남자가 말했다.

"이런 게임 좋아하니?"

"그럭저럭요. 표적 맞히기 게임은 웬만큼 해요."

자랑스럽게 대답했다.

"그럼 우리 양궁부에 들어와. 매일 할 수 있어, 공짜로."

나는 생각에 잠겼다. 양궁, 하면 왠지 세련된 느낌이었다. 그 전해 몬트리올 올림픽에서 도시샤 대학 미치나가 선수가 은메달을 딴 일이 있기도 했고, 종목 이미지도 나쁘지 않았다. 무엇보다 운동부 특유의 시대착오적인 문화와 거리가 멀지 않을까 싶었다.

"생각해 보겠습니다."

그렇게만 말하고 자리를 떴지만, 사실 마음은 상당히 기울어 있었다. 또 하나, 빨리 동아리를 결정하지 않으면 예의 보트부에 끌려갈 우려가 있었다.

며칠 후 양궁부를 찾아갔다. 양궁부 방은 더러운 체육회 하우스 건물이 아니라 당시 간사이 지방에서 유일했던 양궁장 옆 독립 건물에 있었다.

선배들은 친절하고 상냥했다. 즐겁게 지낼 수 있을 것 같아 만족스러웠다.

하지만 순조로운 건 거기까지였다. 첫 번째 연습 날 우리 신입 부원들이 맨 처음 교육받은 내용은 선배에게 인사하는 법이었다. 얼굴을 마주쳤을 때는 "니까."(이건 '안녕하십니까'의 줄임말로 짐작된다), 고마움을 표시할 때는 "니다."(아마도 '고맙습니다'의 줄임말)라고 말하는 것이 기본이었다. 연습 때 소리를 크게 질러야 한다는 점도 철저히 주입시켰다. 그리고 매사에 연공서열을 따졌다. 연습하러 가는 건지 선배의 잡심부름을 하러 가는 건지 알 수 없는 나날이 계속되었다.

이럴 리 없다는 생각이 들었다. 과학적 스포츠인 양궁에 이런 시대착오가 있다니. 이건 뭔가 잘못됐다고 생각했다.

하지만 현실이었다. 그걸 확실히 깨달은 것은 선배들

이 출전하는 리그전에 응원하러 갔을 때였다. 복장에 관한 지시를 들으면서 내 귀를 의심했다. 학생복 차림으로 오라는 것이었다. 중고생이 입는 그 까만 교복 말이다. 더욱이 고등학교 시절에도 사복을 입었던 나로서는 그런 것이 있을 턱이 없었다. 중학교 때 교복은 작아서 입을 수 없었다. 선배한테 사정을 얘기했더니 "무슨 수를 써서든 입고 와."라고 했다. 어처구니없게도 대학생이 되어서 교복을 사는 처지가 된 것이다.

아 참, 매일 공짜로 양궁 게임을 할 수 있다는 얘기 말인데, 우리가 실제로 표적을 향해 활을 쏠 수 있게 된 건 양궁부에 들어와서 2개월이 지난 후였다. 그때까지 두 달 동안은 뭘 했을까. 그저 활을 당기는 자세만 취했다. 그리고 그 사이사이 "니까!" "니다!"를 소리 높여 외쳤다.

장기 없는 놈은 개나 돼라

∬

양궁부에 들어가서 한 달 반쯤 지났을 때다. 연습이 끝난 뒤 선배 하나가 내게 물었다.

"야, 너, 술 좀 하냐?"

옷을 갈아입던 나는 즉시 부동자세를 취했다.

"저, 방금 뭐라고 하셨습니까?"

"잘 마시냔 말이야."

"술, 말입니까?"

"그래."

"아……."

나는 머리를 긁적거렸다.

"뭐, 약간 합니다. 남들만큼은요."

자랑할 만한 일은 아니지만 나는 중학생 때부터 맥주를 무척 좋아했다. 물론 지금도 좋아한다.

"그래?"

선배는 내 얼굴을 물끄러미 바라보다가 빙그레 웃더니 내 어깨를 툭툭 두드렸다.

“그럼 다음 주에 한번 실컷 마셔 보자.”

그리고 선배는 사라졌다.

그때 뒤에서 누군가 말했다.

“야, 너 바보냐?”

돌아보니 같은 양궁부원 K였다.

“왜?”

그러자 K가 목소리를 낮추어 얘기했다.

“그런 말을 했으니 다음 주에 있을 신입생 환영회 때 엄청 마셔야 할걸.”

“헉.”

“나는 술을 전혀 못 마신다며 버틸 생각이야.”

“그게 통하겠어?”

“모르지. 그래도 잘 마신다고 광고하는 것보다야 낫지.”

으, 하고 나는 신음했다.

우리 대학 양궁부에서는 4월 리그전을 마지막으로 4학년생은 실질적으로 은퇴하고(개인전에는 출전) 팀 운영을 3학년생에게 넘긴다. 3학년생이 간부가 되는 것이다. 동시에 1학년 신입 부원들은 정식 부원으로 인정받는다. 그래서 그런 일들을 축하하는 의미에서 환영회가 열리는데, 솔직히 말해 우리 1학년생들은 그런 환영 따위 해 주지 않아도 괜찮아요, 라고 말하고 싶은 심정이었다. 그날 선배들이 얼마나 술을 억지로 먹이는지 소문을 들어 잘 알기 때문이었다.

신입 부원은 10여 명이었던 걸로 기억한다. 우리는 환영회 날이 다가오자 찻집에 모여 대책을 논의했다.

"음주 전에 푸른 채소를 많이 먹어 두면 덜 취한다더라."

"아니야, 기름진 음식이 좋대. 위에 기름으로 코팅을 하는 거지."

"일단 화장실에 자주 가고, 물을 많이 마시는 게 최고야. 알코올 농도가 옅어지거든."

각자 나름대로 덜 취하는 비법을 공개했다. 우리는 진지하게 그 말에 귀를 기울였다. 그중에서도 지금까지 한 번도 술을 마셔 본 적이 없는 친구들이 필사적이었다. 여러 고등학교에서 모이다 보니 그런 녀석도 있었다. 그때부터 우리는 훈련이 끝나면 알코올 미체험자들을 저렴한 펍이나 호프집으로 데리고 다니면서 술 마시는 연습을 시켰다. 개중에는 너무 많이 마셔서 다음 날 일어나지 못할 정도로 취하는 녀석도 더러 있었다.

선배들의 알코올 공세만 골치 아픈 것이 아니었다. 어느 날 2학년 선배가 말했다.

"각자 장기를 최소한 두 가지씩은 준비해야 해. 선배들이 재미없다고 하면 다시 해야 하니까 말이야."

"다시 해도 재미없다고 하면 어떻게 해요?"

"그때는 정종을 연거푸 두세 컵 마셔야 해. 토하도록 마시는 거지. 그게 신입생 환영회의 규칙이야."

으, 하며 우리는 몸을 부르르 떨었다.

마침내 환영회 날이 왔다. 복장은 당연히 학생복이었다. 체육 동아리는 행사 때마다 학생복을 입었다.

장소는 난바에 있는 모 음식점. 우리 신입 부원들은 가게 입구에 나란히 서서 선배들이 오기를 기다렸다. 그리고 선배로 보이는 사람이 나타나면 일제히 "니까."(앞에서도 설명했지만, 아마도 '안녕하십니까'의 약어)라고 인사할 채비를 했다. 하지만 신입 부원이 한참 위 선배의 얼굴을 알리 없다. 그래서 얼굴 체크 담당으로 2학년 선배가 옆에서 대기했다. 멀리 바라보다가 "아, ×× 선배다. 저기 흰 양복 차림에 선글라스를 낀 사람 말이야. 아직, 아직. 인사하지 말고 기다려. 저 전신주 옆을 통과하면 인사하는 거야." 하는 식으로 지시하는 것이었다. 그러면 1학년생들은 지시에 따라 "니까!"라고 인사하거나 선배를 방까지 안내했다.

솔직히 말해 창피한 관습이다. 지나가는 사람들이 하나같이 불쾌하게 바라보는 것도 무리가 아니었다.

이렇게 해서 선배들까지 모두 모인 후 환영회가 시작되었다. 테이블 위에는 스키야키가 준비되어 있다. 물론 그걸 얼마나 내 입에 넣을 수 있을지는 의문이었다. 그날 1학년은 회비가 면제였다. 하지만 공짜로 스키야키를 먹일 만큼 체육 동아리가 만만하지 않을 것이다.

커다란 방에 선배들이 적당히 흩어져 앉아 있었다. 군데군데 빈자리를 남겨 둔 건 거기에 신입생을 앉혀서 한껏 귀여워하겠다는 심산임이 분명했다. 그 사실을 알면서도 거부할 방법이 우리에게는 없었다.

"그래, 너는 거기. 그리고 너는 내 옆으로 와. 뭐, 싫어? 싫으면 어쩔 수 없지. 나중에 내가 그쪽으로 가서 대작하는 수밖에."

"이봐, 내 옆에도 귀여운 신입 부원을 앉혀 줘. 이 많은 맥주를 어떻게 나 혼자 마시겠어?"

어찌 된 영문인지 선배들의 말투가 하나같이 끈적끈적한 점액질처럼 느껴졌다.

주장의 인사에 이어 동아리 고문의 말과 코치의 격려사가 끝나고 환영회는 마침내 본론으로 접어들었다. 스키야키가 보글보글 끓기 시작하고 맥주병이 하나둘 열렸다.

1학년생들이 하나씩 돌아가며 인사를 하는데 짓궂은 질문이 터져 나왔다.

"간부 중에 누가 제일 무섭지? 솔직히 말해도 돼."

이런 질문을 하는 사람은 대개 졸업한 선배였다. 이때 "네, 저, A선배입니다."라고 정직하게 대답한 신입생은 "뭐야, 내가 무섭다고? 그럴 리가 있나. 너, 잔 들고 이리 와. 아무래도 무슨 오해가 있는 것 같은데, 같이 한잔하자."라는 말과 함께 A선배에게 불려 갔다. 그렇다고 "무서운 선배, 없습니다. 모두들 친절하게 대해 주십니다."라고 대답한 신입생도 무사하지는 않았다.

"뭐야?"

여기저기서 반문하는 목소리가 터져 나왔다.

"선배 따위는 전혀 무섭지 않다는 건가? 자네, 우리를 우습게 아는군. 질서를 바로잡아야지, 안 되겠어. 이봐, 이쪽으로 와."

"그래, 그쪽에서 얘기가 끝나면 이쪽으로도 좀 와."

"그다음은 나."

이런 식으로 자기소개가 끝난 후 장기 자랑 순서가 되었다. 하지만 대학에 갓 들어온 햇병아리들에게 술에 취한 선배들을 즐겁게 해 줄 재주가 있을 리 없었다. 노래를 부른 나는 듣기 괴로웠다는 이유로 맥주 한 병을 단숨에 마시는 벌칙을 받았다. 그다음 신입 부원은 찬불가를 불렀다가 분위기를 깨뜨렸다는 이유로 술 석 잔을 연거푸 마시는 벌이 주어졌다. 그래도 뭔가 내세울 만한 장기가 있는 사람은 그나마 나았다. 아무것도 하지 못한 녀석은 '옷 벗기 게임'의 희생양이 되었다. 선배들끼리 가위바위보를 해서 진 사람 옆에 앉은 신입 부원이 선배 대신 옷을 벗는 추잡한 게임이었다. 당시에는 아직 여자 부원이 없었기에 그런 게임이 가능했을 것이다.

신입생들의 시시껄렁한 장기 자랑이 끝나고 선배들이 비장의 장기를 선보일 차례가 되었다. 그 장기란 대부분, 아니 예외 없이 외설적인 노래였다. 어느 것 하나 들어 본 적이 없는 노래로, 남녀 성기의 속칭이 거침없이 튀어나왔다. 양궁부에서 대대로 전해 내려오는 것이라고 했다.

우리 동아리의 코치는 뮌헨 올림픽에 출전한 경험이 있는 가지카와 히로시라는 사람이었는데, 그 위대한 가지카와 씨가 젓가락으로 그릇을 두드리며 "진보 법련화경, 고추 법련화경, 한 치로는 넣기에 부족하지. 진보 법련화경, 고추 법련화경, 두 치로는……."이라고 노래를 부르는 모습을 보면서 엄청난 문화적 충격을 받았다.

이런 일이 벌어지는 와중에도 신입 부원들은 계속 술을 마셔야 했다. 게다가 일본주나 맥주만 줄 뿐 스키야키는 파 쪼가리 하나 먹을 수 없었다. 채소를 많이 먹어 둔다든가 기름진 음식으로 위를 코팅한다든가 하는 대책은 실천할 도리가 없었다. 텅 빈 위장에 알코올을 흘려보내는, 취하기 딱 좋은 상황에 빠져 버린 것이다.

개중에는 이런 선배도 있었다.

"저런, 불쌍해라. 고기가 먹고 싶지? 먹고 싶으면 먹어. 자, 어서."

이런 식으로 스키야키 고기를 먹게 해 주는데, 날름 받아먹으면 지옥이 기다리고 있었다.

"어, 먹었네. 두 점인가? 한 점에 한 잔이니까 합해서 두 잔이군. 자, 마셔."

그러고는 잔에 술을 콸콸 따라 주며 이렇게 말했다.

"원샷하는 거야. 도중에 멈추면 한 잔 더 줄 테니 그런 줄 알고."

'원샷'이라는 말이 유행한 건 그로부터 수년 뒤의 일이지만 우리 사이에서는 그때 이미 관용구로 통했다.

환영회가 시작된 지 한 시간이 지나자 1학년 중에서 화장실로 달려가는 녀석이 늘어났다. 눈동자가 풀린 채 쭈그리고 앉아 움직일 줄 모르는 녀석, 바닥에 큰대자로 뻗어 버리는 녀석도 나왔다. 물론 그런다고 선배들이 봐주지는 않았다.

"뭐야, 왜들 이렇게 얌전해? 벌써들 술이 깬 거야? 좋아, 좀 더 취해 보자고."

이렇게 말하면서 신입생의 입에 술병을 대고 들이부었다. 그러면 그 신입생은 곧장 화장실로 달려가서 욱, 욱, 토했다. 테이블 위에 있는 술을 신입생의 위장을 양동이 삼아 화장실로 나르는 형국이었다.

환영회 시즌이라 음식점에는 우리 말고도 비슷한 그룹이 더 있었고, 화장실은 신입생처럼 보이는 녀석들로 만원이었다. 칸막이 안에서는 신음 소리가 끊임없이 흘러나왔다. 소변기에 토하는 녀석도 있었고, 세면대 배수구가 토사물로 막히기도 했다.

벌주로 일본주 한 잔을 단숨에 들이켜고 곧장 화장실에 가서 토한 내가 화장실 옆에 있는 긴 의자에 드러누워 한숨 돌리고 있을 때였다. 바로 앞에 놓인 텔레비전에서는 자이언트 대 한신의 프로 야구 경기가 중계되었다. 자이언트의 투수는 이날이 프로 야구 첫 등판인 에가와 스구

루. 의식이 몽롱한 가운데서도 나는 오사카가 연고지인 한신을 응원했다. 그리고 한신의 마이크 라인백 선수가 홈런을 치자 자리에서 벌떡 일어나 "그렇지!" 하며 박수를 쳤다. 그것이 자충수였다.

누군가 어깨를 두드려 뒤를 돌아보니 양궁부 간부 중에서도 술버릇이 최악이라는 T선배가 히죽거리고 있었다.

"즐거운가 보네. 야간 경기인가?"

"아니, 그게……. 지금 막 방으로 돌아가려고……."

"야간 경기에는 역시 맥주지. 아니면 일본주가 나으려나?"

"아닙니다. 맥주로 하겠습니다."

"알았어, 알았어. 그럼 맥주 한잔하러 가자고."

T선배에게 끌려 방으로 돌아온 나는 '흐르는 소면' 방식으로 술을 마시게 되었다. 그게 어떤 방식인지는 상상에 맡기겠다. 아무튼 죽는 줄 알았다.

그런 식으로 두 시간이 흐르고 환영식이 끝났다. 마지막에는 다 함께 F대학 학생가를 합창한 후 빙 둘러서서 구호를 외쳤다. 주위에는 신입생들이 넝마처럼 쓰러져 있었다.

2학년생과 비교적 덜 취한 신입생들이 취한 사람을 챙

기기로 했다. 내가 맡은 녀석은 술을 전혀 못 마신다며 버티겠다던 K군이었다. 그는 술을 못 마시는 척하며 잔꾀를 부리다가 선배들의 역린을 건드려 결국 누구보다도 많이 마시고 말았다.

"야, 괜찮아?"

"으으……."

그는 서 있기조차 괴로운 듯했다. 위가 비어 있어 더는 토할 것도 없는 모양이었다. 그런 그에게 가지카와 코치가 다가와 "물을 마시면 속이 편해질 거야."라고 말했다. 하지만 길거리에 물이 있을 리 없었다. 그러자 가지카와 코치가 어디선가 호스를 끌어왔다. 도로에 물을 뿌리는 용도로 설치된 호스였다. 호스 끝에서 물이 줄줄 흘렀다. 가지카와 코치는 그걸 K군 입에 꽂아 넣고 마시라고 했다. K군이 얼굴을 찡그리며 물을 꿀꺽꿀꺽 마셨다.

"목구멍에 손가락 찔러 넣고 마신 물을 토해 봐."

K군이 코치가 시키는 대로 했다. 그가 토해 낸 물은 빨간빛으로 물들어 있었다.

"가, 가, 가, 가지카와 코치님! 피, 피가 섞여 있어요."

내가 놀라서 소리치자 코치는 K군이 토한 것을 바라본 후 "음……." 하며 그의 등을 두드렸다.

"뭐, 좀 많이 마셨나 보군. 앞으로는 주의하게."

그러고서 "뒷일은 자네에게 맡기겠네."라고 말한 뒤 사라졌다.

결국 K군은 그 후 사흘 동안 학교에 나오지 못했다. K 외에 다른 2명도 급성 알코올 중독으로 병원 신세를 졌다.

이 일에 대해 어느 간부는 "이번 신입생 환영회는 성과가 부족했다."라고 평했다.

사이비 이과형 인간의 비애

⊗

내 이력을 떠올릴 때마다 신기하게 생각되는 일이 있다.

왜 전기 공학과에 들어갔을까.

물론 내가 지망했고 합격했기 때문이겠지만, 도대체 왜 그런 곳을 지망했을까.

사실 전기 공학과는 제2지망이고 제1지망은 전자 공학과였다. 그럼 전자 공학과를 지망했던 이유는 무엇일까.

이유 따위, 없었다.

솔직히 말해서 '그냥' 지원했던 것이다.

그냥 전자 공학과를 제1지망으로 했다. 그러자 지극히 자연스럽게 전기 공학과가 제2지망이 되어 버렸다.

그럼 '그냥'을 유발한 정체는 무엇일까.

그것은 "앞으로는 컴퓨터의 시대다."라는 한마디였다. 누가 그런 말을 했는지는 모른다. 어쨌든 정신을 차려 보니 주위 사람들이 다 그렇게 말하고 있었다. IC의 의미조차 모르는 아줌마들까지 '컴퓨터'라는 단어를 되뇌었다.

고등학생이던 내 머릿속에도 그 단어가 스며들었다. 컴

퓨터, 하면 전자 공학이라는 인식이 성립되어 전자 공학과를 택했던 것이다.

그것이 진실이다.

청소년들에게 충고한다. 나처럼 안이한 이유로 진로를 결정해서는 안 된다. 특히 이과를 지망하는 사람은 다시 한 번 생각해 보기 바란다.

얼마 전 신문에서 어린이들이 갈수록 이과에서 멀어진다는 기사를 봤다. 그래서 이과 교육자나 과학자들이 걱정스러워하면서 인류에게 위기가 닥칠 것이라고까지 경고한다는 것이다.

그들에게 시비를 걸 생각은 없다. 하지만 내 의견을 말하자면, 나는 사람들이 어느 정도 이과에서 멀어져도 괜찮다고 본다. 아니, 오히려 정열과 결의가 넘치는 사람 외에는 이과를 피하는 것이 좋다고 생각한다.

이과의 길은 험난하다. 배워야 할 것이 많은 데다 하나같이 난해하다. 수학을 싫어하는 사람들은 도대체 미분, 적분이나 삼각 함수가 살아가는 데 무슨 도움이 되느냐고 목소리를 높이지만, 그건 이과의 세계에 사는 사람들이 들으면 가소롭기 짝이 없는 얘기다. "미분? 적분? 삼각 함수? 그런 애들 장난 같은 수학은 아무짝에도 쓸모가 없다고. 실제로 도움이 되려면 거기서 몇 걸음 더 나아가야 해."라고 그들은 말할 것이다. 물리나 화학, 생물, 지구 과학 등 모든 이과계 학문이 마찬가지다. 그렇다면 이과계 학문을 이해할 수 있는 사람은 소수에 지나지 않는다는 결론이 나온다. 그러므로 그런 능력도 없으면서 멋대로 자신을 이과형 인간으로 오해하고 이과의 길에 발을 들여놓으면 이루 말할 수 없는 고초를 겪게 된다.

내가 바로 그랬다.

나는 고등학교 때까지 수학과 물리학, 화학에는 자신이 있었다. 내가 풀지 못할 문제가 없고, 어쩌다 컨디션이 안 좋을 때나 서두르다가 실수로 틀릴 뿐이지 실력만 제대로 발휘하면 백 점은 문제없다고 자만했다. 그래서 오사카 F대 전기 공학과에 들어간 것이다. 그 시점에는 여전히 착각에 빠져 지냈다. 다시 말해서 자신이 이과형 인간이라고 믿었다. 그리고 대학 강의가 시작되었다.

그래도 1학년 교양 과정까지는 괜찮았다. 2학년이 되어 전공과목이 늘어나면서 문제가 불거졌다. 그때부터 머리에 쥐가 나기 시작한다. 그리고 3학년이 되어 학점에 신경이 쓰이기 시작할 무렵에는 다음과 같은 결론에 도달한다.

틀렸어. 나는 이과에 소질이 없어. 실패했어.

이를테면 '전자기학(電磁氣學)'이라는 것이 있다. 영국의 물리학자 맥스웰이 집대성한 학문으로, 그가 만든 '맥스웰의 방정식'은 전자기학의 기초로 불리는데, 그 뜻이 사전에는 이렇게 나와 있다.

'전자장의 운동 법칙을 규정하는 방정식. 전기장의 강도와 자기장의 강도를 4개의 편미분(偏微分) 방정식으로 표현했다. 전하(電荷) 밀도와 전류 밀도 및 경계 조건을 부여하면 이 방정식에 의해 전자장이 결정된다.'

문과계 사람이 보면 이게 대체 무슨 소리냐고 반문할 것이다. 그러나 실은 나의 이해도 역시 그들과 별로 다르지 않다. 전에는 이해했는데 이제는 잊어버렸다는 뜻이 아니다. 현역 학생 시절부터 그랬다.

전공과목 중에는 이렇게 난해한 학문(물론 내게 그렇다는 말이다)이 즐비했다. 교수들은 마치 신변잡기를 얘기하듯 강의했지만 나는 그 내용이 전혀 머릿속에 들어오지 않았다. 물론 일본 말이니까 알아듣기는 했지만 그것이 뇌 속에서 하나도 소화되지 않았다는 뜻이다.

고민 끝에 나는 이과형 인간이 아니라는 결론을 내렸다. 그렇다고 문과형이었냐 하면 그렇지도 않다. 국어도 영어도 사회도 성적이 보잘것없었다. 요컨대 아무짝에도 쓸모없는 인간이라는 얘기였다.

한번은 친구들한테 그런 속내를 조심스럽게 털어놓은 적이 있다. 그러자 놀랍게도 그 자리에 있던 친구들의 얼굴빛이 하나같이 어두워지면서, 실은 자기들도 요즘 들어 그런 생각이 든다는 것이었다. 맥스웰이라는 이름을 듣기만 해도 두드러기가 돋는다는 녀석도 있었다.

"이과 전공으로 먹고살 수 있는 사람은 극소수일 거야."

한 친구의 말에 우리는 모두 고개를 끄덕였다. 그리고 자신들을 '사이비 이과형 인간'이라고 명명했다.

당연히 그런 사실을 자각했다고 해도 되돌릴 길은 없었다. 거기까지 온 이상 어떻게든 대학을 졸업하고 어느 기업체의 인사부를 감쪽같이 속여서 기술직 샐러리맨으로 취직해야 했다. 거기서 조금 더 욕심을 부리자면 그렇게 들어간 회사에서 자신이 사이비 이과형 인간이라는 사실을 숨기고 정년이 될 때까지 버티는 것이다.

사이비 이과형 인간과 진짜 이과형 인간의 차이는 확연했다. 실험 때면 그 차이가 두드러지게 나타났다. 대여섯 명이 조를 이루어 하나의 주제를 다루는데, 그럴 때 무슨 일을 어떻게 하는지 눈여겨보면 누가 사이비이고 누가 진짜인지 명백히 드러났다. 능숙하게 지시를 내리고 낯선 계측기에 적극적으로 달려드는 사람은 진짜고, 그들의 지시에 따라 움직일 뿐 지시가 틀려도 눈치채지 못하는 사람은 사이비다. 또한 사이비는 절대로 먼저 나서서 기기에 손을 대려 하지 않았다. 그런 점에서 그들은 비디오 덱에 가까이 다가가지 않는, 세상의 아저씨 아줌마 들과 비슷했다.

실험이 시작되면 사이비는 진짜 앞에서 고개를 들지 못했다. 그리고 아무리 욕을 먹어도 굽신거렸다. 진짜가 없으면 실험이 불가능하기 때문이었다. 비극은 전원이 사이비 이과형 인간인 그룹이다. 하필이면 우리 그룹이 바로 사이비 이과형 인간의 집합체였다.

실험할 때가 오면 우리 그룹은 하나같이 기록을 담당하겠다고 나섰다. 기록 담당자가 하는 일은 실험자가 읽어주는 것을 기록하여 그래프로 만드는 것이다. 실험에 직접 관여하지는 않지만 마치 실험에 참여하는 것처럼 보이는, 사이비 이과형 인간에게는 최적화된 일이다. 음악계로 말하자면 작곡에 참여하는 것처럼 보이지만 사실은 완성된 곡을 악보에 옮겨 적는 일을 하는 것이나 마찬가지다.

가위바위보로 기록 담당자가 결정되면 마침내 실험이

시작된다. 하지만 시작부터 순조롭지 못하다. 지휘하는 사람이 없으므로 실험을 조직하는 데 시간이 오래 걸린다. 조직이 끝나도 제대로 되었는지 판단할 만한 사람이 없다. 하는 수 없이 그런 상태로 실험이 시작되기는 하지만, 실험의 내용과 목적을 파악하지 못했으므로 실험에서 얻은 데이터가 옳은지 어떤지 알지 못한다. 몇 시간 동안 계속해서 무의미한 데이터를 얻은 적도 있다. 그럴 때는 처음부터 다시 한다. 실험하는 우리도 고생이지만 감독하는 조교도 딱하다.

게다가 실험은 데이터를 얻는 것으로 끝나지 않는다. 일주일 후면 그 데이터를 분석한 결과를 보고서로 써서 제출해야 한다. 특히 힘들었던 부분은 자신의 생각을 쓰는 것이었다. 우리는 늘 이런 식이었다.

'……그런 이유로 이상적인 히스테리시스 곡선은 얻지 못했지만, 매우 흥미로운 실험이었습니다. 앞으로는 좀 더 제대로 된 결과를 얻고 싶습니다. 이상.'

이래서야 초등학생의 나팔꽃 관찰 일기나 다를 것이 없지 않은가. 스스로 보기에도 한심하기 짝이 없었다.

하지만 학점이란 관점에서 볼 때 실험은 고마운 존재였다. 일단 출석만 하면 비록 엉터리일지라도 보고서를 내는 것으로 학점을 받을 수 있기 때문이다. 두통거리는 뭐니 뭐니 해도 시험을 통과해야 하는 과목이었다.

공부를 하면 되지 않느냐고 양식 있는 사람들은 말할 것이다. 그렇게만 할 수 있다면 고생할 일도 없을 것이다. 공부로 문제를 해결할 수 있는 사람은 사이비 이과형 인간이 아니다.

우리는 공부만 빼고 뭐든지 했다. 수고도 돈도 프라이드도 아끼지 않았다. 그런 우리에게 최대의 무기는 커닝페이퍼였다. 이 원시적 부정행위야말로 우리의 생명줄이었다.

커닝을 꾀하는 자에게 무엇보다 중요한 것은 앉는 자리다. 청춘 드라마나 소설에는 놀랄 만한 커닝 기법들이 등장하지만 현실은 그렇게 녹록지 않다. 평범한 방법이 최고였다. 시험 감독관의 시선이 닿지 않는 자리를 확보하는 것은 행실이 바르지 못한 학생들의 철칙 같은 것이었다.

그래서 커닝이 가능한 시험을 볼 때는 학생들 간에 자리 쟁탈전이 치열했다. 교실 문이 열리는 것과 동시에 학생들이 우르르 밀고 들어가 뒷자리부터 차지하는 것이다. 당연히 다툼도 일어났다.

"야, 거긴 내 자리야."

"무슨 소리야, 내가 먼저 앉았는데."

"멍청아, 책상 서랍을 봐. 내 노트가 있잖아."

"어, 이런! 어제 넣어 둔 거 아니야?"

"쓸데없는 소리 말고 빨리 비켜."

"이런 건 안 통해. 대학교 책상은 그때그때 사용하는 사람한테 권리가 있는 거야."

"그렇다면 더욱이 나한테 권리가 있지. 어제부터 사용 중이니까."

"사용 중이라는 증거라도 있어? 이 노트는 깜빡하고 놓고 간 거잖아."

"그런지 안 그런지 네가 어떻게 알아? 내가 사용 중이라면 사용 중인 거지."

"본인의 말은 증거로 인정할 수 없어."

"너도 이 사건의 당사자야. 당사자에게는 객관적인 판단을 내릴 자격이 없다고."

증거, 권리, 객관적 판단 따위의 말을 늘어놓았지만 요컨대 두 사람은 커닝하기 좋은 자리를 놓고 쟁탈전을 벌이는 것뿐이다.

일단 자리를 확보하면 남은 일은 실행이다. 커닝에는 남의 답안지를 훔쳐보는 방법과, 자신이 가진 자료를 보는 방법의 두 가지 유형이 있다. 전자의 경우 특별한 준비가 필요하지 않다. 평소에 머리 좋은 학생과 친해 두었다가 곁눈질만 잘하면 된다.

문제는 후자다.

이번 시험은 커닝 페이퍼로 해결하자, 라고 결심한 것까지는 좋은데 커닝 페이퍼에 뭘 적어 넣어야 좋을지 모른다면 무슨 소용이 있겠는가. 되는대로 이것저것 적어 넣어서야 도움이 될 리 없지 않은가. 내가 애용한 커닝 페이퍼는 폭이 약 4센티미터, 길이 약 10센티미터의 종이를 주먹 안에 들어가도록 아코디언 주름처럼 접은 것이었다. 거기에 제도용 특수 펜을 사용해 가로세로 1밀리미터 크기의 글자를 빼곡히 채워 넣는데, 그 안에 적어 넣을 수 있는 정보에는 한계가 있었다.

정보를 줄이고 줄여 알짜만 남기는 일, 이것이야말로 우리 사이비 이과형 인간이 시험 전에 할 수 있는 최고의 대책이자 생존 수단이었다.

평소에는 한없이 굼뜬 우리지만 시험 직전에는 사람이 돌변했다. 과거 수년 동안의 시험 문제와 해답을 가진 사람이 있다는 말을 들으면 간살맞은 미소를 지으며 그에게 접근해 갖은 아양을 떨어 문제지를 복사해 왔다. 또한 시험 문제의 원전 도서가 발견되면 일주일 치 점심값을 희생해서라도 구입했다. 시험 직전에는 단골 찻집에 틀어박혀 각자 모아 온 자료를 토대로 대책을 강구했다. 그때의 대화는 대략 다음과 같았다.

"최근 몇 년 동안 계속 이런 유형의 문제가 나왔어. 올해도 틀림없이 출제될 거야."

"해법은 알아냈어?"

"아니. 하지만 모범 답안은 있어."

"어디 봐. 아아, 아무래도 이 공식을 쓸 것 같은데. 이 숫자를 M에 대입해서 N을 곱한 다음……."

"잠깐, 잠깐. 여기 비슷한 문제가 있는데, 여기서는 N을 곱하기 전에 평균치를 뺐어. 왜 그런 거지?"

"그러게. 기본적으론 같은 문제로 보이는데, 뭐가 다르지?"

"모르겠어. 너는 알겠어?"

"내가 알겠냐?"

"시험에 나오면 어떡하지? 평균치를 빼야 하나 말아야 하나?"

"때려 맞혀야지, 뭐. 2분의 1의 확률에 맡기는 수밖에."

시험 대책을 논의하면서도 결론은 신에게 맡기겠다는

것이었다. 우리 그룹은 맨 파워라는 점에서는 막강했지만 믿을 만한 브레인이 없다는 것이 최대의 약점이었다. 그도 그럴 것이, 브레인이 그런 멍청한 짓에 가담하겠는가.

이런 식으로 온갖 반칙을 저지르면서 우리는 착착 학점을 따 나갔다. 그리고 예의 전자기학까지 학점을 따는 데 성공한다. 지금 생각해 보면 더없이 부끄러운 일이지만, 맥스웰의 저주에서 벗어난 건 천만다행이었다.

그러나 운이 마냥 좋기만 한 건 아니었다. 커닝 페이퍼에 기댄다는 건 극단적인 도박을 하는 거나 마찬가지다. 그리고 도박은 빗나갈 때가 있다. 백그라운드 지식이 전무한 우리의 경우 도박이 빗나가면 비참한 결과를 맞을 수밖에 없다.

또한 예기치 못한 사고도 일어난다. 전공과목 중 하나를 강의하는 K교수는 첫 강의 시간에 이렇게 말했다.

"나는 시험 문제를 어렵게 낸다. 엄청 어려울 거야. 선배들한테 물어보면 알겠지만, 적당히 공부해서는 풀 수 없다. 그러니까 죽을 각오로 공부하기 바란다."

실제로 강의도 어려웠다. 들어도 도무지 이해되지 않았다. 그래서 들어 봤자 의미가 없다고 판단하고 강의에도 출석하지 않았다.

그런 상태라면 학점을 따는 것도 포기해야 마땅했지만, 혹시나 하는 마음에 우리는 교활하게도 시험만은 보기로 했다. 그 어려운 전자기학에서도 통했는데, 하는 기대감이 있었던 것이다.

이번에도 정보를 모은 후 시험 대책을 세웠다. 커닝 페이퍼를 만들어 용감하게 시험장으로 들어갔다. 남은 일은 좋은 자리를 차지하는 것뿐.

하지만 자리 쟁탈전은 일어나지 않았다. 시험장에는 감독관이 2명 있었는데 그중 하나가 이렇게 말했던 것이다.

"출석 번호 순서로 앉으세요."

내 자리는 맨 뒤였다. 행운이라고 생각한 것도 잠시, 감독관 중 한 사람이 의자를 들고 와서 내 뒤에 앉았다.

이윽고 시험지가 나뉘었다. 커닝 페이퍼를 보면 풀 수 있을지도 몰랐지만 그건 불가능했다.

나는 이름만 쓰고 자리에서 일어났다.

"좋아, 좋아. 남자다운걸."

감독관의 목소리를 뒤로하고 시험장을 나왔다.

연애하고 싶어

♡

'네루톤 홍경단'이라는 텔레비전 프로그램을 매우 좋아했다. 모르는 분들을 위해 설명하자면, 젊은 독신 남녀가 각각 10명씩 나와 집단으로 맞선을 보는 프로그램이다. 맞선 보는 장소는 유원지, 공원, 스키장 등이다. 고백은 대개 남자 쪽에서 하는데, 마음에 드는 여자에게 다가가서 "첫인상부터 마음에 들었습니다. 비록 연하지만 제 마음 받아 주세요."라고 하는 식이다. 고백 도중에 다른 남자가 "잠깐"이라고 외치고 경쟁에 끼어들 수도 있다. 미인 1명에 남자가 3명 몰리는 일은 흔하다.

여자 쪽에서는 상대가 마음에 들면 그의 손을 잡는다. 마음에 들지 않으면 "죄송합니다."라며 고개를 숙인다.

매우 이해하기 쉽고 좋은 프로그램이었다. 자유 시간에 보이는 각자의 행동에서는 어떻게든 연인을 만들려는 남녀(주로 남자)의 전략이 드러나 인간 드라마의 측면도 엿보였다.

여자가 남자를 선택하지 못한다는 점이 문제이기는 했

지만, 아무래도 그것이 가장 뒤탈이 없는 방식이 아닐까 하는 생각도 들었다. 그런 방식의 집단 맞선을 최근에는 일반인 사이에서도 종종 볼 수 있다. 여행사가 '네루톤 투어'라느니 하는 상품을 기획해서 성황을 이뤘다는 얘기도 들은 적이 있다.

물론 내가 학생이었을 때는 아직 이 프로그램이 생기지 않았지만 비슷한 프로그램은 꽤 있었다. 대표적인 것이 '프러포즈 대작전'이다. 그 프로그램에는 '필링 커플 5 대 5'라는 코너가 있었는데, 남녀가 각각 5명씩 나와 니시카와 기요시와 요코야마 야스시의 사회로 질문을 주고받으면서 마음에 드는 상대를 고르는 방식이었다. 각자의 앞에 놓인 번호 스위치를 눌러 서로 연결되면 전구에 불이 들어오는데, 그런 방식이 재미있어서 출연 희망이 쇄도했다지만 그렇게 맺어진 커플이 얼마나 오래갔는지는 알 길이 없다.

한번은 멍하니 이 프로그램을 보고 있는데 고교 시절 같은 반이었던 여학생들이 나란히 등장하는 것이었다. 남녀 공학을 다녔으면서도 이런 프로그램에 출연하다니 한심하기 짝이 없다며 비웃다가 생각해 보니, 한심한 건 그녀들을 애인으로 삼지 못한 우리 남자들이 아닐까 하는 의문이 들었다.

가미오카 류타로와 요코야마 노크가 사회를 맡은 '러브 어택'은 어쩌면 간사이 지방에서만 방송된 프로그램일지도 모른다. 이 프로그램은 '네루톤 홍경단'의 원조 격이라고 할 수 있지만 그 과격함에서는 비교할 바가 못 되었다.

출연자는 남자 10여 명에 여자 오직 1명. '가구야 히메(일본 설화의 여주인공으로, 대나무 속에서 태어난 미인-옮긴이)'라고 불리는 이 여성은 엄격한 심사를 통해 선발되는데, '어떤 남자라도 연인으로 삼고 싶을 만한 미인'이어야 했다.

10여 명의 남자가 이 여인을 얻으려고 갖가지 게임에 도전했다. 하지만 지적인 게임은 하나도 없고, 통나무 베기나 빨래집게로 얼굴 집기, 물통 속 바둑알을 손을 사용하지 않고 집어 올리기 등 온통 한심한 게임뿐이었다. 맨 마지막에는 풀코스 디너를 빨리 먹는 시합이 펼쳐졌다. 고급 레스토랑에서 주문해 온 프랑스 요리를 원시인처럼 맨손으로 집어 먹는 게임이다.

이렇게 부끄러움을 무릅쓰고 온갖 게임에 이겨 1등을 하면 과연 여인을 얻을 수 있느냐 하면 그렇지도 않았다. 오직 프러포즈할 권리가 주어질 뿐이었다. 남자가 프러포즈를 하면 가구야 히메는 남자를 의자에 앉힌 뒤 '예스'

또는 '노'의 스위치 중 하나를 눌렀다. 예스를 누르면 꽃가루가 날리고, 노를 누르면 의자가 밑으로 꺼진다. 의자 밑에는 유리 상자가 있어 그곳에 빠진 남자는 처참하게도 사방에서 뿜어져 나오는 밀가루를 뒤집어쓴다. 이렇게까지 남자를 괴롭히는 프로그램이 드문데도 세상에는 별난 사람이 많은 듯, 남자 출연자를 섭외하는 데는 별 어려움이 없었다고 한다. 오히려 가구야 히메를 찾기가 힘들었다고 하니 참으로 의아하다.

하여간 옛날이나 지금이나 사람들이 살아가는 방식은 근본적으로 달라지지 않은 것 같다. 꽤나 자유로운 세상이 되었지만 젊은 남녀들은 역시 만남을 갈구할 것이다.

내가 다닌 대학은 당시에는 공학부와 경제학부, 농학부만 있었고 학생은 대부분 남자였다. 소재지도 오사카 외곽이어서 넋 놓고 있다가는 4년 동안 젊은 여자와 말 한마디 못 나눠 보고 졸업할 수도 있는 환경이었다.

입학 직후 이렇게 냉혹한 현실을 마주한 나는 어떻게 해야 젊은 여자와 만날 기회를 마련할지 전전긍긍했다.

단체 미팅이나 단체 하이킹, 이른바 고콘이나 고하이라는 걸 알게 된 것도 그 무렵이다.

입학 후 얼마 지나지 않아 고하이 얘기가 나왔다. 행선지는 롯코 목장, 상대는 공립 단과 대학 여학생이라고 했다.

"어때, 너도 갈래?"

간사를 맡은 녀석이 물었을 때 나는 "가야지, 가고말고. 꼭 갈 거야." 하고 강아지처럼 헐떡거리면서 고개를 끄덕였다. 하지만 그날이 5월 3일 일요일이라는 얘기를 듣고 맥이 탁 풀려 버렸다. 중요한 일이 있는 날이었기 때문이다.

당시 나는 이미 양궁부에 들어가 있었고, 4월에는 리그전이 있어 우리 신입 부원들이 응원하러 가야 했다. 그런데 시즌 종료까지 단 한 경기를 남겨 둔 시점에 우리 양궁부의 성적은 I대학에 이어 2위였고, 우리 팀이 마지막 경기에서 이기고 I대학이 상대에게 질 경우 두 대학은 동률이 되어 우승 결정전을 치러야 했다. 그 우승 결정전이 5월 3일로 예정되어 있었던 것이다.

고백하건대 나는 우리 양궁부가 우승하거나 말거나 아무 상관이 없었다. 그보다 중요한 일은 고하이에 갈 수 있느냐 없느냐였다. 마지막 경기 때 나는 목소리를 드높여 응원하면서도 마음속으로는 "져라, 제발 져라."라고 기도했다. 그러나 내 기도가 무색하게, 그때까지 컨디션에 난조를 보이던 선배들까지 이날만은 날고뛰는 바람에 우리

팀이 상대를 누르고 말았다

이제 남은 희망은 I대학이 마지막 경기에서 승리를 거두는 것뿐이었고, 경기 결과는 긴급 연락망을 통해 각자에게 전달될 예정이었다. 주장은 "너희들, I대학이 지기를 기도해라."라고 했지만 나는 이미 그 반대 결과를 기도하고 있었다.

내 기도가 통했는지 그날 밤 양궁부 동료에게서 걸려온 전화는 내게는 낭보였다. 나도 모르게 미소가 지어졌지만, 동료가 눈치채지 못하도록 몹시 아쉬워하는 목소리를 내야 했다.

그렇게 해서 가까스로 고하이에 갈 수 있었지만 솔직히 별 볼일은 없었다. 대학생이나 돼서 수건돌리기 게임을 했으니 말이다. 그럼에도 순순히 따랐던 이유는 물론 젊은 여성들과 함께할 수 있었기 때문이다. 하릴없이 게임을 하면서도 우리는 괜찮은 여자가 있는지 물색했다.

오랜 기간 여성과 접촉이 없었기 때문인지 하나같이 예뻐 보였다. 그중에서도 만화 영화 캔디의 주인공을 닮은 여학생이 내 눈길을 끌었다. 그때부터 그녀 주위를 맴돌며 어떻게든 친해질 기회를 엿보았다.

간신히 전화번호를 알아냈지만, 신경 쓰이는 일이 하나

있었다. J라는 녀석도 그녀를 노리는 듯했다. J도 내가 그녀에게 마음이 있다는 걸 알아챈 듯, 서로의 시선이 공중에서 마주치자 불꽃이 일었다.

먼저 움직이는 쪽이 이긴다, 그렇게 생각하며 집에 돌아온 나는 가능한 한 빨리 데이트 신청을 하기로 했다. 하지만 공교롭게도 바로 그때 생각지도 못한 일이 일어난다. 그날 밤 몸살감기로 자리에 드러눕고 만 것이다. 그녀에게 전화도 하지 못한 채, 3일 후인 5월 6일이 되어서야 나는 학교에 나갔다.

그런 내게 J는 승리의 V 자를 그려 보였다. 그녀와 데이트 약속을 했다는 것이다.

낙담하는 내 어깨를 두드리며 J는 이렇게 말했다.

"실망할 것 없어. 예쁜 애들이 널렸던데, 뭐."

"다른 애들 얼굴은 생각도 안 난단 말이야."

"그럼 얘는 어때?"

그러면서 J가 펼쳐 보인 수첩에는 전혀 모르는 여자의 이름과 전화번호가 적혀 있었다.

"이게 누군데?"

내가 물었다.

"기억 안 나? 오카다 나나랑 살짝 비슷하게 생긴 애 말이야."

"오카다 나나……?"

그러고 보니 그런 여학생이 있었던 것 같기도 했다.

"한번 대시해 봐. 귀엽게 생겼던데."

"그럴까?"

어리석게도 마음이 동한 나는 전화번호를 받았고, 더더욱 어리석게도 그날 밤 전화를 하고 말았다.

오카다 나나는 나를 기억한다고 했다. 그리고 데이트 신청에 흔쾌히 오케이를 했다. 별로 기대하지 않았던 나는 기쁜 한편으로 당황스럽기도 했다. 그래서 그녀가 약속 장소를 물었을 때 그만 "기노쿠니야 서점 입구에서."라고 대답해 버렸다.

그게 큰 실수였음을 깨달은 것은 당일 그 장소에 갔을 때였다. 우메다에 있는 기노쿠니야 서점 앞은 누군가를 기다리는 듯한 남녀로 넘쳐났다. 게다가 입구가 두 군데였다. 상대의 얼굴을 확실히 알지 못하는 나로서는 말할 수 없이 괴로운 상황이었다. 모르는 사람을 찾는 건 보통 어려운 일이 아니었다. 나는 멍하니 서 있는 여자들의 얼굴을 하나하나 살펴보았다. 고하이 때 봤으니 기억이 날 거라는, 근거 없는 믿음에서 비롯된 행동이었다.

마침내 나를 바라보는 여자와 눈이 마주쳤다. 오카다 나나보다는 기노우치 미도리와 더 비슷했지만 오카다 나나를 전혀 닮지 않은 것도 아니었다. 쭈뼛거리며 다가가서 "안녕하세요."라고 인사해 보았다. 상대 여자도 "네, 안녕하세요."라고 대답했지만 이미 기분이 나빠 보였다. 나중에 알았지만 내가 그녀 앞을 그냥 지나쳤다고 한다.

처음부터 그랬으니 잘될 리 없었다. 차를 마시고 영화를 보고 밥을 먹었지만 대화가 잘 풀리지 않았다. 어색한 분위기가 두 사람을 감쌌다.

그녀를 역까지 데려다주고 돌아가던 나는 자신의 어처구니없는 행동에 웃음이 나왔다. 그리고 그녀와 두 번 다시 만날 일이 없을 거라고 생각했다. 예상은 적중했다.

하지만 이런 식으로 고하이나 고콘 후에 한 번이라도 데이트를 할 수 있으면 행운이다. 아무리 행사 당시에 분위기가 달아올라도 거기까지인 경우가 대부분이다.

교토의 모 여자 대학 학생들과 4 대 4 고콘을 가진 건 기온 마쓰리(매년 7월 일본 교토의 기온 지역에서 열리는 민속 축제 – 옮긴이)가 시작되기 얼마 전이었다. 만나기로 한 장소는 교토 산조역 앞이었다. 여학생 중 한 명이 분홍색 모자를 쓰고 있기로 했다.

전철을 탔을 때부터 우리는 몹시 들떠 있었다. 교토의 여대생이라는 사실만으로도 상상에 상상을 부풀려 갔다. 그런 상태가 산조역 개찰구를 나서기 직전까지 이어졌다.

그리고 개찰구를 나선 순간, 뭔가가 마치 닌자처럼 사사삭, 우리 눈앞에 나타났다. 여자 4명이었다. 그중 한 명이 분홍색 모자를 쓰고 있어서 나는 그녀들이 상대편 여학생이라는 걸 알았다. 동시에 우리의 꿈과 희망이 와장창 깨지는 소리가 들렸다. 거기에는 물론 내 마음의 소리도 섞여 있었다.

유감스럽게도 그녀들은 교토의 여대생이라기보다 '간사이 아줌마'라고 표현하는 편이 더 적절하다고 여겨지는 4인조였다. '서민적'이라고 표현하면 그럴 듯하게 들릴지도 모르지만, 용모하며 옷차림에서 삶의 냄새가 묻어났다.

내 옆에서 J(그때 그는 이미 '캔디녀'에게 차인 상태였다)가 나지막이 속삭였다.

"이쯤에서 돌아갈까?"

사실 나도 그러고 싶은 심정이었지만 그럴 수는 없었다. 그녀들은 우리 모습이 별로 실망스럽지 않았는지 생글거리고 있었다.

자기소개를 한 후 기요미즈데라(교토의 유명한 사찰-옮긴이)에 가기로 했다. 우리는 아줌마 4인조 뒤를 터덜터덜 쫓아갔다. K라는 친구만이 주선자로서의 의무감 때문인지 연신 그녀들의 비위를 맞췄다.

아줌마 4인조는 기운이 넘쳐흘렀다. 바지런히 움직이고 입을 크게 벌리고 크하하 웃었다. 반대로 우리는 갈수록 힘이 빠졌다. 그런데 J가 노골적으로 못마땅한 표정을 짓고 있자 아줌마 A가 "왜 그래요? 어디가 안 좋아요? 배 아픈 데 먹는 약은 있는데……." 하며 걱정스러운 목소리로 묻는 것이었다. 남을 돌보기를 좋아하는 점도 아줌마들의 특징 그대로였다.

꼬박 한나절을 아줌마 4인조에게 부대낀 우리는 녹초가 되어 오사카로 돌아왔다. 돌아오는 전철 안에서는 당연히 불만이 터져 나왔다. 나와 J는 주선자인 K에게 있는 대로 성질을 냈다.

그런데 그때 N이라는 친구가 의외의 말을 했다. 내가 마음속으로 '아줌마 B'라고 불렀던 여학생에게 전화를 해 보겠다는 것이다.

"그 멀리까지 갔는데 아무런 수확이 없으면 허무하잖아."

N의 말에 우리는 고개를 끄덕였다. 아닌 게 아니라 커플이 하나라도 탄생한다면 아줌마 4인조와 교토 시내를 활보한 보람이 있을 터였다.

그럼 한번 해 보든가, 라고 나는 말했다.

"그래, 사실 내가 엄청 손해지만, 눈 딱 감고 타협하는 거야."

N이 말했다.

"그야 그렇지."

나는 아줌마 B의 얼굴을 떠올리며 고개를 끄덕였다. 그리고 그 결과.

N이 보기 좋게 걷어차이고 말았다. 그는 나름대로 타협했지만 상대는 타협하지 않은 것이다.

"차인 게 분한 건 아니야. 그런 여자가, 예쁘지도 않은 그녀가 자신이 오사카 F대의 N을 걷어찼다고 동네방네 떠들고 다닐 걸 생각하니 분통이 터져서 그렇지."

그날 밤 술집에서 N은 술에 취해 울부짖었다. 우리는 그를 깊이 동정해 술값을 대신 내줬다.

하지만 N의 말대로 '모처럼 만났는데 아무런 수확이 없으면 허무하다'는 기분은 사실 고하이나 고콘에 나가는 남학생이면 누구나 느끼지 않을까 생각한다. 연애라고 부르기도 뭣한 일이지만, 도전할 대상이 있다는 것 자체가 즐거운 것이다.

한번은 고하이 후에 친구 둘과 한잔하러 간 적이 있다. 나는 오늘도 수확이 없다는 생각에 기분 전환이나 하자며 간 것이었다. 그런데 함께 간 친구 T는 나와 생각이 전혀 달랐다. 그는 그날 만났던 여성이 마음에 들어서 어떻게 다가가면 좋을지 의견을 구할 생각이었다. 그 여성은 오타 히로미를 닮아 귀여운 구석이 있는 건 사실이었지만 내 취향은 아니었다.

"그렇게 마음에 들었어?"

내가 무심한 어투로 T에게 물었다.

"외모도 외모지만 일단은 성격이 좋더라고."라고 T는 주장했다.

"친절하고 배려심이 있고, 얌전해 보이지만 중심이 잡혀 있었어. 책임감도 있고 말이지. 그런 여자는 드물어."

"그런가……?"

"내 얘기에 귀를 기울여 주고, 건성으로 대답하는 법이 없더라고. 머리가 좋다는 증거지."

"흐음."

"정말 최고야. 어떻게든 대시할 거야."

각오가 대단했다. T의 역설을 듣고 있자니 점점 그가 부러워졌다. 나도 저렇게 정열을 불태우고 싶다는 생각이 들었다. 급기야 나는 이렇게 말하고 말았다.

"좋아, 그럼 나도 그녀에게 대시할래."

"뭐야?"

T가 놀라는 것도 당연했다.

"그 여자는 네 취향이 아니라고 했잖아?"

"그랬는데, 네 얘기를 듣다 보니까 그 정도면 괜찮겠다는 생각이 들었어."

"야, 그게 무슨 바보 같은 소리야."

T는 어이가 없는 모양이었다. 하지만 그런 바보 같은 짓을 서슴지 않는 사람이 당시의 나였다. 그다음 날 밤, 나는 서둘러 전화를 걸었다.

"아, 여보세요. ××씨 계십니까?"

그러자 우리의 천적인 '여자 아버지'의 목소리가 들려왔다. 나는 잔뜩 주눅이 든 채 따님에게 용건이 있다고 말했다.

"지금 외출하고 없는데, 누구지?"

"아, 저, 그게……."

"이름을 안 밝히려거든 그만 끊든지."

천적이 위협적으로 말했다. 머릿속에서 갖가지 생각이 교차했다. 그리고 다음 순간 내 입에서 튀어나온 말은 "T라고 합니다."였다. 라이벌의 인상을 나쁘게 하겠다는, 실로 교활한 의도에서 나온 말이었다.

하지만 그런 내 계산은 보기 좋게 빗나갔다. T에게서 전화가 왔었다는 말을 들은 그녀가 T의 전화번호를 알아내 그에게 전화한 것이다. 그 결과 내 악행이 들통나고 말았다. 또한 그 일을 계기로 T는 그녀와 사귀게 되었다.

그 후 나는 기회가 있을 때마다 T에게 "너를 위해서 일부러 그런 거야."라고 말했다.

물론 T는 그 말을 믿지 않았다.

합숙 훈련의 연례행사

대학에서 운동부에 들어갈 경우 가장 괴로운 일은 방학이 거의 통째로 날아가 버린다는 것이다. 여름 방학이 다가오면 다른 학생들은 들뜬 표정으로 놀러 갈 계획을 세우곤 하는데 우리는 찌는 더위 속에서 연습으로 보낼 날들을 상상하며 한숨을 쉬기 일쑤다. 특히 양궁부는 중요한 개인 경기가 여름에 집중되어 있어서 어느 때보다 열심히 연습해야 한다.

하지만 방학 내내 아무 데도 안 가는 것은 아니다. 딱 한 번, 우리는 오사카를 벗어났다. 행선지는 주로 나가노였다.

피서지로 가니까 좋겠다고 생각하는 분도 계실 텐데, 놀러 간다면 당연히 기쁠 것이다. 하지만 그것이 단체 합숙 훈련이라면 얘기가 다르다. '멋진'이라든가 '상쾌한'이라는 표현과는 거리가 멀어도 너무 먼 생활이 시작되는 것이다.

내가 처음 합숙 훈련을 하러 간 곳은 나가노의 조그만

호수 근처였다. 궁도장이 붙어 있는 여관으로, 원래는 궁도부의 합숙 훈련장이었지만 이용자가 줄어서 양궁부를 들이게 되었다고 여관 주인이 말했다.

야간열차에 몸을 흔들리며 합숙소에 도착한 우리가 맨 먼저 한 일은 연습장을 만드는 것이었다. 거리를 잰 뒤 라인을 긋고 표적을 세울 삼각대를 지면에 고정했는데, 일은 대부분 1학년이 했고, 2학년은 감독, 간부인 3학년은 빈둥대기만 했다.

그 일이 끝난 후 3학년은 여관으로 돌아가고, 남은 2학년이 1학년을 모아 놓고 의식을 치렀다. 그야말로 운동부다운 의식이었다. 2학년이 1학년에게 노래를 가르친 것이다. 학생가 한 곡과 응원가 한 곡이었다. 강조하는 내용은 단 하나, 음정 따위는 아무래도 좋으니 무조건 크게 부르라는 것이었다.

"이봐, 이봐, 소리를 좀 제대로 내야지. 다들 굶었나?"

선배들이 오사카 아저씨 같은 말투로 우리를 닦달했다.

이러는 이유는 두 노래가 운동부에게는 아주 중요하기 때문이다. 특히 학생가는 무슨 일만 있으면 부르곤 했다. 합숙 중에는 매일 아침 달리기 후에 부르고, 시합에 이겨도, 모임이 끝날 때도 불렀다. 졸업 후에는 결혼식 피로연에서도 불렀다. 이 글을 쓰면서 시험 삼아 한번 불러 봤는데, 가사를 까먹은 줄 알았더니 나도 모르게 입에서 술술 나오는 것이었다. 뇌리에 단단히 각인된 모양이다. 대단한 학생가다.

이런 의식이 끝나면 드디어 본격적인 합숙 생활이 시작된다. 아침부터 밤까지 오로지 훈련, 훈련이다. 어깨가 퉁퉁 부어도, 손가락 껍질이 벗겨져도 휴식이 허용되지 않는다. 거기에 1학년은 온갖 자질구레한 일을 도맡아서 해야 한다. 훈련 준비와 뒷정리는 물론이고 식사도 챙겨야 하는 것이다. 선배가 마사지를 요청하는 경우도 적지 않다. 양궁부는 다른 운동부에 비해 상하 관계가 그다지 엄격하지는 않았지만 1학년이 졸병 취급을 당하기는 마찬가지였다.

물론 괴로운 일만 있는 건 아니었다. '완전 휴양일'이라는 날이 딱 하루 있어서, 그날은 어디를 놀러 가거나 술을 마셔도 괜찮았다. 밤에는 불꽃놀이 같은 것을 하기도 했다.

재미있게도 이 '완전 휴양일'에 여관 주인이 승부를 걸어 온 적이 있다. 그것도 활쏘기 승부를 말이다.

"서로 5발씩 쏴서 누가 표적을 많이 맞히는지 시합할까요?"라고 아저씨가 제안한 것이다. 단, 아저씨는 양궁이 아니라 일본 활을 사용하겠다고 했다. 아저씨에게 도전을 받은 주장은 살짝 놀란 듯했다.

"해도 좋긴 한데, 솔직히 말해서 상대가 안 되실 텐데요."

선배의 말은 으스대려는 것이 아니라 사실이었다. 일본 활이란 일본에서 전통적으로 사용해 온 궁도용 활을 말한다. 재질도 대나무고, 만드는 방법이나 구조도 옛날이나 지금이나 별 차이가 없었다. 조준기가 달려 있는 데다 최신 기술이 도입된 양궁과는 적중률에서 비교가 되지 않았다. 실제로 일본 선수가 최초로 양궁 시합에 나갔을 때는 일본 활을 사용했는데 보기 좋게 꼴등을 하고 말았다.

이건 여담이지만, 내 프로필을 인용하면서 '대학 시절 궁도부에서 활동'이라고 쓰는 경우가 있는데, 그건 펜싱부였던 사람을 검도부였다고 소개하는 것이나 마찬가지다. 일본 활은 일본 무협 소설에 나오는 무사가, 양궁은 로빈 후드가 사용했던 활이라고 기억해 주기 바란다. 덧붙이자면 윌리엄 텔이 사용했던 활은 석궁이다. 석궁은 초보자도 다루기가 쉬워 간혹 범죄에 사용되기도 한다.

이야기가 곁길로 샜다. 일본 활 대 양궁 얘기로 돌아가자.

상대가 안 될 것이라는 주장의 말에 아저씨가 대답했다.

"그럼 나는 표적에 맞기만 하면 되고 학생들은 표적 한

가운데 있는 검은 점을 맞히는 걸로 하지."

"아, 그러면 게임이 되겠네요."

주장이 조건을 받아들였다.

그날 컨디션이 제일 좋았던 U선배가 양궁부를 대표해서 나섰다. 교활한 주장은 도전을 받아들이면서도 자신은 나서지 않았다.

결과는 U선배의 압승으로 끝났고, 여관 주인은 창피하다는 말을 연발했다. 하지만 여관 주인의 실력도 보통은 아니었다. 그가 쏜 화살이 표적에 맞았을 때는 우리도 박수를 쳤다. 일본 활과 양궁의 대결을 본 건 그때가 처음이자 마지막이었다.

이런 식으로 하루하루를 보내고 드디어 마지막 날이 되었다. 마지막 연습이 끝난 뒤 간부 선배가 묘한 주의를 줬다.

"오늘 밤 목욕탕을 더럽히지 않았으면 좋겠다는 여관 측의 부탁이 있었다. 대신 정원에서는 뭘 해도 좋다고 한다. 특히 1학년은 그 점을 명심해서 행동하기 바란다."

다들 쿡쿡 웃었던 건 그 말이 무슨 의미인지 알고 있었기 때문이다. 그건 합숙 훈련 때마다 치러지는 어떤 의식과 관계가 있었다.

마지막 날 밤에는 당연히 뒤풀이가 있다. 그 실상은 새

삼 설명할 필요가 없을 것이다. 앞에서 이야기한 신입생 환영회와 별반 다르지 않다. 저질 개인기와 외설적인 노래가 등장하고 1학년은 옷 벗기 게임의 희생양이 되어야 한다. 환영회 때와 다른 점은 1학년의 술 실력이 부쩍 늘었다는 정도랄까.

뒤풀이가 끝나자 선배들은 방으로 돌아갔지만, 1학년은 남아서 뒤처리를 마치고도 방으로 돌아가지 않았다. 대신 작전 계획을 짰다.

"내가 먼저 문을 열 테니까 다 같이 뛰어드는 거야."

"알았어. 내가 오른발을 잡을게."

"그럼 난 왼발."

계속해서 팔은 누가 잡을지, 코스는 어떻게 할지 확인한다.

"제2그룹은?"

"궁도장 화장실에 숨어 있어. 준비는 완벽해."

"좋아, 그럼 갈까?"

그리고 우리는 행동에 들어갔다.

제1그룹이 향한 곳은 간부들이 있는 방이다. 계획대로 한 명이 문을 열자 모두들 우르르 뛰어 들어갔다.

카드놀이를 하던 간부들은 우리를 보자마자 사태를 파

악한 듯했다. 아니, 사실은 이미 짐작하고 있었을 것이다.

주장이 자리에서 벌떡 일어섰다.

"뭐야, 너희들! 어디, 덤벼들 봐."

주장에게 달려든 우리는 그의 팔다리를 붙든 채 그대로 방 밖으로 끌고 나갔다. 그리고 정원에 있는 궁도장 한가운데에 내동댕이쳤다. 그때 제2그룹이 등장했다. 그들은 양동이에 담아 온 물을 일제히 주장에게 퍼부었다.

"다음!"

우리는 다음 표적을 잡으러 뛰어갔다. 다음 표적은 부주장이다. 그런 식으로 차례차례 간부들에게 물세례를 퍼붓는 것이 양궁부 합숙 훈련의 연례행사였다. 옷을 입은 채로 욕탕에 던져지는 것이 원래 방식이지만 여관 측의 자제 요청이 들어오면 이런 식으로 변형되곤 했다. 한마디로 합숙 기간 내내 억압당한 1학년의 스트레스를 마지막 날 하루 정도는 말끔히 풀어 주자는 것이 이 의식의 목적이었다.

매년 벌어지는 일이니까 간부들도 그냥 받아 주면 좋으련만, 끝까지 기를 쓰고 반항하는 선배도 있었다. 그러면 당연히 부상자가 발생한다. 실제로 얻어맞은 친구도 적지 않았다.

1학년 합숙은 이처럼 좋은 일도 괴로운 일도 있었지만 2학년이 되면서 괴로운 일은 거의 없어졌다. 잡일을 하지 않아도 되었고, 그렇다고 간부처럼 책임질 일도 없었다. 진짜 편안한 마음으로 합숙에 들어갔다. 훈련만 열심히 하면 되었지만, 실제로는 우리 여관 부근으로 합숙 훈련을 하러 온 모 여대 테니스부를 어떻게 꼬실까에 정신이 팔려 있었다.

그러다가 3학년이 되고(개중에는 학점 미달로 낙제한 동기도 있었지만 그런 친구도 양궁부 내에서는 3학년으로 통했다) 간부로서 합숙 훈련에 들어가는 날이 찾아왔다. 그래서 스케줄을 짜게 되었는데 하급생 시절 그토록 싫어했던 훈련 시간을 가능한 한 늘리려고 했다. 아마도 돼먹지 못한 거지 근성 때문이었을 것이다. 이런 데까지 왔는데 빈 시간이 너무 아깝게 여겨지는 것이다. 일하지 않으면 불안해지는 월급쟁이와 정신 구조가 비슷했다. 월급쟁이와 또 하나 비슷한 점은 성과가 별로 안 난다는 것이다.

3학년 여름 합숙 훈련 때는 같은 여관에 라이벌인 K대학 양궁부가 묵었다. 그래서 자존심 싸움 비슷한 것이 벌어지는 바람에 훈련 시간이 엄청 늘어났다. K대학 녀석들보다 방에 늦게 들어가야 한다는 생각 때문이다. K대도 우리와 생각이 같았는지 좀처럼 훈련을 끝내지 않았다. 그 결과 밤이 깊도록 두 팀 모두 훈련장에 남아 있는 일이 비일비재했다. 그러다 보니 다들 파김치가 되어 버렸다. K대학의 일정이 3일만 더 길어졌어도 두 대학 모두 탈진했을 것이다.

하지만 여름 합숙 훈련은 여름 방학 때 아무 데도 놀러 가지 못하는 부원들을 위로해 준다는 의미도 있었다. 그런 만큼 간부들도 마음에 여유가 있었다.

그와 달리 매년 3월에 하는 봄 합숙 훈련에서는 여유를 부릴 수 없었다. 한 달 후에 리그전이 시작되기 때문이다. 얼마 안 남은 기간에 팀의 실력을 조금이나마 향상시키려고 긴급 복구공사 같은 합숙 계획을 세우기는 어느 대학이나 마찬가지였다.

우리 양궁부도 무리한 계획을 세웠다. 스포츠에는 어느 정도 휴식이 필요하다는 생각이 당시 우리 뇌리에는 없었다. 아니, 있었을 수도 있지만 눈에 보이지 않는 어떤 압박감 때문에 쉴 용기가 나지 않았다. 비가 오는 날엔 실내에서 하루 종일 근육 운동을 했다.

하지만 여유 없이 죽어라 훈련한다고 해서 실력이 좋아지는 건 아니었다. 아니나 다를까, 리그전 성적은 좋지 않았고 우리 양궁부는 2부 리그에서 3부 리그로 떨어지고 말았다.

오사카 F대학 양궁부 여러분, 그때 팀을 3부 리그로 추락시킨 장본인은 주장인 접니다. 죄송합니다.

그러고 보니 봄 합숙 후 치러진 연례행사에서 내가 목욕탕에 처박혔을 때 1학년들 얼굴에 유난히 증오가 배어 있었다는 느낌이 이제야 든다.

바보짓은 계속된다

일본 대학의 가장 큰 단점은 입학에 비해 졸업이 너무 쉽다는 것이다. 옛날부터 지적되어 온 부분이다. 시험 때 조금만 잔꾀를 부리면 학점을 딸 수 있기 때문에 아무리 멍청해도 유급 없이 위 학년으로 올라간다.

지금 생각하면 입학 후 3년 만에 전기 공학에 대해 제대로 된 지식도 없이 4학년이 된 것은 정말 이상한 일이었다. 유급 따위는 없는 순조로운 코스였다. 그것만 해도 더없이 뻔뻔스러운데 그런 잔꾀로 졸업까지 넘보았다. 더 나아가 어딘가 회사에 들어갈 꿈을 꾸었다.

4학년이 되자 우리는 졸업 연구 테마별로 몇 명씩 그룹으로 나뉘어 담당 교수 연구실에 처박혔다. 앞으로 1년간 그곳에서 실험을 하거나 리포트를 쓰는 등 공부 모임을 갖게 될 터였다. 하지만 사실 그 방에 모인 데에는 또 다른 큰 의미가 있었다. 그곳은 4학년에게는 취업 대책의 작전 기지였던 것이다. 처음 연구실에 간 날 교수가 말했다.

"솔직히 올해 취업은 상황이 불투명하다. 재작년까지

'겨울'이 계속되다가 작년에 갑자기 호전되었는데 올해도 좋을지는 장담할 수 없다. 작년에 우연히 봄이 찾아왔을 뿐 올해는 다시 겨울로 돌아갈 거란 전망이 우세하지. 여러분도 이 점을 명심하고 낙관적인 생각일랑 지금 이 자리에서 날려 버리기 바란다."

졸업 연구에 대해서는 한마디도 하지 않고 협박부터 하는 것이었다. 불경기 얘기는 우리를 한층 우울하게 했다.

"동네 아줌마들도 아는 유수의 기업에 들어갈 수 있는 사람은 한 줌도 안 되는 우수한 학생들뿐이다. 자신이 우수하지 않다고 생각하는 사람은 그런 높은 꿈을 하루빨리 버리도록."

이 말이 두 번째 충격파였다. 내 머릿속에 있던 몇몇 회사의 이름이 지워졌다.

이날부터 취업 작전이 시작되었다. 우선 각 회사의 안내문을 꼼꼼히 읽어 갔다. 지금까지 본 적도 들은 적도 없는 회사들의 사업 내용과 자본금, 휴무일 등을 살펴보는 것이었다. 취직을 못하면 어쩌나 하는 생각이 들자 신기하게도 작은 회사들까지 멋지게 보였다.

5, 6월이 되면 기업들이 대학에 학생을 추천해 달라고 의뢰한다. 우리는 예외 없이 대학 추천을 통해 채용 시험

을 보았으므로 어느 회사가 추천을 의뢰했느냐에 따라 운명이 바뀌었다. 가고 싶은 회사가 있어도 그 회사에서 우리 학교에 추천을 의뢰하지 않으면 아무 소용이 없었다. 그리고 설사 희망하는 회사에서 추천을 의뢰하더라도 좋아하긴 이르다. 추천 규모는 한 회사당 보통 1명이다. 드물게 2명인 경우도 있지만 그럼에도 대학 측은 1명만 보낸다. 2명을 보낼 경우 상대적으로 부족한 쪽이 떨어질 우려가 있어서다. 추천이라고는 해도 지원자 전원이 반드시 붙는다는 보장은 없었다.

우리는 채용 시험을 보기 전에 먼저 대학 내 싸움에서 승리해야 했다. 싸움이란 말이 적절하지 않다면 흥정이라고 해 두자.

7월 어느 날 조교가 종이 한 장씩을 나누어 줬다. 맨 위에 이름을 적는 곳이 있고 그 밑에 빈칸이 3개 있었는데, 조교는 우리에게 각자 지망하는 회사를 제1지망부터 제3지망까지 적어 내라고 했다. 그러면서 '추천 획득 시스템'에 관해 설명해 주었는데 요약하면 이런 식이다.

'어떤 기업을 제1지망으로 적은 사람이 1명뿐일 경우에는 그 사람이 추천을 획득한다. 2명 이상일 경우에는 성적 우수자에게 추천을 획득할 권리가 있다. 제1지망 경쟁에서 탈락한 자는 제2지망을 심사한다. 제2지망 기업을 희망하는 자가 그 학생밖에 없으면 추천을 획득한다. 만일 다른 학생이 그 기업을 제1지망으로 꼽았다면 성적과 무관하게 제1지망자에게 우선권이 있다. 제2지망자끼리는 성적 우수자에게 우선권이 있다. 1, 2지망자가 없으면 제3지망자까지 검토한다. 그래도 추천을 받지 못하는 자는 후일 다시 상담한다.'

한마디로 무작정 가고 싶은 회사를 써내서는 안 되는 일이었다. 머리를 잘 굴리지 않으면 '후일 상담' 처지가 될 터였다.

일이 이렇게 되자 승부를 판가름하는 건 정보라는 사실이 분명해졌다. 누가 어느 회사를 제1지망으로 적어냈는지 파악하는 일이 선결 과제였다. 특히 자신보다 성적이 좋을 것으로 보이는 친구가 어디를 지망하는지 철저하게 알아내야 했다.

나는 예전부터 만일 월급쟁이가 된다면 '탈것을 만드는 회사'에 들어가겠다고 생각했었다. 친구들 대부분이 자택에서 출퇴근할 수 있는 회사를 첫 번째 조건으로 꼽았지만 나에게 그런 건 아무 상관이 없었다.

그래서 1지망으로 꼽은 회사가 일본에서도 굴지의 K

중공업이다. 그곳에 입사해서 비행기를 만들겠다고 생각했다.

하지만 조교에게 그 얘기를 하는 순간 조교 얼굴이 어두워졌다.

"그 회사는 포기하는 게 어떨까?"

"왜요?"

"말하기는 좀 그렇지만, A가 제1지망으로 그 회사를 지원했거든."

A는 같은 연구실에 있는 녀석이었는데, 전기 공학과에서 1, 2위를 다퉜다. 그가 이 연구실에 배정됐을 때 그의 성적표를 본 교수가 "이토록 성적이 뛰어난 학생이 우리 같이 평범한 연구실에도 오는군."이라며 감격해 마지않았다.

그건 아니지. 나는 즉시 방향을 전환하기로 했다.

K중공업에 이어서 노린 곳이 아이치현에 있는 일본 최대 자동차 업체 T자동차였다. 하지만 가능성은 낮다고 봤다. 녀석들이 이 회사를 놓칠 리 없었다. 그리고 다른 연구실 수재가 이 회사를 제1지망에 올린 걸 알고서 포기했다. 처음 연구실에 간 날 담당 교수가 '동네 아줌마들도 아는 유수의 기업에 들어갈 수 있는 사람은 한 줌도 안 되

는 우수한 학생들뿐'이라고 했던 말이 사실로 드러났다.

이제는 변칙을 쓰기로 했다. 일반인에겐 잘 알려져 있지 않지만 의외로 규모가 큰 기업 중에 탈것을 만드는 회사를 찾기로 한 것이다. 그렇게 멋진 회사가 과연 있느냐 하면……, 하나 있긴 했다. 바로 T자동차와 같은 그룹에 속한 자동차 부품 업체 N사였다. 텔레비전 광고에는 거의 나오지 않으므로 동네 아줌마들은 알 턱이 없고 학생 중에서도 아는 친구가 많지 않았다.

'머리 한번 잘 굴렸지? 좋았어.'

나는 취업 정보 잡지를 보며 만족스럽게 웃었다.

하지만 같은 생각을 하는 녀석은 늘 있는 법이다. 다른 연구실 친구가 N사를 노리고 있다는 정보가 들어왔다. 그런데 그 녀석의 성적이 나보다 좋은지 어쩐지는 도통 알 수 없었다.

그때부터 거래가 시작되었다. 나는 우선 나 역시 N사를 노리고 있다는 정보를 일부러 흘렸다. 적이 내 성적을 모를 테니까 내가 N사를 노린다는 소문을 듣고서 그가 포기하길 기대한 것이다.

그러고는 인내의 싸움이었다. 치킨 레이스라고 불러도 좋다. 상대가 어떻게 나올지 예상할 수 없는 가운데 회사

명단을 제출하는 기한이 시시각각 다가왔다. 주저하다가는 추천 기회를 놓칠지도 몰랐다.

마침내 지원사 명단을 제출해야 하는 날, 나는 적이 D공업으로 지망을 변경했다는 정보를 얻었다. 무슨 근거로 그랬는지는 모르지만 내가 자신보다 성적이 좋을 거라고 판단한 듯했다. 그런 과정을 거쳐 나는 산뜻한 마음으로 제1지망을 N사로 적어 제출했다.

물론 누구나 그렇게 우여곡절을 겪으면서 지원할 회사를 결정하는 건 아니었다. 자신의 일생을 좌우할지도 모르는 선택을 너무도 쉽게 결정해 버리는 녀석도 적지 않았다. 어떤 친구는 월급과 휴일이 거의 일치하는 회사 이름 3개를 쪽지 3장에 적어 주사위를 굴림으로써 지원 순위를 결정했다. 또 어떤 친구는 술집에서 술에 취한 채 지원 회사 순위를 적고는 이것도 인연이라며 그대로 제출했다. 쉽게 말해 다들 그 회사가 아니면 안 되는 확고한 이유는 없었던 셈이다. 솔직히 어디든 상관없었다. 누군가 N사가 아니면 절대 안 되느냐고 물었다면 고개를 저었을 것이다. 미래를 진지하게 고민하지도 않고 4년을 허송세월한 녀석이 회사를 올바로 선택할 수 있겠는가.

하여간 이렇게 해서 지원할 회사가 결정되었다. 그다음

은 회사를 견학할 차례였다. 견학이라는 표현을 쓰긴 했지만 실제로는 입사 면접이었다. 먼저 이력서를 보내기로 했다. 하지만 물정을 모르는 바보에게는 이력서를 쓰는 일도 쉬운 게 아니었다.

"너, 취미란에 뭐라고 썼냐?"

"스키랑 영화 감상."

"독서는 안 썼어?"

"어. 면접 때 요즘 무슨 책을 읽고 있느냐고 물어보면 곤란하잖아."

"그렇군. 그럼 특기는?"

"특기라……."

친구가 얼굴을 찡그렸다.

"국가 자격증도 없고, 주판이나 서예, 영어 회화는 할 줄 모르고……, 솔직하게 없다고 쓰는 편이 나을지도 몰라."

"그럼 너무 무능해 보이잖아."

무능해 보이는 게 아니라 진짜로 무능한 건데 그때는 그걸 몰랐다. 결국 특기란에는 '팔굽혀펴기 100회 가능'이라고 적었다. 그걸 본 담당 교수가 당장 지우라고 했다.

이력서를 썼으니 사진을 준비해야 했다. 장발의 아줌마 파마에 가죽점퍼를 입고 찍은 사진을 붙일 수는 없었다. 한큐 백화점에 가서 감청색 양복과 줄무늬 넥타이를 샀다. 획일적이라느니 개성이 없다느니 하지만 자칫 별볼 일 없는 개성을 발휘하다가 떨어지면 아무도 책임지지 않을 터였다. 개성이 강해서 불합격되는 일은 없다고 기업체에서는 말하지만 그게 거짓말이란 건 물정 모르는 대학생들도 다 알았다.

옷을 샀으니 이번에는 머리를 몰개성적으로 다듬을 차례였다. 고등학교 때부터 다녔던 이발소에 가서 취직 시험을 봐야 하니 그에 맞는 스타일로 잘라 달라고 부탁했다.

"그래? 벌써 취직이네. 세월 참 빨라."

그때까지 내 머리를 서퍼처럼 자르거나 뽀글거리게 해놓던 이발소 주인이 감회가 깊다는 듯이 말했다.

"그럼 리쿠르트 커트로?"

"그렇죠."

"알았어!"

아저씨가 소매를 걷어붙였다. 드디어 실력을 발휘할 기회가 왔다는 표정이었다.

수십 분 후, 헤어스타일 개조 작업이 끝났다. 눈앞의 거울에 낯선 남자의 얼굴이 비쳤다. 칼로 벤 듯이 정확하게 7대 3 가르마를 탄 그 얼굴은 전형적인 은행원이었다. 지금까지 머리카락에 가려져 있었던 탓에 햇볕에 그을리지 않은 부분이 유독 하얗게 드러났다. 티셔츠와 청바지 차림에는 영 어울리지 않는 헤어스타일이었다.

"정말 어색하네요."

"아주 좋은데, 뭘."

이발소를 나온 후 집으로 돌아와 양복으로 갈아입고는 사진관에 갔다. 내 머리를 본 사진관 아저씨가 "입사 원서용 사진?" 하고 물었다. 그렇다고 하자 "요즘은 즉석 사진으로 때우는 사람이 많은데 훌륭한 학생이네."라고 감탄스럽다는 듯이 말했다. 그리고 "채용되도록 똑똑하고 진지해 보이게 찍어 줄게요."라고 덧붙였다. 마치 실물은 멍청하고 실없어 보인다는 말처럼 들렸다.

그러나 그로부터 사흘 뒤에 나온 사진에는 영락없이 싸구려 물건을 파는 세일즈맨으로 보이는 남자 얼굴이 찍혀 있었다. 어디가 똑똑하고 진지해 보이느냐고 따지고 싶었지만 다시 찍을 시간이 없어 그대로 이력서에 붙였다.

7월 후반이 되자 마침내 본격적인 면접이 시작되었다. 나보다 앞서 면접을 마친 녀석들의 얘기가 하나둘 귀에 들어왔다. 그 주된 내용은 면접 때 받은 질문에 관한 것이었다. 우리 회사를 선택한 이유가 무엇인가, 어떤 일을 하고 싶은가, 학창 시절을 어떻게 보냈나 등, 대부분 예상했던 내용이었다. 면접 시간은 평균 10분 정도였다.

하지만 내가 처음에 제1지망으로 꼽았던 K중공업을 다녀온 A의 얘기는 모두를 동요시켰다. 그는 면접 시간이 장장 한 시간에 달했다고 했다. 그것도 평범한 질문을 받은 것이 아니라 졸업 연구 주제에 관해 칠판에 필기를 해가며 면접관들에게 한참이나 설명해야 했다는 것이다. 물론 그런 뒤에는 질문 공세도 이어졌다고 한다. 그의 감색 양복 소맷부리에 하얗게 묻은 분필 가루가 그의 분투를 짐작게 했다.

만약 A가 아니라 내가 K중공업에 지원했다면……. 상상만으로도 등골이 오싹했다. 어쩌면 얼어붙은 채 한마디도 못했을지 모른다.

그런데 나중에 알았지만 그건 특수한 경우였다. 면접관 중 하나가 A의 연구 주제에 크게 관심을 느꼈던 모양이다. 말할 것도 없이 A는 합격했고, 지금은 초엘리트 코스를 밟고 있다.

마침내 N사 면접일이 되었다. PR홀 견학 등의 형식적인 절차가 있은 후 면접이 시작되었다. 면접관은 3명. 대체로 예상했던 질문 외에 양궁부 주장을 지낼 때 힘들었던 점

등을 물었다. 별로 특별한 질문은 없었다.

"네, 됐습니다. 수고했어요."

면접관의 말에 안도의 한숨을 내쉬며 자리에서 일어설 때였다. 오른쪽 끝에 앉아 있던 면접관이 불쑥 말했다.

"자네는 사진과 실물이 상당히 다르군."

"네, 그런가요?"

당황스러워하며 반문했다.

"앞으로는 조금 더 자연스러운 사진을 붙이는 게 좋겠어요."

"아, 네……."

면접실을 나오면서 생각해 봤다. '앞으로는'이라니, 무슨 뜻일까. 앞으로 다른 회사에 지원할 때 말인가.

오사카에 돌아오고 나서도 한동안 마음이 어수선했다. 만약 떨어지면 사진관에 불을 질러 버릴까 생각했다. 사진이 이상해서 떨어졌다는 얘기는 들어 본 적이 없었다. 그런 만큼 담당 교수에게서 채용이 내정되었다는 얘기를 들었을 때는 더할 나위 없이 기뻤다.

친구들도 속속 취직이 결정되었지만 개중에는 떨어지기를 거듭하는 녀석도 있었다. 의외로 성적이 좋은 친구 중에 그런 경우가 많았다. 아무래도 자신감이 충만해서 면접에서도 자신의 주장을 굽히지 않았던 것 같다. "무슨 일이든 할 수 있습니다."라는 한마디를 내뱉기가 힘들었던 것이다. 프라이드가 없는 학생일수록 취직하기 쉽다니, 아이러니한 얘기다.

하여간 그렇게 해서 나는 N사에 취직하게 되었고, 이듬해 3월 말에 독신 기숙사로 들어갔다. 그때 새삼 본사 건물을 바라보니 일본 최대의 자동차 부품 업체가 하얗고 거대한 요새처럼 다가왔다.

'앞으로 30년 넘게 이 회사에서 일하는 건가.'

그렇게 생각하자 공포와 불안이 밀려왔다. 어디 한번 잘해 보자는 파이팅은 나오지 않았다.

'어쨌든.'

나는 자신에게 다짐했다.

'바보 같은 짓도 이걸로 끝이야. 이제부터는 진지하게 살아야지.'

그때는 설마 몇 년 후에 바보 같은 짓을 저질러서 그 회사에서 꽁무니를 빼고 달아나리라고는 꿈에도 생각하지 못했다.